The Rising of the Shield Hero

7

Aneko Yusagi

L'Arc Berg
Kyo
Therese
Glass

Filo
Raphtalia
Ost
Naofumi Iwatani
Charaktere

»Ich, der Held des Schildes, borge mir die Kräfte der Geisterschildkröte, befehle dem Himmel, befehle der Erde, ektomiert die Vernunft, bindet sie wieder an, lasst sie Blut spucken. Erhöre mich, oh Kraft des Drachenpulses: Verbinde dich mit meiner Magie und den Heldenkräften. Der Held des Schildes, als Quelle deiner Macht, befiehlt dir: Gib ihnen alles!«
»All Liberation Aura!«

The Rising of the Shield Hero

Die Geisterschildkröte regt sich wieder

ANEKO YUSAGI

TOKYOPOP®

INHALTSVERZEICHNIS

The Rising of the Shield Hero

Die Geisterschildkröte regt sich wieder

Prolog: Die Suchaktion

Gerade zog uns Filo in unserer Kutsche über das verwüstete Land. Ich war auf der Suche nach den Helden.

Wie viel Zeit war wohl vergangen, seit wir uns auf die Reise begeben hatten?

»Reeen! Itsukiii! Motoyasuuu! Stellt euch endlich der Realität und zeigt euch!«

»Herr Naofumi, kannst du nicht ein bisschen freundlicher nach ihnen rufen?«

»Was erwartest du? Das geht jetzt schon tagelang so!«

Wieso machte ich das alles überhaupt? Um das zu erklären, muss ich wohl weiter ausholen.

Mein Name ist Naofumi Iwatani, und ich bin zwanzig Jahre alt.

Ich war aus dem Japan der Gegenwart, wo ich meine Otaku-Hobbys gepflegt und an der Universität studiert hatte, in diese Welt gekommen.

Damals war ich zum Zeitvertreib in der Stadtbibliothek gewesen. Ich hatte in einem Buch mit dem Titel *Traktat der Waffen der vier Heiligen* gelesen und mich mit einem Mal in einer fremden Welt wiedergefunden. Und zwar in der Rolle einer der vier Hauptfiguren jener Geschichte: Ich war zum Helden des Schildes bestimmt worden.

Ich erfuhr, dass diese Welt – genau wie in dem Traktat beschrieben – von einer Katastrophe heimgesucht wurde, den sogenannten *Wellen*. Und man hatte uns Helden beschworen, damit wir ihnen entgegentraten und die Welt retteten.

Erst glaubte ich, alle meine Träume und Wünsche wären wahr geworden, und mein Leben in einer fremden Welt könnte beginnen.

Doch dann wurde ich gleich am Anfang zu Unrecht einer Vergewaltigung bezichtigt und ohne Geld davongejagt. Mein Heldenleben begann also mit Verleumdungen.

Der Schildheld war auf die Verteidigung spezialisiert und somit kaum in der Lage, bei Gegnern Schaden zu verursachen. Ich fand keine Gefährten und war größtenteils meiner Möglichkeiten beraubt, stärker zu werden.

In dieser Welt gab es Level wie in Videospielen, und wenn man Monster besiegte, stieg man auf. Mit steigendem Level stiegen auch die Fähigkeiten, woran sich die eigenen Anstrengungen unmittelbar ablesen ließen. Es gab jedoch auch eine Kehrseite: Bis zu einem gewissen Grad konnte man es sich leicht machen, wenn nur das eigene Level hoch genug war.

Aber zurück zu meinem Bericht.

Um an Stärke zu gewinnen, trieb ich ein wenig Geld auf und kaufte mir eine Sklavin: Sie war ihres Sklavensiegels wegen nicht fähig, ihren Meister zu hintergehen.

Ich brauchte nun einmal jemanden, der an meiner Stelle angriff, da ich selbst im Kampf nur abwehren konnte. So machte ich also diese Sklavin zu meiner Gefährtin und zwang sie, für mich das Schwert zu schwingen.

Wir besiegten Monster und bekamen Erfahrungspunkte.

So stiegen tatsächlich auch meine EXP und mit ihnen mein Level.

Mir war bewusst, dass ich mich unmenschlich verhielt, ich hatte damals jedoch keinen anderen Weg gesehen, um stärker zu werden.

»Wir hängen so in der Luft ... Das hinterlässt schon einen schlechten Nachgeschmack.«

»Stimmt«, sagte Raphtalia neben mir. »Man hat nicht das Gefühl, irgendetwas geschafft zu haben. Es fehlt das Erfolgserlebnis.«

Raphtalia war die besagte Sklavin: ein Subhumanoiden-Mädchen.

Subhumanoide waren eine Menschenart, die es in meiner eigenen Welt nicht gab. Sie besaßen Tiermerkmale.

Raphtalia hatte die Ohren und den Schwanz eines Waschbären. Äußerlich wirkte sie wie achtzehn. Mit ihrer glatten weißen Haut und ihrem außerordentlich hübschen Gesicht fanden sie wohl die meisten Menschen schön. Und wenn ihr seidiges braunes Haar im Wind wehte, wirkte sie, als wäre sie einem Kunstwerk entsprungen.

Subhumanoide hatten eine besondere Eigenschaft: Wenn sie hochlevelten, wuchsen sie äußerlich rapide heran, sodass sie im Kampf besser zurechtkamen.

Als ich sie gekauft hatte, war sie noch ein etwa zehnjähriges Mädchen gewesen. Durch unser stetiges Kämpfen hatte sie jedoch rasch das Aussehen einer Erwachsenen erlangt.

Bei der ersten Welle, die über diese Welt hereingebrochen war, waren die auftauchenden Monster in ihr Heimatdorf eingefallen und hatten es zerstört.

Anschließend war sie von Menschenfängern verschleppt worden und hatte eine Zeit lang als Sklavin leben müssen. Schließlich hatte ich sie gekauft, und an meiner Seite war sie dann stärker geworden.

Für eine kurze Zeit war aus bestimmten Gründen ihr Sklavensiegel entfernt worden. Sie hatte jedoch so sehr an mich geglaubt, dass sie sich, um mein Vertrauen zu gewinnen, ein neues hatte aufsprechen lassen. Ich hatte ihr gesagt, dass das nicht nötig sei, doch aus irgendeinem Grund war es ihr so lieber gewesen, und sie hatte darauf bestanden.

Jedenfalls war sie nun meine rechte Hand, und ich konnte mich auf sie verlassen.

Sie verfügte auch über beachtliche Stärke: Erst vor Kurzem hatte sie die *Geisterschildkröte* besiegt, ein äußerst mächtiges Monster.

Ich war so etwas wie ein Elternersatz und kümmerte mich um sie.

Charakterlich war sie fleißig und ernsthaft. Immer wenn ich etwas Komisches sagte, schaltete sie sich ins Gespräch ein und rückte die Dinge wieder gerade.

Sie war wie eine Tochter für mich, und ich musste sie beschützen, selbst wenn es mich das Leben kostete.

»Filo, such du bitte auch nach Ren, Itsuki und Motoyasu!«

»Hääā? Ich kann sie aber überhaupt nicht riechen!«

Unsere Kutsche zog ein Vogelmonster, ein Filolial.

Sie hieß Filo. Und sie hatte die Fähigkeit, Menschengestalt anzunehmen. Dann glich sie ... einem Engel mit Flügeln auf dem Rücken.

Diese Monster teilten alle eine seltsame Eigenschaft: Sie zogen liebend gern Kutschen. Wenn ein Held einen Filolial aufzog, ließ es sich in eine höherrangige Form verwandeln: eine Filolial-Königin oder einen -König.

Wegen Raphtalias neuen Siegels hatten wir den Sklavenhändler in seinem Zelt aufgesucht. Der betrieb dort als Fassade einen Monsterhandel und hatte zu dem Zeitpunkt eine Monster-Ei-Tombola veranstaltet. Wir hatten ein Ei gekauft, und aus dem war wenig später Filo geschlüpft.

Vom Charakter her war sie naiv. Zudem war sie ein Vielfraß und hatte ein loses Mundwerk. In ihrer Menschenform war sie ein blondes, blauäugiges Mädchens von etwa zehn Jahren.

Wie Raphtalia besaß auch sie ein hübsches Gesicht. Selbst ich fand sie niedlich.

Sie bediente wohl so ziemlich das Lolita-Engel-Stereotyp. Dahinter verbarg sich allerdings ein riesiges verfressenes Vogelmonster.

Und gerade hatte sie ganz beiläufig etwas Wichtiges gesagt.

»Du riechst sie nicht, sagst du?«

Nun, als Monster konnte sie wohl auf besondere Sinneswahrnehmungen zurückgreifen, um mir bei der Suche zu helfen. Sie war ja eigentlich ein wildes Tier. Irgendwo nach den anderen Helden suchen zu müssen, wo sie nicht zu sein schienen, quälte sie sicher.

Nach denen suchte ich nämlich gerade: den anderen drei Helden.

Wie ich waren auch sie aus anderen Welten hierher beschworen worden und kamen jeweils aus unterschiedlichen Versionen Japans. Alle drei hatten zu Hause begeistert irgendein Game gespielt, das dieser Welt ähnelte, und nun verließen sie sich auf ihre Kenntnisse, um hier alles niederzumähen ... Zumindest war das die Herangehensweise dieser Clowns gewesen.

Als ich damals hereingelegt worden war, hatten sie das zwar nicht direkt als Glücksfall gesehen, um mich auszugrenzen, aber sie hatten die Sache nicht durchschaut ... und waren darum eben schon ziemliche Idioten.

Die Rädelsführer waren das Miststück von Prinzessin und ihr verblödeter alter Vater gewesen.

Die wahre Regentin des Reichs, die Königin, hatte die beiden mittlerweile bestraft und meine Unschuld bewiesen.

Im Zuge dieser Ereignisse war allerhand geschehen. Unter anderem hatte sich die kleine Schwester der Bitch – Melty – sehr eng mit Filo angefreundet, und wir hatten uns alle gemeinsam auf die Flucht begeben müssen. Man hatte mich nämlich später auch noch verdächtigt, Melty entführt zu haben. Durchs ganze Reich hatte man uns gehetzt.

Letzten Endes hatte sich alles dadurch geklärt, dass wir das Oberhaupt der Drei-Helden-Kirche besiegt hatten. Dessen Anhänger hatten nämlich im Reich Melromarc an erster Stelle der Peiniger des Schildhelden gestanden ... Eine höchst merkwürdige Kirche, die ausschließlich die drei anderen Helden verehrt hatte – nach denen ich nun gerade suchte. Mittlerweile war diese Religion zur Irrlehre erklärt und abgeschafft worden.

»Wenn sie hier nicht sind, bleibt uns wohl nichts anderes übrig, als den Suchbereich zu vergrößern.«

»Ja, nicht wahr? Die Opfer sind ja weiterhin einer Bedrohung ausgesetzt.«

Seit sich der Argwohn mir gegenüber verflüchtigt hatte, unterstützte mich die Krone endlich. Erst hatte ich gedacht, dass wir uns nun ernsthaft um die Wellen des Untergangs kümmern könnten. Doch dann hatte uns die Königin aufs Cal-Mira-Archipel geschickt: Dort war nämlich gerade eine Phase der Aktivierung im Gange gewesen, während der man schneller hochleveln konnte.

Bei dem Event waren unsere Level in die Höhe geschnellt. Überdies hatte ich bei einer Besprechung der Helden, die wir vor unserer Reise abgehalten hatten, von allen dreien die Methoden erfahren, mit denen man die legendären Waffen hochrüsten konnte. Welche ich dann auch sogleich auf den Inseln in die Tat umgesetzt hatte.

Nun will ich einmal die drei Gesuchten und ihre besonderen Eigenheiten vorstellen.

Der erste war Ren Amaki, der Held des Schwertes.

Er war sechzehn, soweit ich wusste. Sein Wachstum entsprach seinem Alter: Er war ein wenig kleiner als ich.

Besonders auffallend war sein glänzendes schwarzes Haar, und sein Gesicht war ein wenig weiblich – insgesamt machte der Junge einen coolen Eindruck. Ihm gefiel wie vielen in seinem Alter anscheinend schwarze Kleidung – das war eben so eine Phase.

Charakterlich ... war er, ehrlich gesagt, eher der Typ Einzelgänger, der bloß so tat, als wäre er cool. Meiner Einschätzung nach fiel es ihm schwer, mit anderen Menschen zu kommunizieren.

In seiner Welt gab es offenbar VRMMOs*, die es einem ermöglichten, die Internetwelt zu betreten. Und Ren zufolge war dies hier die Welt von *Brave Star Online*.

Der nächste Held war Motoyasu Kitamura, der Held der Lanze. Er war einundzwanzig, ein Jahr älter als ich, eher hochgewachsen und der von uns dreien, der am besten aussah.

In seine Haarfarbe mischte sich ein wenig Braun, und er hatte – auch wenn ich es ungern zugebe – ein ausgesprochen hübsches Gesicht.

Sein Charakter ließ sich mit einem Wort beschreiben: Aufreißer. Sobald er ein Mädchen sah, kannte er kein Halten mehr.

Ich wusste selbst erst seit Kurzem, dass er im Grunde keine bösen Absichten hegte. Eine Sache an ihm war aber problematisch: Sobald er einmal Vertrauen zu jemandem gefasst hatte, glaubte er von da an törichterweise alles, was der sagte.

Schuld an allem, was geschehen war, war in Wirklichkeit eine seiner Gefährtinnen gewesen. Dabei handelte es sich um ebenjene Person, die mich zu Beginn der Vergewaltigung bezichtigt hatte. Sie war mittlerweile keine Prinzessin mehr und musste den Namen *Bitch* tragen.

*Virtual Reality Massively Multiplayer Online Games

Motoyasu behauptete, wir befänden uns alle in der Welt des Internetgames *Emerald Online*.

Zuletzt nun Itsuki Kawasumi, der Held des Bogens.

Ich musste nur an ihn denken, schon wurde ich sauer. Aber ich sollte ihn wohl vorstellen.

Er war siebzehn Jahre alt und etwa so groß wie Ren.

Er hatte natürlich gelocktes Haar, und wenn es rein nach dem Äußerlichen ging, sah er aus wie jemand mit künstlerischem Talent ... Er wirkte wie ein Junge, der Klavier spielt oder so. In diesem Sinne war er wohl auch eher gut aussehend.

In Wahrheit war er jedoch wahnsinnig arrogant – ein Egoist, dem jedes Mittel recht war, um seine Vorstellung von Gerechtigkeit durchzusetzen.

Motoyasu hatte ich gehasst, weil er mit der Bitch zu tun hatte. Menschlich gesehen verachtete ich jedoch Itsuki am meisten.

Immerhin hatte er jemanden zum Weinen gebracht. Aber davon will ich später erzählen.

Der Typ glaubte, er würde sich in der Welt des Konsolenspiels *Dimension Wave* befinden.

Zwischen diesen etwas eigensinnigen Jungen war Streit ausgebrochen: Als wir uns darüber ausgetauscht hatten, wie man in dieser Welt stärker werden konnte, waren ihre Behauptungen hart aufeinandergeprallt. Ihre Ansichten über diese Welt und die Hochrüstmethoden der Waffen passten nämlich nicht zusammen.

Jeder war überzeugt, recht zu haben, und glaubte nichts von dem, was die anderen erzählten.

Ich hatte später versucht, die verschiedenen Methoden in die Praxis umzusetzen, und dabei herausgefunden, dass alle drei Berichte der Wahrheit entsprachen – die Methoden funktionierten aber lästigerweise nur, wenn man ganz fest an sie glaubte!

Ich hatte keinerlei Vorwissen besessen, war dafür aber ganz begierig darauf gewesen, Wege zu finden, um stärker zu werden. Vielleicht war das mein Glück gewesen, denn so war es mir schließlich gelungen, die verschiedenen Techniken zu meistern. Dadurch hatte sich jedoch eine Kluft zwischen uns aufgetan, denn den anderen Helden war es nicht gelungen, auch die anderen Hochrüstmethoden anzuwenden.

»Herr Naofumi, was glaubst du, wo sind die Helden?«

»Sicher in der Gegend, wo sie auch verloren gegangen sind. Das ist aber noch 'ne ganze Ecke.«

»Den Berichten der anderen Suchenden zufolge sind sie noch nicht wieder aufgetaucht, oder?«

»Scheint so ... Tot sind sie ja angeblich nicht, also müssen sie sich wohl irgendwo verstecken oder so.«

Filo zog unsere Kutsche weiter durch die Ödnis, während sie den gigantischen Spuren der Geisterschildkröte folgte.

Dachte ich an all das zurück, dann war es schon ziemlich gefährlich gewesen.

Die Überfahrt nach Cal Mira hatten wir zusammen mit L'Arc Berg und Therese in einer Gemeinschaftskajüte verbracht.

Wir hatten die beiden für Abenteurer gehalten, aber am Ende hatten sie bei dem Durcheinander, das auf Cal Mira losgebrochen war, eine bedeutende Rolle gespielt.

L'Arc Berg – oder kurz L'Arc – war ein umgänglicher Typ, er war wie ein gutmütiger großer Bruder. Mit Therese hatte ich nicht so viel gesprochen, aber sie hatte einen ebenso höflichen Eindruck gemacht wie Raphtalia.

So weit alles schön – doch dann entdeckten wir vor dem Archipel in einem Unterwassertempel eine Drachensanduhr, die eine kommende Welle ankündigte. Wir wussten nun, dass dort in wenigen Tagen eine Schlacht stattfinden würde. Wir Helden, die Krieger der Krone und angeheuerte Abenteurer stellten uns also gemeinsam der Welle entgegen.

Von allen mächtigen Monstern, die die Wellen bisher hervorgebracht hatten, war dieser Endgegner – um es in der Sprache der Gamer zu sagen – am einfachsten zu besiegen gewesen.

Sobald das jedoch erledigt war, verkündeten aus irgendeinem Grund L'Arc und Therese plötzlich, dass sie mich umbringen wollten, und erhoben ihre Waffen gegen uns.

Den Grund erfuhr ich nicht. L'Arc meinte nur, sie täten es ihrer Welt zuliebe.

Anscheinend hatten sie das Ziel, uns Helden umzubringen.

Gegen diese schrecklich starken Gegner waren die anderen drei Helden und ihre Gefährten völlig machtlos: Nach kurzem Kampf wurden sie ausgeschaltet und trieben nutzlos in den Wellen herum.

Raphtalia, Filo und ich mussten uns ihnen also zu dritt entgegenstellen.

Dennoch lieferten wir einen guten Kampf ab, und unsere Gegner standen bereits mit dem Rücken zur Wand, als plötzlich auch noch Glass auftauchte, der wir bei der zweiten Welle begegnet waren. Sofort gerieten wir ins Hintertreffen.

Ich kann immer noch kaum glauben, dass wir das überlebt haben.

Ob es nun an dem Schild lag, den ich verwendete, oder daran, dass es bereits unsere zweite Konfrontation war: Irgendwie gelang es uns, die drei in die Flucht zu schlagen. L'Arc und Glass verfügten jedoch über mächtige Attacken, mit denen sie mir gefährlich werden konnten. Es waren Angriffe, die sich meine hohe Verteidigungskraft zunutze machten oder sie komplett ignorierten.

Diese Techniken taugten dazu, meine Spezialisierung komplett auszuhebeln, und stellten somit eine ernste Bedrohung dar.

Zum Glück gab es Wege, sich ihnen zu entziehen. In rascher Folge damit angegriffen zu werden, war jedoch gefährlich.

L'Arc spielte dann seine letzte Trumpfkarte aus und besprengte Glass mit Seelenheilwasser. Damit ließen sich die SP wieder auffüllen, die man zum Ausführen von Skills brauchte. So hochgepowert setzte Glass uns mächtig unter Druck.

Letzten Endes gelang es uns, die drei wenigstens in die Flucht zu schlagen.

Danach versuchte ich abermals, mit den nichtsnutzigen Helden zu sprechen.

Ich war eben ein reiner Verteidiger und konnte nicht plötzlich auf Angriff umsatteln.

Hätte ich beim Kampf gegen diese Gegner auch nur einen Helden mit meiner Stärke an der Seite gehabt, dann hätten wir sie wohl besiegen können, statt sie nur zu vertreiben.

Die anderen Helden hatten bisher die ihnen jeweils bekannte effiziente Hochrüstmethode angewandt, mir aber nichts davon erzählt. Dennoch fingen sie nun plötzlich an, mir Vorhaltungen zu machen: Ich sei nur mithilfe von Cheats stärker geworden.

Ich war trotzdem ehrlich und erzählte ihnen, dass alle ihre Methoden funktionierten. Sie schienen mir jedoch nicht zu glauben. Und dann wurde unsere Unterredung mittendrin unterbrochen.

Nach unserer Heimkehr von Cal Mira unternahmen wir Anstrengungen, nach unseren mittlerweile hohen Levels auch unsere Technik zu verbessern. Die Meisterin des Stils der Unvergleichlichen Veränderung, eine alte Frau, führte im Zuge dessen asketische Übungen mit uns durch. Bald jedoch fingen die anderen Helden an zu meckern und den Unterricht zu schwänzen.

Weil alles nicht nach ihrer Nase ging, versuchten sie, sich in ein anderes Reich abzusetzen.

Als die Königin merkte, dass unsere Bemühungen um ein freundschaftliches Verhältnis an ihre Grenzen gestoßen waren, erteilte sie ihnen Aufträge. Sobald sie die erledigt hätten, wollte die Königin ihnen erlauben, Melromarc zu verlassen. Die Jungs akzeptierten diese Bedingung.

Auch ich erhielt einen gleichartigen Auftrag.

Es erübrigt sich wohl zu sagen, dass dies nur der Auftakt zu ungeheuerlichen Ereignissen war.

Unsere Mission: Überall im Reich – oder vielmehr überall auf der Welt – waren rätselhafte Monster erschienen, und die sollten wir nun beseitigen.

Diese Monster entpuppten sich als die *Gehilfen der Geisterschildkröte*, wenngleich ich anfangs selbst mit meinen Heldenkräften den vollen Namen nicht angezeigt bekam.

Es waren geflügelte Wesen, Fledermäusen ähnlich. Sie hatten nur ein Auge und auf dem Rücken einen Schildkrötenpanzer.

Eigentlich hätten wir Helden uns über die Vorfälle untereinander und mit der Königin absprechen müssen, aber die anderen behielten ihren Lösungsansatz lieber für sich und schritten auf eigene Faust zur Tat.

Letztlich fanden wir aber doch heraus, womit wir es hier zu tun hatten.

Es gab ein Obermonster, das all die Gehilfen lenkte: die Geisterschildkröte.

Sie hatte ihren Vormarsch schon begonnen, ehe die Jungs losgerannt waren.

Es handelte sich um ein gigantisches Ungeheuer mit einem Gebirge auf dem Rücken.

Man hatte uns noch berichtet, dass die anderen Helden die Geisterschildkröte frontal angegriffen haben sollen. Seither waren sie verschollen.

Gemeinsam mit meinen Mitstreiterinnen und einer Bündnisarmee war es mir glücklicherweise gelungen, das Ungeheuer zu bezwingen. Es gab jedoch ein Problem: Beim Erwachen der Geisterschildkröte war am Rande meines Gesichtsfeldes eine blaue Sanduhr erschienen, und sie war auch nach unserem Sieg nicht verschwunden. Ganz so, als ob die ganze Sache noch nicht ausgestanden wäre.

»Wir werden wohl unsere Suche nach den anderen fortsetzen müssen. Wir reisen bis dorthin, wo die Geisterschildkröte einst gebannt wurde.«

»Meister!«

Ruckartig zog Filo die Kutsche vorwärts.

»Was ist los?«

»Ich hab gehört, wie da drüben jemand geschrien hat!«

»Dann schnell hin!«

»Mhm!«

Wir ließen uns von Filo in die Richtung ziehen, aus der der Schrei gekommen war.

Von wegen »als ob«. Die Sache war ganz und gar nicht ausgestanden.

Kapitel 1: Der wahre Sinn der Barmherzigkeit

»Uaaaaaaaaah!«

Wir folgten dem Schrei und stießen auf Monster, die Menschen attackierten.

Es waren Gehilfen der Geisterschildkröte (Typ Fledermaus) … Leider trieben die immer noch ihr Unwesen, obwohl wir das Hauptmonster bereits besiegt hatten.

Es handelte sich um die Art Monster, auf die wir bei Beginn des Ganzen zuerst gestoßen waren.

Es gab noch andere Arten, aber diese trat am häufigsten auf.

»Okay, los geht's!«

»Ja!«

»Roger!«

Ich sprang von der Kutsche und stellte mich vor die Menschen, um sie vor den Fledermäusen zu beschützen.

Sie verschossen ihre Hitzestrahlen, und ich riss meinen Schild hoch, um sie zu blocken.

Die Gehilfen der Geisterschildkröte pickten sich gezielt Schwächere heraus, daher war es außerordentlich schwierig, alle vor ihnen abzuschirmen.

»Hate Reaction!«

Dies war ein besonderer Skill meines Schildes, mit dem ich die Aufmerksamkeit anwesender Monster auf mich ziehen konnte.

Für mich blieb er unsichtbar, aber Filo zufolge, die ja selbst ein Monster war, strahlte ich irgendetwas aus, sodass sich mir alle Gegner zuwandten.

»W... Wer seid Ihr?«

»Gequatscht wird später. Wenn ihr überleben wollt, sammelt euch alle an einer Stelle! So verstreut, wie ihr seid, kann ich euch schlecht verteidigen.«

»J... Jawohl!«

Auf mein Geheiß hin drängten die Angegriffenen alle hinter mich.

»Super. Shield Prison!«

Mit diesem Skill erzeugte ich einen Schildkäfig, der die Menschen davor bewahrte, direkt attackiert zu werden.

»Air Strike Shield! Second Shield! Third Shield!«

Nacheinander erzeugte ich drei weitere Schilde, die den Käfig zusätzlich schützten. Die hielten zwar nur kurz, aber es war besser als nichts.

»Raphtalia! Filo! Das schafft ihr doch, bis sich der Käfig auflöst?«

»Natürlich!«

»Ich geb alleees!«

Raphtalia zog ihr Schwert, rannte zu den Fledermäusen und schlug sie aus der Luft. Filo ging in ihre Königinnenform, steckte sich ihre Krallen an und trat zu.

Sie hatten beide ein hohes Level und eine große Angriffskraft. Wenn sie ernsthaft attackierten, verarbeiteten sie die Gehilfen der Geisterschildkröte mit einem Schlag zu Hackfleisch. Mit jedem Hieb holten sie weitere Fledermäuse vom Himmel, bis es mehrere Dutzend waren.

Es nervte zwar, dass sie herumflatterten ... aber ihr Denkvermögen war primitiv, und sie flohen selten, sodass man sie leicht erwischte.

»Große Schwester!«

»Ja!«

Raphtalia sprang auf Filos Rücken, und in rasantem Tempo mähten sie die Gehilfen nieder.

Hm ... Nicht schlecht, wie schnell sie mittlerweile waren.

Als Shield Prison sich auflöste, hatten sie den Großteil der Fledermäuse eliminiert.

»Meister. Ich glaub, da ist noch einer von den Großen!«

Filo deutete in eine Richtung und ich erblickte einen Gehilfen der Geisterschildkröte (Schneemenschenform). Das waren Monster, die Yetis ähnelten, groß und ebenfalls mit einem Panzer auf dem Rücken.

Das Monster war etwa so groß wie Filo in ihrer Königinnenform – und es war so stark, wie es aussah.

Herkömmliche Abenteurer waren zwar in der Lage, die Fledermäuse zu besiegen, aber mit den Schneemenschen konnten es nur die allerbesten aufnehmen. Ab Level 25 konnte man einigermaßen mit den Fledermäusen mithalten. Für die Yetis musste man jedoch mindestens Level 55 sein.

Aber auch bei den Fledermäusen war der Ausgang des Kampfs bei Level 25 noch ungewiss, da sie stets im Schwarm angriffen.

Wenn Abenteurer keine speziellen Maßnahmen ergriffen, konnten sie in dieser Welt maximal Level 40 erreichen. Das bedeutete: Wem die Krone keine Sondergenehmigung erteilte, der stieß bei Level 40 an seine Grenze. Unterzog man sich jedoch mithilfe einer Drachensanduhr dem Ritual des *Klassenaufstiegs*, so war es möglich, bis zu Level 100 aufzusteigen.

Yetis anzugreifen und auch zu besiegen, konnten demnach nur Abenteurer, die so einen Klassenaufstieg durchlaufen hatten.

Natürlich ließ sich diese Einschränkung eventuell kompensieren, indem man besonders listig agierte oder sich mit anderen gut koordinierte, aber ein Sieg würde trotzdem einige Zeit in Anspruch nehmen.

»Packt ihr den?«

»Überlass das nur uns.«

Mit dem Schwert in der Hand ging Raphtalia in Stellung, um ihre Supertechnik anzubringen. Filo rannte mit Vollgas auf ihn zu und bereitete sich auf einen ihrer Kicks vor.

»Yin-Yang-Schwert!«

»Hooooh!«

Raphtalia schlitzte den Yeti auf und Filo trat ihn zu Brei.

»Puh ... Ich glaub, das war's, oder?«

Raphtalia steckte ihr Schwert in die Scheide, sprang von Filos Rücken und blickte sich um.

Na, offenbar bereiteten solche Monster den beiden überhaupt keine Schwierigkeiten mehr. Nicht nur hatten sie hohe Level – auch ihre Technik hatte sich verbessert.

»Mhm. In dieser Gegend scheint's keine Monster dieser Art mehr zu geben.«

»Aha? Gut gemacht.«

Ich ging zu den Menschen, die das Ziel der Attacke gewesen waren.

»Seid ihr in Ordnung?«

»Ihr tragt einen Schild und beschützt andere mit geheimnisvollen Kräften ... Sagt, seid Ihr etwa der Held des Schildes?!«

»Na ja, schon.«

»Habt Dank! Euretwegen sind wir noch am Leben!«

Einer nach dem anderen bekundeten sie mir ihre Dankbarkeit.

»In dieser Gegend ist es gefährlich! Was treibt ihr noch hier?«

»Nun ... Wir hatten hier eine Siedlung gründen wollen ...«

»Verstehe.«

Auf unserer Suche nach den anderen Helden verfolgten wir den Pfad zurück, den die Geisterschildkröte genommen hatte. Nebenbei griffen wir Menschen unter die Arme, die durch sie zu Schaden gekommen waren. Allerdings ... trafen wir auch auf Plünderer, die wie bei einem Erdbeben die Not der Opfer ausnutzen wollten, daher glaubte ich erst einmal nur die Hälfte von dem, was sie mir erzählten. Womöglich waren sie ja in diese gefährliche Region gekommen, um sich die etwaigen Schätze unter den Nagel zu reißen, die in den Stadtruinen verborgen liegen mochten ... und waren dabei von den Gehilfen-Monstern angegriffen worden.

»Nur um sicherzugehen: Zeigt mir mal, was ihr so dabei habt.«

»...?!«

Die Typen erbleichten.

In dieser Welt gab es schon sehr schäbige Leute.

Ein bisschen Ehrgeiz war ja löblich, aber ich hatte definitiv nicht die Zeit, irgendwelchen unmoralischen Lumpen zu helfen.

»Das sind alles Sachen, die wir gefunden haben!«

Ich seufzte.

Also tatsächlich. Das hatte man nun davon, dass man sich vergewissern wollte. Bei solchen Typen wusste man nie, was sie anstellten, nachdem man sie gerettet hatte. Manche ließen sich erst einmal an einen sicheren Ort bringen und hielten einem dann kaltblütig das Messer an die Kehle.

Es war einfach gelogen, dass sich in einer fremden Welt alle Träume erfüllten.

Hier wimmelte es von Leuten, die zu weit gingen und Dinge taten, die Besucher aus dem Japan meiner Gegenwart gar nicht würden glauben können.

Vielleicht mussten sie sich so verhalten, um zu überleben.

Auch in der modernen Welt gab es solche Länder … Womöglich war es nicht zu ändern.

»Glaubt ihr, Plünderer haben ein Anrecht auf das Zeug, das sie finden?«

Die Geretteten zückten ihre Waffen. Sie wollten wohl Widerstand leisten.

»Schon gut, ich will nichts davon haben – wir verschwinden hier eh gleich wieder.« Und dann sprach ich gleichgültig eine Drohung aus: »Passt ihr aber lieber auf, dass ihr nicht von den Schildkrötengehilfen angegriffen werdet.«

Dies war im Augenblick eine Krisenregion. Was für einen Sinn hatte es, aus gutem Willen Menschen zu retten, wenn die sich dann als Abschaum entpuppten?

»W… Wartet bitte!«

»Wollt Ihr uns etwa im Stich lassen?!«

»Davon redet doch keiner. Hab ich euch nicht gerade erst gerettet, als die Monster euch angegriffen haben? Aber das heißt ja nicht, dass ich von nun an weiter auf euch aufpassen muss.«

Sie knirschten mit den Zähnen. Alle Blicke richteten sich auf den mutmaßlichen Anführer.

»Bringt euch mal lieber in Sicherheit, ehe die Sonne untergeht.«

Es war bestimmt noch eine beträchtliche Zahl von Gehilfen am Leben. Gerade waren keine in Sicht, aber man konnte nie wissen, was noch geschehen würde.

Nebenbei bemerkt hatten diese Gehilfen eine ärgerliche Eigenschaft: Sie vermehrten sich, indem sie Leichen als Brutstätten benutzten.

Nachdem die Geisterschildkröte erwacht war, hatte sie auf ihrem Marsch zahlreiche Dörfer und Städte dem Erdboden gleichgemacht. Und wer an einem solchen Ort gestorben war –

Mensch wie Monster –, hatte den Gehilfen der Geisterschildkröte dabei geholfen, sich zu vermehren. Im Augenblick war das Alliiertenheer auf einer Beseitigungsmission, doch bis es alle Monster erledigt hatte, würde noch etwas Zeit vergehen.

Wer ernsthaft glaubte, irgendwelche schwachen Plünderer könnten aus einer derart gefährlichen Gegend lebendig zurückkehren, der sollte es ruhig einmal selbst versuchen.

Was hatte man von so einem Abenteuer, wenn man dabei draufging? Schlimmstenfalls lief man noch Gefahr, zum Wirt dieser Viecher zu werden.

Kiru, ein Junge aus Raphtalias Heimatdorf, war lebendig zum Träger eines solchen Parasiten geworden. Zum Glück hatten wir Schlimmeres verhindern können, aber er war noch nicht genesen. Obwohl es schon schön wäre, wenn er so langsam mal aus dem Krankenhaus entlassen werden könnte.

»Ihr seid ein Held und wollt uns nicht helfen?!«

»Ich bin kein Heiliger. Außerdem würde mir bestimmt niemand Vorwürfe machen, wenn ich Plünderer sitzen ließe.«

Aus dem Augenwinkel sah ich, dass Raphtalia einen komischen Blick aufsetzte.

Nun, diese Typen waren hier ganz klar die Bösen, insofern konnte sie wohl nichts sagen.

Filo guckte geistesabwesend in den Himmel.

Ein ganz gewöhnlicher Tag in dieser fremden Welt.

Tapfere Recken und so, das stellte man sich total nett vor, aber es war schon eine beschissene Welt.

»Ihr wollt uns einfach unserem Schicksal überlassen? Aber das ist doch Mord!«

»Na und? Also, wollen wir weiter? Filo, wir fahren.«

»S... So wartet doch!«

Sie hatten angebissen. Ich grinste in mich hinein.

»Was ist denn noch?«

»Wir überlassen Euch das hier.« Alle hielten mir irgendwelche Wertgegenstände hin, die sie gefunden hatten. »Bitte nehmt uns mit an einen sicheren Ort!«

»Erst rückt ihr *alles* raus, was ihr geklaut habt.«

»Uh ... Na schön!«

»Raphtalia, filz sie vorsichtshalber mal.«

»Okay ... Ich hab es zwar schon geahnt, aber ...«

Raphtalia vergewisserte sich, dass die Plünderer keine Wertsachen vor uns versteckten.

Und was sie nicht alles fand.

»Scheiße ... All die Mühe für nichts!«

»Immerhin seid ihr noch am Leben. Und jetzt springt rein – ich bring euch in Sicherheit.«

Und so ließen wir die Plünderer einsteigen und fuhren sie in die nächstgelegene sichere Stadt.

»Hey.« Ich warf in der rumpelnden und schwankenden Kutsche einen Blick hinter mich. »Seid ihr noch einem der vier Helden über den Weg gelaufen?«

»Keine Ahnung.«

Nun, die Antwort waren wir schon gewohnt. Manche, die wir fragten, wollten sie gesehen haben, aber das waren normalerweise bloß Gerüchte oder Verwechslungen.

»Ah, ich vielleicht«, murmelte einer der Plünderer. »So ein schwarz gekleideter Typ, der nach Schwertheld aussah, hat die Geisterschildkröte angegriffen.«

»Ehrlich?«

»Ich kann's nicht beschwören: In dem Moment hatte ich selbst genug mit Weglaufen zu tun …«

»Egal, erzähl.«

»Der Kerl, den ich gesehen hab … der ist allein auf die Schildkröte zu und hat sein Schwert geschwungen. Ich hab mitgekriegt, wie er gebrüllt und mit seinem Schwert herumgefuchtelt hat. Danach hab ich einfach nur zugesehen, dass ich da wegkam, daher kann ich nicht mehr dazu sagen.«

»Wo war das ungefähr?«, fragte ich und breite eine Karte vor ihm aus.

»Da war ich gerade in dieser Stadt da.«

Das war nicht weit von dem Ort, an dem Ren angeblich verschwunden war. Auch ich war schon einmal dort gewesen. Von dort war Rens letztes Lebenszeichen gekommen … Insofern war dies schon ein glaubwürdiger Bericht.

Alle Helden waren in unterschiedlichen Städten verloren gegangen, insofern war es nicht verwunderlich, dass es verschiedene Augenzeugenberichte gab. Und darum war es auch so schwer, Gerüchte und Tatsachen auseinanderzuhalten. Diese Aussage erschien mir aber glaubhafter als die bisherigen.

»Hatte er keine Gefährten dabei?«

»Ich erinnere mich nur noch, wie die Geisterschildkröte auf mich zukam, aber … Ich weiß es nicht. Wir waren alle zu sehr mit Weglaufen beschäftigt.«

Ich hatte noch andere ähnliche Aussagen gehört.

Erst soll sich der Betreffende als Held des Schwertes zu erkennen gegeben haben … und dann hatte er die Geisterschildkröte angegriffen.

Ich war nicht dabei gewesen und konnte es nicht mit Sicherheit sagen.

Alle waren auf eine Flucht vorbereitet gewesen, aber wenn dann ein Held loszog, um sich dem Unheil zu stellen, dann setzte man doch ein wenig Hoffnung in ihn. Die Schildkröte war jedoch weiter vorgerückt, als wäre nichts gewesen, und hatte die Stadt verwüstet. Alle Zeugen hatten sich mitten in dem Chaos befunden.

»Macht einem sinnlos Hoffnungen, der miese Hochstapler!«

Ach, nein … Von der Beschreibung her war es durchaus möglich, dass es sich tatsächlich um Ren gehandelt hatte. Ich hielt es sogar für wahrscheinlich: die schwarzen Anziehsachen, allein unterwegs …

Aber was war aus seinem Gefolge geworden?

Ren hatte eigentlich ein paar Gefährten gehabt – wenngleich er zu ihnen ein eher distanziertes Verhältnis gepflegt hatte, als wären sie irgendwelche schwächeren Spieler.

Er war wohl grundsätzlich gern allein. Wenn er gegen mächtige Gegner kämpfte, hatte ich gehört, nahm er allerdings schon seine Gefährten mit.

Eine positive Auslegung wäre, dass er die Entwicklung seiner schwächeren Begleiter fördern wollte. Negativ gesehen … schob er seine Untergebenen vielleicht nur wie Schachfiguren herum, um seine Ziele zu erreichen.

»Aha?«

Ich konnte mir vieles vorstellen, aber es fehlte der Beweis.

Wenn das so weiterging, würden die Helden noch sterben, und ich müsste mich allein den Wellen entgegenstellen.

Es war durchaus ratsam, dass alle vier Helden am Leben blieben. Fehlte nämlich auch nur einer, und es käme eine Welle des Untergangs, dann würde sie angeblich ungleich bedrohlicher ausfallen. Ferner bestand die Einschränkung, dass keine neuen Helden beschworen werden konnten, ehe nicht alle vier tot waren.

Ein Held der alten Tage hatte wohl Fitoria beauftragt, sich um die Neubeschwörung zu kümmern. Es konnte also sein, dass der legendäre Filolial käme, um mich der Welt zuliebe umzubringen. Darum war ich gerade auf der Suche nach den Jungs. Angeblich waren sie noch am Leben. Also musste ich sie so schnell wie möglich retten, wenn es mich auch außerordentlich schmerzte.

Hoffentlich würde diese Niederlage sie stärker machen ... Mit diesem frommen Gedanken setzte ich meine Reise fort, um die anderen Helden zu finden. Doch abgesehen von Augenzeugen, die gesehen haben wollten, wie er es mit der Geisterschildkröte aufgenommen hatte, waren wir bisher auf nichts gestoßen. Auch im Inneren der erlegten Schildkröte hatten wir sie nicht finden können.

Wo ... waren sie bloß?

Wir erreichten die Stadt. Sie war von der Geisterschildkröte verschont geblieben. Es kam mir schon ein wenig wie ein sinnloser Umweg vor.

Die Plünderer stiegen mit mürrischen Mienen aus.

Ständig musste ich mich um solche Typen kümmern, darum ging die Suchaktion nicht voran.

Angeblich waren neben den vier heiligen Helden ... auch die Helden der sieben Sterne zu dem Reich aufgebrochen, in dem die Geisterschildkröte gebannt gewesen war. Eigentlich hoffte ich darauf, ihnen bald zu begegnen, doch das schien sich nun weiter hinauszuzögern.

»Ah!« Raphtalia zeigte auf ein Schild vor einer Ladenfront. »In dieser Gegend scheinen sie andere Schriftzeichen zu verwenden als in Melromarc!«

»Sieht so aus.«

Mein Schild erlaubte es mir zwar zu verstehen, was in einer fremden Sprache gesprochen wurde, aber bei Geschriebenem half er mir nicht.

Schon unpraktisch, dass es in dieser fremden Welt unterschiedliche Sprachen gab. Hätten sie das nicht vereinheitlichen können? Andererseits war es in meiner Welt ja auch nicht anders. Ich war schon heilfroh, dass der Schild wenigstens für mich dolmetschte.

»Dann lassen wir mal die Kutsche bei der nächsten Abenteurergilde und kehren für heute aufs Schloss zurück, was?«

»Gern.«

Gegenwärtig verfügten wir über verschiedene Fortbewegungsmittel. Eines davon war mein Teleportationsskill. Diese Fähigkeit hatten nur die Helden. Sie erlaubte es uns, zu vorher eingespeicherten Orten zu springen.

Man konnte diesen Skill zwar nicht immer und überall einsetzen, aber grundsätzlich erlaubte er es einem, alle Orte anzusteuern, an denen man schon einmal gewesen war. Allerdings konnte man nur eine begrenzte Anzahl an Orten speichern, und große Sachen wie unsere Kutsche konnte man auch nicht mitnehmen.

Wir gingen zur Abenteurergilde, zeigten das Schreiben vor, das das Siegel der Königin Melromarcs trug, und gaben unsere Kutsche in Verwahrung.

»Portal Shield.«

Und so sprang ich mit Raphtalia und Filo zum Schloss Melromarc.

Die unbekannten Straßen verwandelten sich augenblicklich in den vertrauten Schlosshof.

»Wir sind wieder daaa!«

Filo stürmte unter Jubelrufen in den Palast. Sie wollte sicher zu ihrer Freundin Melty. Immer wenn ein wenig Zeit war, spielten die beiden miteinander.

»Willkommen zurück, Herr Naofumi«, begrüßte mich Rishia, die gerade mit Eclair vom Trainingsplatz kam

»Und?«, fragte Eclair. »Seid Ihr vorangekommen?«

Rishias Nachname, meinte ich mich zu erinnern, war Ivyred.

Ursprünglich war sie Itsukis Gefährtin gewesen, war aber wie ich falsch beschuldigt und aus ihrer Gruppe verstoßen worden.

Sie stammte aus einer verarmten Adelsfamilie und war in der Vergangenheit von Itsuki gerettet worden.

Obwohl die Verleumdungen einem furchtbaren Verrat gleichkamen, grollte sie Itsuki nicht einmal ein winziges bisschen. War sie eine Heilige? Die entsprechende Einstellung besaß sie auf jeden Fall.

Allerdings stieß sie ständig irgendwelche schrillen Laute aus und trug ein Kostüm, damit niemand sah, wenn sie traurig war … Sie war also ein ziemlich erbärmliches Geschöpf.

»Oje … Hab ich irgendwas falsch gemacht?«

Tatsächlich trug sie auch jetzt jenes Kostüm, das Filos Königinnenform nachempfunden war.

»Ach was …«

Die alte Schachtel, die uns im Stil der Unvergleichlichen Veränderung unterwies, hielt Rishia für ziemlich talentiert und trainierte sie daher. Manchmal, aber wirklich nur gelegentlich, zeigte sie einen beeindruckenden Move, doch es fehlte leider die Beständigkeit.

Meiner Einschätzung nach war sie lieber drinnen als draußen. Sie war der Typ Mensch, bei dem man eher eine magische Begabung vermutet hätte.

In dieser Welt hatten alle Personen Statuswerte, und Rishias waren samt und sonders entsetzlich niedrig. Es verschlug einem geradezu die Sprache, so niedrig waren sie.

Ich freute mich auf den Moment, da sich ihr Talent entfaltete ... Das musste es, denn sonst konnte ich sie nicht in den Kampf schicken.

Mit ihrem hübschen Gesicht fand sie selbst bei Motoyasu Anerkennung, der viel Wert auf das Äußere legte.

Sie wirkte jünger, als sie war, und ihr Haar trug sie zu einem Zopf geflochten. Auch ich hielt sie für eine Schönheit, ebenso wie Raphtalia oder Filo.

»Herr Iwatani«, sagte Eclair. »Eurer Miene entnehme ich, dass Ihr keine guten Nachrichten bringt.«

Diese Frau möchte ich als Nächstes vorstellen. Ihr voller Name war Eclair Seaetto.

Sie war die Tochter des Fürsten, der Raphtalias Heimatregion regiert hatte, und damit betraut worden, Raphtalia und Rishia die Fechtkunst zu lehren.

Vom Charakter her ließ sie sich am ehesten als stockernst beschreiben.

Sie hatte langes, rotblondes Haar.

Mit ihrem Blick konnte sie andere durchbohren ... Daran merkte man sofort, wie ernsthaft sie war.

Sie war eine Ritterin. Und hier in Melromarc, wo nur Taugenichtse herumliefen, entsprach sie wohl als Einzige der Vorstellung, die ich von Rittern hatte. Nun, zumindest war sie gewissenhaft und legte Wert auf Etikette.

Sie ließ bei anderen keine mildernden Umstände gelten, was gleichermaßen ihre Stärke und Schwäche war.

Sie hatte ebenfalls ein außerordentlich wohlgeformtes Gesicht.

Ich fand, dass sie Raphtalia in nichts nachstand. Auch sie hatte eine feine, blasse Haut ... Genau bedacht hatte ich nur Schönheiten um mich herum versammelt.

Sie war außerdem eine hervorragende Kämpferin ... Es war komplett gelogen, dass Gott jedem nur ein Talent schenkte.

Na ja, ich würde Raphtalia auch nicht schlechter behandeln, wenn sie hässlich wäre.

»Herr Naofumi? Du denkst doch nicht schon wieder etwas Gemeines?«

»Wieso, was denn?«

Raphtalia hatte ein überaus scharfes Gespür.

Wenn ich irgendetwas Fragwürdiges dachte, merkte sie das sofort.

»Herr Iwatani, ich hatte Euch gefragt, ob es irgendwelche Entwicklungen gibt ...«

»Nein, wir haben auch heute nichts Nennenswertes erfahren.«

»Verstehe ...«

Eclairs Miene verfinsterte sich.

Es war ein großes Unglück geschehen, und die Helden, deren Aufgabe es war, die Welt zu retten, waren wie vom Erdboden verschluckt. Das bereitete ihr sicher Sorgen. Mir ging es ja nicht anders.

»Wie lange ist es her, dass wir die Geisterschildkröte besiegt haben?«

»Schon eine Woche ... Wo treiben die sich nur rum, diese Helden?«

Aber wirklich!

Wir hatten sie überall gesucht, und nicht ein Mensch hatte sie gesehen, nachdem sie gegen die Geisterschildkröte gekämpft hatten. Da begann man sich schon zu fragen, ob sie sich nicht irgendwo tief in den Bergen verkrochen hatten.

»Wir werden erst mal unseren Suchradius erweitern. Aber es geht so viel Zeit mit Plünderern und Nothilfe flöten, dass wir keine echten Fortschritte machen.«

»Tatsächlich? Nun, Ihr dürft Rishia und mich jederzeit heranziehen – wir helfen gern!«

»Klar, das weiß ich doch. Aber du und Oma sollt euch lieber auf Rishias Training konzentrieren. Und kümmert euch bitte auch um Kiru, wenn er aus dem Krankenhaus kommt.«

»Verstanden. Oftmals begleite ich allerdings auch die Königin zu ihrem Schutz in das Gebirge der Geisterschildkröte.«

Von der Königin habe ich ja schon erzählt: Sie herrschte über Melromarc, das Reich, das mich beschworen hatte. Zwar war sie die Frau des Drecksacks, der mich unterdrückt hatte, und die Mutter der Bitch, aber sie selbst war eine fähige Person und unterstützte mich in jeder erdenklichen Hinsicht – der Welt und ihrem Reich zuliebe.

Sie wusste auch viel über Legenden und anderes und legte einen außerordentlichen Forschergeist an den Tag, wenn es um die Wellen ging.

Bei den Schlachten war sie für die logistische Unterstützung zuständig, und sie hatte mir schon mehrmals geholfen, einer Notlage zu entgehen. Auch die strategischen Entscheidungen überließ ich grundsätzlich ihr.

Äußerlich schien sie vielleicht Ende zwanzig zu sein, und sie war eine ziemliche Schönheit. Oftmals versteckte sie ihre Mundpartie hinter einem Fächer.

Es erschien mir wie ein Wunder, dass sie zwei so große Töchter haben sollte. Ihr Gatte und eine ihrer Töchter waren allerdings völlig verblödet. Von dieser Familie waren allein die Königin und Melty zu gebrauchen.

»Zu solchen Zeiten kannst du Rishia einfach bei der Oma lassen.«

»Ojeeeeee!«

Der alten Lehrmeisterin des Stils der Unvergleichlichen Veränderung hatte ich einmal geholfen, als ich als reisender Händler unterwegs gewesen war, um Geld zu verdienen. Anstelle des unscheinbaren Sohns hatte ich der kranken Greisin meine Medizin verabreicht, wodurch die Verstärkungswirkung meines Schildes zum Tragen gekommen war. Hinterher war sie eine vor Leben strotzende Alte gewesen. Ich nannte sie einfach alte Schachtel. Ihren Namen kannte ich nicht.

Sie war weithin bekannt und hatte sich in der Vergangenheit vielen Kämpfen gestellt … hieß es zumindest.

Der Stil der Unvergleichlichen Veränderung stand kurz vor dem Aussterben. Es war jedoch eine vielseitig einsetzbare Kampfkunst. Rishia hatte angeblich ein Talent dafür, daher wollte ich, dass sie sie erlernte und ließ sie üben.

»Ach ja«, sagte Eclair. »Ich habe den Eindruck, dass Rishia große Fortschritte gemacht hat.«

»W… Wirklich?«, rief Rishia erfreut aus.

»Nun, hier und da gibt es noch Schwächen, aber wenn du dich ordentlich anstrengst, dann wird das schon!«

»Ich gebe mir Mühe!«

»Mach das«, sagte ich halbherzig, schon auf dem Weg ins Schloss. »Raphtalia, ich werde mit der Königin reden. Trainiert ihr solang oder übt zaubern.«

»Verstanden.«

Eine Woche war es nun schon her, dass wir die Geisterschildkröte bezwungen hatten und immer noch waren die Helden verschollen. Jeder Tag hatte damit geendet, dass ich ins Schloss zurückgesprungen war und der Königin Bericht erstattet hatte.

Allerorts bekamen wir zu hören, welchen Schaden die Gehilfen der Schildkröte angerichtet hatten ... Es blieb die dringlichste Aufgabe, diese Situation zu bereinigen, wenngleich das wohl noch einige Zeit in Anspruch nehmen würde.

So sah es gegenwärtig bei mir aus.

In unserer Lage konnten wir es natürlich gar nicht gebrauchen, dass gleich am nächsten Tag ungeheuerliche Geschehnisse ihren Lauf nahmen.

Kapitel 2: Der Schutzgeist der Geisterschildkröte (Menschenform)

Auch den nächsten Tag begann ich nicht mit der Erwartung, dass wir große Fortschritte machen würden. Sicher würden wir wieder nur mühsam vorankommen.

Nach dem Frühstück im Schloss teleportierten wir uns zurück in die Stadt, in der wir am Vortag angekommen waren. Gleich bei unserer Ankunft fiel uns auf, dass irgendetwas im Gange war, denn überall waren Schreie zu hören.

»Uaaaaaaaaaah!«

»Hiaaaaaaaaaaaaah!«

Anscheinend waren die Menschen hier gerade auf der Flucht.

»W... Was ist denn passiert?«

»Herr Naofumi!«

»Meister!«

Raphtalia und Filo deuteten beide in die Richtung, aus der die Leute kamen.

Wir hatten schon einmal gegen einen Zombiedrachen gekämpft: den Kadaver eines großen Drachen, der plötzlich wieder angefangen hatte, sich zu bewegen. Die Geisterschildkröte war jedoch bisher das größte Wesen gewesen, gegen das wir angetreten waren.

So groß war das Monster hier nicht. Es war dennoch ein gewaltiger schwarzer Schatten, der in diesem Augenblick in die Stadt einfallen wollte.

Ich spähte in die Ferne, um es zu identifizieren.

Gehilfe der Geisterschildkröte (Typ Parasitenkonglomerat)

Ähm ... Jedenfalls schien das auch einer dieser Gehilfen zu sein.

Typ Parasitenkonglomerat?

Das Monster war vielleicht acht Meter lang. Es sah ziemlich groß aus.

Äußerlich wirkte es wie ein riesiges Reptil ... Es hatte einen drachenartigen Körperbau, wie es ihn nur im Fantasy-Genre gab. Dazu besaß es jedoch zwei große Fangbeine, was an eine Gottesanbeterin denken ließ, und den Kopf eines Löwen.

Es kam vielleicht jener Chimäre sehr nahe. Die hatte den Körper eines Löwen gehabt, zwei Köpfe – die einer Ziege und eines Drachen – und den Schwanz einer Schlange.

Das Wesen, das jetzt gerade anrückte, hatte jedoch den Rumpf eines Drachen, die Fangarme einer Gottesanbeterin und einen Löwenkopf, dazu noch den eines Drachen ... und auf dem Rücken einen Panzer.

Was war das? Waren da etwa die vielen Gehilfenarten miteinander verschmolzen?!

Hm? Es schien irgendetwas hinter sich her zu schleifen, aber von unserem Standort aus konnte ich nicht erkennen, was es war.

»Gut, machen wir das Ding erst mal fertig!«

»Okay!«

»Looos!«

Beide nickten entschlossen.

Dann stürmten wir auf das Gehilfenmonster zu.

Filo wechselte in ihre Königinnenform und setzte sich an die Spitze.

»Pass aber auf!«

»Mhm!«

Filo war von uns dreien die schnellste und verfügte auch über die höchste Angriffskraft. Ich wusste ja, wie viel sie draufhatte, aber es wäre mir lieber gewesen, wenn sie nicht so unvorsichtig gewesen wäre. Wir kannten die Angriffstechniken dieses Monsters schließlich noch nicht.

Filo näherte sich ihm blitzartig und versetzte dem Drachenkopf einen Tritt.

Flüssigkeit spritzte hervor, dann riss der Kopf ab und flog davon.

»Igitt … Meister, das Monster ist ja verfault!«

Die Geisterschildkröte hatte die Fähigkeit, Kadaver zu infizieren und sich so zu vermehren. Das hieß dann wohl, dass … sie Leichen lenken konnte. Wir hatten es hier mit einer Zombie-Chimäre zu tun.

»Aber … irgendwie ist die komisch …«

»Inwiefern?«

Filo legte den Kopf schief, dann wich sie einem der Sichelarme aus, der auf sie niederfuhr.

Wahnsinn, wie gewandt sie war.

»Air Strike Shield!«

Ich ließ genau an der Stelle einen magischen Schild entstehen, wo der Fangarm am schwächsten war.

Er schlug dagegen – und fiel als Regen aus Fleischstücken herab.

»Uh …«

Raphtalia legte sich die Hand vor den Mund.

Ja, es war schon ein ziemlich ekelhafter Anblick.

»Ah!« Filo blickte sich zu mir um. »Jetzt weiß ich's, Meister!«

»Das Tierchen ist nicht verfault – es ist zusammengekleistert!«

»Ja?«

Als Antwort schossen aus dem Kopf und dem Fangarm so etwas wie Muskelfasern hervor. Mit einem glitschigen Geräusch setzten sich Kopf und Fangarm wieder an den Torso.

Was war das denn jetzt?

»Ähm ... Ich hab das Gefühl, dass das Monster irgendwie ... aus vielen besteht. Vielleicht ist es gefährlich, wenn wir es einfach totschlagen.«

»Wie meinst du das?«, fragte Raphtalia.

Gerade hatte sie Kraft in ihr Schwert geleitet und dem Gehilfen einen Arm abgeschlagen.

Die Mädchen waren levelmäßig in den oberen Siebzigern. Da brachten sie ziemlich mächtige Attacken zustande.

Die Obergrenze nach dem Klassenaufstieg lag bei Level 100. Sicher wussten sie selbst, dass sie ziemlich stark geworden waren.

Der Arm plumpste auf den Erdboden und fing an, sich wie ein Wurm zu winden.

Raphtalia hatte die Sehnen durchtrennt.

Super, wenn er nicht wieder anwachsen könnte – aber Filo zufolge würde so alles nur schlimmer.

»Ähm, also ... Wenn man was abschnippelt, wird's mehr.«

»Filo, was meinst du damit? Drück dich deutlicher aus!

Filo konnte furchtbar schlecht erklären. Wenn Melty nicht als Vermittlerin dabei war, war sie praktisch kaum zu verstehen. Man musste schon ein extrem hohes Einfühlungsvermögen mitbringen, um den Sinn solcher bloßen Wahrnehmungsbeschreibungen zu erfassen.

»H... Herr Naofumi.«

Raphtalia zeigte auf den abgeschlagenen Fangarm.

Plötzlich quollen Massen von Fledermäusen daraus hervor.

Verdammt ... Wenn man also einen Teil des Monsters zerstörte, sprossen daraus weitere Gehilfen – so vermehrten sie sich nur!

Der Typ Parasitenkonglomerat war also ein Zusammenschluss von Kadavern, die als Brutstätten fungierten. Natürlich war dann das gesamte Fleisch verwest.

Eine Woche war vergangen, seit wir die Geisterschildkröte besiegt hatten.

Der Drache war wohl gestorben, als die Schildkröte durch die Gegend getrampelt war, aber dafür war die Verwesung eigentlich schon zu weit vorangeschritten. Wenn Feuchtigkeit und andere Faktoren zusammenkamen, konnte der Kadaver auch schneller verwest sein, aber wo die übrigen Teile herkamen, war mir schleierhaft. Das, was wie ein Löwenkopf aussah, war das das eigentliche Gehilfenmonster?

»GROAAAAAR!«

Nur der Löwenanteil war besonders beweglich. War das der Ursprung?

»Filo, Raphtalia. Wenn ihr's an der falschen Stelle trefft, werden's nur mehr – das wäre blöd. Aber vielleicht können wir es irgendwie anders besiegen.«

Wahrscheinlich erledigte man diese Art Ungeheuer am besten mit enormer Hitze. In den Begriffen meiner Welt also mit Bomben oder Raketen. Die Entsprechung dieser Welt wäre wohl bereichsbezogene Magie. Dies wäre also ein Fall für die Anwendung eines jener Ritualzauber, den mehrere Magier gemeinsam sprachen.

Sonst ... konnten wir das Monster nur zerstückeln und alle hervorquellenden Monster ausrotten – ein mühsames Unterfangen.

Oder wir fanden den Kern und eliminierten ihn, dann sollte sich das Monster auflösen.

Ja, das erschien am logischsten. Uns blieb ohnehin nichts anderes übrig, als den augenscheinlichen Schwachpunkt des Monsters zu attackieren.

»Der Löwenteil bewegt sich ziemlich viel. Versucht mal, den anzugreifen.«

»Verstanden.«

Raphtalia ließ Magie in ihr Schwert strömen.

»Okidoki.«

Filo kreuzte die Flügel und ging in Position, um ihren Finishing-Move auszuführen. Die beiden hatten mächtige neue Attacken gelernt, auf die man setzen konnte.

Und was … sollte ich unterdessen tun?

»Shooting Star Shield!«

Mein Skill erzeugte eine Barriere mit mir im Zentrum, die Raphtalia und Filo schützte.

Das war die Vorbedingung.

Ich blickte mich um: Anscheinend war den Stadtbewohnern die Flucht geglückt. Zwar flatterten die Fledermausgehilfen überall herum, aber jetzt mussten wir erst einmal das Riesenmonster erledigen, sonst kamen wir nicht weiter.

Gut, dann wollte ich mal überlegen, wie ich unseren Gegner immobilisieren konnte.

Ich konzentrierte mich auf das heranrückende Ungeheuer und wartete, bis es in Reichweite meiner Skills kam.

»Herr Naofumi, ich wäre dann so weit.«

»Ich auuuch!«

»Super! Air Strike Shield! Second Shield!«

Ich erzeugte zwei magische Schilde, die das Gehilfenmonster in seinen Bewegungen einschränken sollten: einen zwischen den Beinen und einen am Rumpf.

Ich hätte auch noch einen dritten erzeugen können, aber erst wollte ich sehen, wie unser Gegner reagierte.

»Grrr …«

Das Monster stieß gegen die Schilde und geriet erheblich ins Straucheln.

»Jetzt!«

»Okay! Yin-Yang-Schwert!«

»Spiral Strike!«

Raphtalia schwang ihr Schwert nach dem Löwenkopf des Monsters, das sich nun schwerfälliger bewegte, und Filo begann ihren Ansturm.

Raphtalia führte einen horizontalen Schnitt am Hals aus und Filo schlug ihm den Kopf weg.

Der riesige Leib des Gehilfen begann heftig zu schwanken.

»Perfekt!«

Es wäre mir sehr willkommen gewesen, wenn wir ihn damit erledigt hätten ... Die Fledermäuse waren autark, uns blieb also leider nichts anderes übrig, als sie alle einzeln auszumerzen, auch wenn das nervig war.

»Ich sage es nur ungern, aber Ihr habt es noch nicht besiegt.«

Ich hatte gerade die Faust geballt, da hatte ich hinter mir eine weibliche Stimme vernommen.

»Seht, dort!«

Die Person hinter mir deutete auf das, was das Gehilfenmonster hinter sich her schleifte.

»Von dort aus erneuert es sich. Seht nur genau hin.«

Und tatsächlich: An der Stelle, wo der Kopf fehlte, wuchs plötzlich ein riesiger Augapfel hervor.

Widerlich ...

»Das heißt jedoch nicht, dass der hintere Teil der Ursprung ist. Es ist eine Ansammlung aus Monstern, die die Legion ... die Horde befallen hat. Wenn ein Teil fehlt, wird er von dort ersetzt. Führt bitte einen mächtigeren Angriff aus.«

Ich hatte doch gerade erst per Skill einen Schutzschild erzeugt. Der sollte eigentlich alle fernhalten, die nicht zur Party gehörten. Dennoch stand nun jemand direkt hinter mir und erteilte mir Anweisungen ... Wie konnte das sein?

Zudem schien sie meine Barriere nicht durchdrungen zu haben – sie war einfach plötzlich erschienen.

Ich drehte mich um, um nachzusehen, wer das war.

»Du?!«

Da stand doch tatsächlich die rätselhafte Frau, die mir damals erschienen war, als ich allein im Schlosshof gewartet hatte ... kurz bevor wir in die Sache mit der Geisterschildkröte hineingeraten waren.

Ihr braunes Haar hatte sie zu einem Chignon* gebunden und ihre schmalen Augen wirkten chinesisch ... Eine Frau, die einen mit Haut und Haar verschlingen konnte.

Ihr Gesicht war so wohlgeformt, dass sie selbst für mein Empfinden als Schönheit herausstach, obwohl ich bereits von Raphtalia und den anderen Mädchen umgeben war.

Außerdem hatte ihre verführerische Ausstrahlung einen starken Eindruck bei mir hinterlassen.

Sie war in eine Robe gehüllt, daher konnte man vom Hals abwärts nicht viel erkennen, aber die Frau war mir nicht geheuer. Da regte sich in mir wohl irgendein Instinkt.

Sie wirkte, als wäre sie von hoher Geburt, wie die Königin Melromarcs oder die Bitch, und jederzeit bereit, andere Menschen auszunutzen. Und so eine Frau hatte es in meinen Nahbereich geschafft, als wäre nichts dabei.

»Statt zu reden, solltet Ihr der Vernichtung dieses Gehilfen den Vorrang geben. Ich sorge dafür, dass er sich nicht bewegen kann – also bitte, macht schnell!«

Die Frau streckte eine Hand nach dem Monster aus und blickte es entschlossen an.

Da erstarrte es mit einem Mal in der Bewegung.

*Haarknoten

Hatte sie irgendeine Art von Magie benutzt?

»N... Na dann, greift schnell an!«, stammelte ich.

»Verstanden!«

»Filo, nutz deine Magie! Die stärkste, die du hast!«

»Mach iiich!«

Filo machte sich bereit zum Zaubern. Raphtalia hielt ihr Yin-Yang-Schwert aufrecht, sprang in die Luft, hieb mehrfach nach dem reglosen Monster und streckte es nieder.

Überall lagen zuckende Fleischbrocken herum, aber weiter taten sie nichts – offenbar verhinderte die Frau es irgendwie.

»Jetzt feuere ich einen starken Zauber ab, den Melty mir beigebracht hat!«, rief Filo selbstbewusst.

Stimmt, Filo hatte neulich erzählt, Melty würde sie verschiedene Sachen lehren!

»Ich, als Quelle deiner Macht, befehle dir: Ergründe das Wesen der Dinge und feg ihn mit einem starken Tornado aus Wind weg! – Tornado, Stufe drei!«

Hatte sie es bis zur dritten Stufe gebracht?

Raphtalia hatte ebenfalls gesagt, sie werde solche Zauber bald anwenden können, aber offenbar war Filo ihr zuvorgekommen.

Nun, es wunderte mich nicht, schließlich hatte sie ja vorher schon Magie der zweiten Stufe gesprochen, ohne auch nur ein Grimoire gelesen zu haben.

Vom Himmel senkte sich eine gewaltige Windhose auf den mächtigen Gehilfen herab. Auch Häuser in der Umgebung wurden weggefegt. Immer wieder schlitzte der Wind den Körper des Ungetüms auf, und ich sah Blut durch die Gegend spritzen. Aber selbst dies schien seiner riesenhaften Gestalt nichts anhaben zu können.

»Uiii ... Der hält aber viel aus, Meister!«

»Verflucht ... Bleibt nur noch der letzte Trumpf?«

Ich warf der Frau einen Blick zu, dann trat ich langsam einen Schritt nach vorn.

Mir stand nur ein mächtiger Flächenangriff zur Verfügung.

Dies war mein Ass im Ärmel: ein Schild, den ich nur als letztes Mittel einsetzte.

»Ihr beiden – zieht euch zurück!«

»Aber … Bist du sicher?«

»Wäre bestimmt gefährlicher, wenn wir so ein fieses Monster einfach weiter frei herumlaufen ließen. Falls wir noch mal auf so eins stoßen, schicken wir Leute, die einen Ritualzauber anwenden können.«

»Pass aber bitte auf, ja?«

»Klar. Ich lass mich schon nicht von meiner Wut mitreißen.«

Die Rede war vom Schild des Ingrimms, jenem verfluchten Schild, bei dem immer die Gefahr bestand, dass er sich meines Geistes bemächtigte. Ein Skill dieses Schildes hatte mir schon einmal lebensgefährliche Wunden eingebracht, und alle meine Werte waren durch den Fluch auf ein Drittel gesunken.

Mittlerweile war ich fast wiederhergestellt. Dennoch durfte ich diesen Schild nicht zu freimütig verwenden. Wenn aber Raphtalia und Filo einem Gegner nicht gewachsen waren … dann hatte ich wohl keine andere Wahl.

Ich hielt die Hand über meinen Schild und verwandelte ihn in den Schild des Ingrimms.

Ich hatte das Gefühl, dass alles ein wenig dunkler wurde, und in mir stieg der Zorn aus der Vergangenheit auf. Gleichzeitig kehrte jedoch auch die Erinnerung zurück, wie Raphtalia mich damals anerkannt hatte, wie sie mir geglaubt hatte, dass ich niemanden vergewaltigt hatte. Und so gelang es mir, meinen Zorn im Zaum zu halten.

Ja … Noch ging es. Ich konnte mich beherrschen.

Ich warf einen Blick zu Filo hinüber und sah, dass um ihre Flügel und Beine schwarze Flammen zuckten.

Auch sie hatte zum Schild des Ingrimms eine gewisse Verbindung, und sie nahm ein wenig von dem Zorn in sich auf, den ich empfand.

Raphtalia und Filo hatte ich es zu verdanken, dass ich bei Verstand bleiben konnte.

Ich trat einen weiteren Schritt auf den Gehilfen zu, dann noch einen.

Verschwommen nahm ich wahr, dass meine Füße brannten. Und dann war ich im Nahbereich des Ungetüms.

Ich blickte mich zu der Frau um. Sie nickte, dann ließ sie ihre Hand ein wenig sinken. Die Erstarrung des Monsters löste sich ein wenig und es ließ seinen Sichelarm auf mich niederfahren.

Ich wehrte ihn mit einem Arm ab.

Sofort schossen schwarze Flammen aus dem Schild des Ingrimms. Seine Konterfunktion Dark-Curse Burning S war getriggert worden. Das Feuer nährte sich von meinem Hass und verbrannte alles um mich her.

»Uooooooooooooooooh!«

»GROAAAAAAAAAAAAAAAAAAAAAAAAAAR!«

Die Flammen, die Dark-Curse Burning S versprühte, verbrannten den Gehilfen nach und nach. Dann wimmelten unzählige Fledermäuse in alle Richtungen davon, wurden jedoch ebenfalls von den Flammen verschlungen und zu Asche verbrannt.

Keuchend stand ich da.

Nachdem ich mich vergewissert hatte, dass der Feind in sich zusammengefallen war, verwandelte ich den Schild wieder zurück.

»Uh … Das brennt voll!«

Filo schüttelte Hände und Füße und hatte Tränen in den Augen.

»Hab Geduld. Ich heile dich später.«

»Mhm.«

Erst einmal musste ich eine Bestandsaufnahme machen.

Was war aus dem Gehilfen der Geisterschildkröte (Typ Parasitenkonglomerat) geworden?

Raphtalia stach probeweise mit dem Schwert in die Asche.

»Sieht so aus, als hätten wir ihn geschafft.«

»Meinst du? Na, immerhin ...«

Ich sollte wirklich nicht zu oft zu diesem Schild greifen.

Ich war aber nun einmal der Schildheld und hatte keine Mittel zum Angriff. Deshalb lag mein Augenmerk stark auf Schilden, die mir Gegenangriffe ermöglichten. Alle anderen Mittel hatten ihre Tücken und ließen sich nur schwer anwenden.

»Danke, dass du seine Bewegungen gestoppt hast. Und wer bist du jetzt?«

»Herr Naofumi, ist das etwa die Person, von der du gesprochen hast?«

»Ja. Die mysteriöse Frau, die erschienen ist, als das alles mit der Schildkröte losging.«

»Hmmm?«

Filo wechselte in ihre Menschenform, trat auf die Frau zu und schnupperte.

Beim letzten Mal war sie auf mich zugekommen und hatte absurderweise immer wieder von mir verlangt, dass ich sie möglichst schnell umbringe. Sie hatte auch komische Ausdrücke benutzt: ob ich der Träger einer *geweihten Waffe* sei und so etwas.

Auch mein Schild hatte eigenartig reagiert ... Alles an dieser Frau war rätselhaft gewesen.

Doch gerade als ich sie damals hatte ausquetschen wollen,

hatte sie sich in Luft aufgelöst, als wäre sie ein Gespenst.

»Gut, dass ihr den Gehilfen bezwungen habt. Damit wäre wohl der Schaden von den Menschen hier abgewendet … Jedoch …«

Die Frau blickte gen Westen.

Beim letzten Mal hatte sie nach Osten gezeigt … Und wieder war es genau die Richtung, in der sich die Geisterschildkröte befand.

»Ich bin noch immer nicht bezwungen worden. Träger des geweihten Schildes: Besiegt mich bitte rasch! Ich kann meine Aufgabe bereits nicht mehr erfüllen. Ihr müsst mich so schnell wie möglich niederwerfen!«

»Von wem sprichst du genau, wenn du ›ich‹ sagst? Ich hab zwar 'ne Ahnung, aber erklär es uns mal vernünftig.«

»Das stimmt … Wie soll Herr Naofumi Euch helfen, wenn Ihr ihm nicht verratet, wer Ihr seid?«

Die Frau wirkte nachdenklich. Dann nickte sie.

»Damals war ich in großer Eile, hatte gerade ein letztes Mal versucht, Widerstand zu leisten. Diesmal habe ich jedoch die Ruhe zu sprechen.«

»Duuu, Meister …«

Gerade wollte die Frau anfangen zu erzählen, da plapperte Filo los …

»Filo, sei mal eine Weile still.«

»Ähm. Aber die da ist kein Mensch und auch keine Subhumanoide.«

»Was?«

Ich hatte schon einen leisen Verdacht gehegt. Aus dem war nun Gewissheit geworden.

»Ja. Ich … bin das Alter Ego der Geisterschildkröte. Wenn wir in Kategorien sprechen, bin ich der Schutzgeist der Geisterschildkröte in Menschenform.«

Kapitel 3: Die Geisterschildkröte regt sich wieder

»Hä?«

Was hatte diese Frau da gerade gesagt?

Aber es brachte nichts, ihr von vornherein nicht zu glauben. Ich sollte mir wohl erst einmal anhören, was sie zu erzählen hatte.

»Okay, mal der Reihe nach. Du kannst dich also mit uns unterhalten?«

»Ja. Darum bin ich hier. Aber ... es bleibt nur wenig Zeit.«

Dann blickte sie zum Himmel im Westen.

Mir kam der Gedanke, sie ins Schloss mitzunehmen, aber den Teleportationsskill konnte ich wegen der Abkühlzeit gerade nicht verwenden.

Die Gehilfen hatten wir zwar alle besiegt, aber es würde wohl noch ein wenig dauern, bis die Einwohner in die Stadt zurückkehrten.

»Sollen wir uns in der Abenteurergilde breitmachen und uns da unterhalten?«

Im Gebäude der Gilde war es schrecklich still.

Die mutigen Abenteurer waren ausgerückt, um die versprengten Reste der Gehilfen zu erschlagen – aber die Stadt konnte doch nicht völlig verlassen sein!

Ein tapferer Kerl hatte sich vergewissert, dass alles sicher war, und machte gerade den Empfang wieder auf. Ich zeigte das Schreiben der Königin vor, dann ließen wir uns zu einem Besprechungszimmer führen.

Der Schutzgeist der Geisterschildkröte in Menschenform kam schweigend mit.

Wir betraten das Zimmer und machten es uns bequem.

»Also?«, eröffnete ich das Gespräch. »Wie wär's, wenn du uns die ganze Geschichte erzählst?«

Die Frau nahm ihren Umhang ab.

Sie trug so etwas wie ein Cheongsam und auf dem Rücken eine Art Umhängetuch aus Federn. Sie wirkte auf mich wie eine chinesische Fee. Dazu kam ihr Aussehen einer Femme fatale, das mich an einen Fuchsdämon denken ließ.

»Ja. Ursprünglich war dies meine Aufgabe: Ich schmeichelte mich bei dem König des Reiches ein, in dem mein Körper gebannt war, sorgte dafür, dass das Reich verfiel, raubte den Menschen das Leben und sammelte die Seelen meiner Opfer.«

»O... Oha ...«

Irgendwie fühlte es sich komisch an, wenn einem jemand mit nüchterner Miene von seinen bösen Taten erzählte.

»Und warum machst du so was?«

»Um einen Schutzwall gegen die Wellen des Untergangs zu errichten, sind zahllose Seelen vonnöten, seien es die von Monstern oder Menschen.«

»Verstehe.«

Das passte zu dem, was Fitoria, die Königin der Filolials, mir erzählt hatte.

»Das wäre dann wohl jenes Opfer zugunsten der Welt ...«

Das gleiche Bild ergab sich, wenn ich jene verblassten Schriftzeichen, die wir gefunden hatten, in meiner Fantasie vervollständigte. Ein Held der Vergangenheit hatte sie hinterlassen, auf einem Wandbild in dem Tempel auf dem Rücken der Geisterschildkröte.

Dies tat also die Geisterschildkröte: Sie tötete Lebewesen und erschuf aus ihren Seelen eine Barriere, die die Welt beschützen sollte.

Nun, ehrlich gesagt kümmerte es mich nicht groß, wenn die Einwohner dieser Welt umkamen. Hauptsache, alle, die an mich glaubten, überlebten – es war keine so schlechte Wahl. Aber natürlich war so ein Vorgehen auch für mich unbefriedigend. Ich wollte ja nicht weglaufen. Darum hatte ich die Geisterschildkröte herausgefordert und bezwungen und fahndete nun nach den anderen Helden.

»Eins möchte ich dich fragen … Ich sehe im Augenwinkel so eine blaue Drachensanduhr. Was hat die für einen Sinn? Was bedeutet die ›7‹?«

»Das ist keine Drachensanduhr. Die Zahl steht im Zusammenhang mit den gespeicherten Seelen. Die 7 bezeichnet die Gefährlichkeit der Wellen …«

Gefährlichkeit … Die war dann doch verglichen mit der ersten Welle stark angestiegen.

Ähm … welche Wellen hatte ich denn bisher in Angriff genommen? Die erste nach meiner Beschwörung musste für diese Welt die zweite gewesen sein. Die, bei der wir Glass begegnet waren, war dann die dritte gewesen. Die auf Cal Mira also die Nummer vier …

Ja, das war mir aufgefallen: Nach und nach waren die Gegner stärker geworden. Seit der ersten Welle, in die Raphtalia damals hineingeraten war, hatte sich die Situation verschlimmert. Aber das hieße doch, die Geisterschildkröte musste weit stärker sein als alle bisherigen Gegner! Immerhin war die letzte Welle auf Cal Mira ja die vierte gewesen.

»Meine Kraft entspricht der siebten Stufe. Das mag Euch, die Ihr mir getrotzt habt, als Richtschnur dienen.«

»Kennst du dich gut mit den Wellen aus? In Melromarc hatten wir schon die dritte Welle, dann noch die auf Cal Mira …«

»So genau weiß ich nicht darüber Bescheid. Ich wurde erschaffen, um die Welt vor der Gefahr der Wellen zu beschützen … Über die Wellen in den verschiedenen Reichen kann ich nichts Genaues sagen. Aber die Gefährlichkeit dürfte höchstens bei 2 oder 3 gelegen haben.«

Hmmm … Ich, der ich mit Stufe 2 oder 3 zu kämpfen gehabt hatte, hatte mich also einem Ungeheuer der Gefährlichkeit 7 entgegenstellen müssen?

»Aus den Rissen sind denkfähige Wesen hervorgekommen, die das Ziel hatten, die Helden umzubringen. Gehören die auch zu den Wellen?«

Hier kamen wir zum Dreh- und Angelpunkt. Wäre es nicht wunderbar, wenn ich von ihr erführe, um was für Leute es sich bei Glass und den anderen handelte?

»Ich … glaube nicht. So etwas kommt bei den Wellen nicht vor, denke ich.«

»Hmmm …«

Ich fand diese Frau schon ziemlich Misstrauen erweckend. Ob sie die Wahrheit sagte?

»Okay, wechseln wir das Thema. Ich will dich nicht Schutzgeist der Geisterschildkröte in Menschenform nennen … Das ist mir zu anstrengend. Wenn du Mächtige um den Finger wickelst, hast du doch bestimmt auch einen Namen.«

»Ja. Mein Name ist Ost … Horai Ost.«

Ost … Bedeutete ihr Name dann tatsächlich Osten wie in meiner Welt?

Und bezog sich Horai auf die japanische Lesung des Berges Penglai, den die Geisterschildkröte auf dem Rücken trug? Ganz schön abgedroschen …

»Und warum hast du jetzt deine Aufgabe geschmissen und mit

mir Kontakt aufgenommen? Das Siegel wurde doch mutwillig gebrochen, oder? Und danach hat die Schildkröte angefangen rumzuwüten?«

»Das hat einen wichtigen Grund: In meiner eigentlichen Form war ich nicht mehr in der Lage, meine Aufgabe zu erfüllen. So kam ich also zu Euch – dem Träger des geweihten Schildes – und habe Euch um Hilfe ersucht.«

»Und mit deiner Aufgabe meinst du diese Barriere, die die Welt beschützen soll? Darum haben wir dich ja besiegt: Damit du das bleiben lässt.«

»Nein ... meine eigentliche Form ist noch nicht besiegt. Und seit ich wieder erwacht bin, konnte ich meiner Rolle gar nicht gerecht werden ... So wären alle, die mir zum Opfer gefallen sind, umsonst gestorben.«

»Wie meinst du das?«

Ich ahnte bereits, welch beunruhigenden Kurs unsere Unterhaltung nun einschlagen würde. Weil die Helden partout nicht miteinander auskamen, kümmerte sich Fitoria nicht mehr um die Wellen. Sie hatte es der Geisterschildkröte überlassen, ihre Barriere zu errichten, um die Welt zu schützen ... Aber hatte sie gerade gesagt, dass alle bisherigen Opfer völlig sinnlos gewesen waren?

»Meine wahre Gestalt ... ist von jemandem übernommen worden. Diese Person benutzt mich – und vergrößert das Ausmaß der Katastrophe nur.«

»Was sagst du da?«

»Ich weiß nicht, was der Feind bezweckt. Er scheint mich als Medium zu benutzen, um Energie zu bündeln, aber er hält mich davon ab, die Barriere zu errichten.«

»Dann wurde der Bann also ...«

»Richtig: Er wurde nicht auf die rechte Weise gebrochen. Normalerweise nehme ich mir Seelen auf Umwegen und mit viel Zeit. Wenn das fehlschlägt, sammeln sich die Gehilfen. Und erst wenn selbst das fehlschlägt ... begibt sich meine wahre Gestalt auf ihren Marsch und sammelt die Seelen mit Gewalt ein.«

»Dann ist das Siegel eigentlich noch wirksam?«

Ich hatte gehört, der Held hätte die Methode, den Bann zu brechen, mit ins Grab genommen.

»Damit dieser Plan nicht in die Tat umgesetzt wird, habe ich die Aufgabe auf mich genommen, den Helden, die die geweihten Waffen oder die Vasallenwaffen tragen, einen Hinweis zu überbringen, wie sie das Siegel brechen können ... Wer mich nicht besiegen kann, der kann auch das Siegel nicht brechen.«

»Dann ist es deine Aufgabe, auf jemanden zu warten, der dich aufhalten kann?«

»Ja. Falls möglich, sollte der Träger einer geweihten Waffe mein Vorhaben aufdecken und mich erschlagen. Darauf habe ich gewartet.«

Es machte mich sprachlos, dass sie mir das einfach so erzählte.

Sie blickte mich jedoch mit einer Intensität an, die mir zeigte, dass sie es ernst meinte.

Aber ... Vasallenwaffen?

Ich hatte das Gefühl, Glass und ihre Leute hätten etwas Ähnliches gesagt. Nur was war damit gemeint? Ich musste sie später danach fragen.

»Du wurdest also von irgendwem gekapert und die einzelnen Schritte wurden übersprungen? Ist das überhaupt möglich?«

»Eigentlich nicht. Dennoch ist es geschehen, wenn ich auch nicht weiß, was für eine Kraft dafür verwendet wurde.«

»Hm … Aber wir haben der Geisterschildkröte den Kopf weggeballert.«

»Damit allein tötet Ihr sie nicht. Wenn Ihr es nicht auf die richtige Art und Weise anstellt, könnt Ihr sie nicht aufhalten.«

»Sag mal, Herr Naofumi, du hast doch auf diesem Wandbild gelesen, was jener Held dort hinterlassen hat.«

»Ja, aber viele Stellen waren nicht mehr zu erkennen. Die Details bleiben ein Rätsel.«

Ost blickte mich nur ruhig an.

Sie war so schön und hatte mir so aufrichtig geantwortet, dass auch ich geneigt war, ehrlich zu sein. Aber ich musste weiterhin in Betracht ziehen, dass sie log.

»Und du kennst die richtige Art und Weise, sie umzubringen?«

»Nein … So weit reicht mein Wissen leider nicht …«

Na, die war uns ja eine Hilfe! Wollte sie etwa, dass wir die Geisterschildkröte aufs Geratewohl angriffen und dabei umkamen?

Ach nein, gestoppt hatten wir sie ja bereits.

Plötzlich klopfte jemand an die Tür des Besprechungszimmers.

»Bitte verzeiht die Störung!«

Der Gildenmitarbeiter, der nicht geflohen war, trat ein. Er war blass.

»Was ist?«

»Ich habe eine dringliche Mitteilung für den Helden des Schildes!«

Ich hatte mich übrigens erkundigt, was für Techniken der Informationsübermittlung es in dieser Welt gab. Offenbar ging das nur über bestimmte Stellen. Es war so etwas wie ein magisches Telefonat.

Allerdings brauchte man spezielle Ausrüstung und Technik, um diese Magie anzuwenden, und über Textbotschaften ging es nicht hinaus. Sie ähnelten den Telegrammen meiner Welt.

In dem Fall reichte wohl auch einfach ein Brief.

»Und wie lautet sie?«

»Die Geisterschildkröte soll ihre Aktivität wieder aufgenommen haben. Ihr seid angewiesen, baldmöglichst zurückzukehren!«

Hm ... Hatten sich Osts Worte bewahrheitet?

»Bitte besiegt schnell meine Hauptform! Ich werde Euch in jeder mir möglichen Weise unterstützen.«

»Wenn das so ist, könntest du sie erstarren lassen, so wie du's vorhin mit dem Gehilfen gemacht hast.«

»Verzeiht, aber das ist unmöglich. Ich werde wohl weder meine wahre Form noch die Gehilfen ringsumher aufhalten können.«

»Was kannst du dann überhaupt für uns tun?«

War sie einfach nur hier, um mich anzubetteln? Wie nervig.

Und dann mussten wir auch noch befürchten, dass in Wahrheit sie die Strippen zog.

»Ich kann Euch mit Magie unterstützen. Außerdem glaube ich, dass ich die Gehilfen behindern kann, indem ich ihre Bewegungen verlangsame. Mein teurer Held mit dem geweihten Schild, bitte helft mir, mich zu vernichten!«

Und dann verneigte sich Ost tief vor mir.

Hm ... Vielleicht war das Angebot gar nicht so schlecht.

Mir mangelte es an Gefährten, die magische Unterstützung leisten konnten. Auch wenn es nur für eine begrenzte Zeit war, wäre sie ein Gewinn für unser Team.

»Ist zwar alles ätzend ... Aber sieht so aus, als hätten wir keine Wahl.«

Ich schickte Ost eine Gruppeneinladung. Und sie nahm sie bereitwillig an.

»Und welche Art von Magie kannst du besonders gut?«

»Erd- und Unterstützungsmagie ... Dazu eine mittlerweile vergessene Form der Magie.«

Aha? Ach, so etwas gab es doch auch in Games: Magiesysteme, die nicht mehr verwendet wurden. So etwas konnte sie also ...

»Okay. Glaub aber nicht, dass ich dir traue.«

»Ich verstehe. Ich werde alles daran setzen, Euch, dem Träger des geweihten Schildes, eine Hilfe zu sein.«

Ohne Vorwarnung feuerte sie irgendeinen Zauber auf mich ab.

In meinem Gesichtsfeld wurden ihre Werte im Detail angezeigt.

Ups ... Das waren ja ziemlich hohe Werte – sogar etwas höher als bei Raphtalia!

Sie war ein wenig schwächer als Filo, aber dafür war bei ihr alles sehr ausgewogen.

Sie hatte eine leichte Tendenz zur Verteidigung, aber sie war ja vorgeblich der Schutzgeist der Geisterschildkröte, also mochte es daran liegen.

Ihr Level konnte ich allerdings nicht finden.

»Stellen wir uns erst mal vor. Ich heiße Naofumi Iwatani.«

»Mein Name ist Raphtalia. Sehr erfreut.«

»Und ich heiß Filo! Hallo, Geisterkrötenfrau!«

»In diesem Sinne. Wir kämpfen zwar nur vorübergehend zusammen, aber lass dir nicht einfallen, mich die ganze Zeit so übertrieben anzusprechen: Träger des geweihten Schildes oder so was. So eine Anrede ist ... Ach, mach einfach nach Gefühl. Wenn dir nichts einfällt, nenn mich eben Schildheld.«

›Träger des geweihten Schildes‹ war doch viel zu lang. An ›Schildheld‹ war ich wenigstens gewöhnt, da fühlte ich mich eher angesprochen.

»N... Na gut. Ich ... werde ja nur bei Euch sein, bis Ihr die Geisterschildkröte besiegt habt, aber es ist auch mir eine Freude – Schildheld, Raphtalia und Filo!«

Nur bis wir die Geisterschildkröte besiegt hatten?

Nun, Ost wollte, dass wir sie besiegten, weil sie ihre Mission nicht erfüllen konnte. Wenn wir die Geisterschildkröte töteten, deren Schutzgeist sie war, würde sie dann etwa ...

So ganz glaubte ich Ost zwar noch nicht, aber es sah immerhin so aus, als hätten wir uns da wieder einmal schöne Scherereien eingehandelt.

Jedenfalls war nun Ost – der Schutzgeist der Geisterschildkröte in Menschenform – meine Gefährtin geworden.

»Ach, kann ich dich eins fragen?«

»Was denn?«

»Träger des geweihten Schildes, so pompös das klingt ... Ist das für dich eine ganz normale Bezeichnung?«

»Ja. So wurden die vier Heiligen in der Vergangenheit genannt.«

Hm ... Wie ich es mir gedacht hatte. Und was waren dann diese Vasallenwaffen?

»Und wer sind diese Vasallen?«

»Sie sind die Träger der Vasallenwaffen und stehen den heiligen Helden bei.«

Waffenträger, die uns beistanden? So etwas gab es?

Hmmm ... Mir mit meinem begrenzten Wissen fielen da nur die sieben Sternhelden ein ...

»Redest du von diesen Helden der sieben Sterne?«

»Mag sein ...«

War das vielleicht auch eine dieser alten Bezeichnungen? Musste ich ... davon ausgehen, dass es einen Zusammenhang zwischen den Legenden der vier Heiligen und der sieben Sterne gab?

»Allzu gut kenne ich mich leider auch nicht aus …«

»Schon gut. Belassen wir's dabei und springen erst mal zu der Stelle, wo wir die Geisterschildkröte besiegt haben.«

Ich konzentrierte mich auf meinen Schild und löste Portal Shield aus. Es schien, als konnte ich ihn auch stumm aufrufen.

Vor meinen Augen erschien eine Liste der möglichen Sprungziele. Drei Orte konnte man speichern. Wenn man einen weiteren ergänzte, wurde der älteste Eintrag gelöscht. Das machte das Management etwas umständlich, aber dabei konnte selbst ich nichts falsch gemacht haben.

Alsdann, zurück zur erlegten Geisterschildkröte …

Doch als ich sie anwählen wollte, sah ich vor meinen Augen nur Schnee.

»W… Was soll das?«, rief ich unwillkürlich aus.

»Was ist denn geschehen?«

»Ich wollte den Ort auswählen, an dem die Schildkröte liegt, aber ich sehe nur Schnee …«

Ich befahl den Teleport.

Es erschien ein Text:

Teleport nicht möglich.

Verdammt …

»Das ist eine Ortswechselfähigkeit, oder? Ich könnte mir vorstellen, dass im Umkreis meiner wahren Form Störungen auftreten.«

Dass man sich nicht direkt in die Umgebung der Geisterschildkröte teleportieren konnte, damit hätte ich eigentlich rechnen müssen.

Wie lange würden wir wohl brauchen, um von hier aus dorthin zu gelangen? Von Melromarc aus wären wir wahrscheinlich schneller.

»Wir springen erst mal nach Melromarc. Wir können ja schließlich nicht zu viert gegen diesen Koloss kämpfen.«

»Verstehe«, sagte Raphtalia. »Ja, wir sollten das zusammen mit den Menschen aus dem Reich angehen, und mit Rishia und Eclair.«

»So sei es.«

Osts Wortwahl ... war manchmal eigentümlich altmodisch.

Man konnte es auch als Höflichkeit ansehen, aber wenn so ein Vamp wie sie mit einer derartigen Ernsthaftigkeit mit einem sprach, wusste man nicht, wie man reagieren sollte.

Ihr Äußeres und ihr Charakter unterschieden sich komplett.

»Was hast du, Meister?«

Filo blickte mit schiefgelegtem Kopf zu mir auf. Ruckartig wandte ich mich ab. Ich hatte irgendwie das Gefühl, als könnte sie mir direkt in die Seele blicken.

»Also, ab nach Melromarc.«

Ich wählte den Schlosshof an und wir machten den Sprung.

Dort fanden wir die Königin, ihre Soldaten, Rishia und Eclair vor, die sich gerade zum Aufbruch fertig machten.

»Ah, Herr Iwatani. Dann habt Ihr meine Mitteilung wohl erhalten?«

»Ja. Die Geisterschildkröte rührt sich also wieder.«

»Genau. Wir wollten gerade dorthin, um uns das anzusehen, da seid Ihr erschienen ...«

»Tja, ist das nun Glück oder Pech?«

Was wäre wohl gewesen, wenn die Königin vor Ort gewesen wäre, als die Schildkröte wieder erwacht war?

Sie hätte sterben können.

Eine erschreckende Vorstellung.

»Was ist mit der Bündnisarmee?«

»Diejenigen, die in der Umgebung der Geisterschildkröte gesucht haben, haben sich eilig zurückgezogen, aber zu einigen haben wir den Kontakt verloren. Vielleicht sind sie nicht mehr rechtzeitig weggekommen ...«

Das klang alles gar nicht erfreulich.

»Aber sagt ... Seid Ihr nicht Lady Ost? Eine Konkubine des Königs jenes Reichs?«

»Ja.« Ost verneigte sich leicht. »Wir sind uns schon einige Male begegnet, Königin von Melromarc ...«

Erst schien es, als wollten die beiden verführerischen Frauen einander anstarren ... Doch dann senkte Ost abermals den Blick und verblieb in dieser bittenden Position.

Die Augen der Königin weiteten sich.

Erstaunte sie das so sehr? War das ein derart ungewohnter Anblick für sie?

»Wie darf ich das verstehen? Mir will nicht einfallen, wann Ihr Euch je so vor mir verneigt habt.«

»Ihr kennt euch wohl?«

»Bei der Weltkonferenz bin ich dem König und den Abgesandten ihres Reichs einige Male begegnet ...«

»Wir haben uns sozusagen ... als politische Feinde gegenübergestanden«, sagte Ost geradeheraus. »Unser Reich verfolgt eine Abschließungspolitik, aber die Oberschicht hat dennoch an Konferenzen mit anderen Reichen teilgenommen. Um offen zu sein: Ich habe dort die Rolle einer unangenehmen Frau gemimt.«

Ah, hieß das, sie hatte die intrigante Adlige gespielt? Irgendwelche Ränke geschmiedet?

Ihrer jetzigen Haltung war nichts dergleichen anzumerken.

»Wie hat es sich zugetragen, dass eine Konkubine jenes Reichs nun mit Herrn Iwatani reist?«

»Weise Königin, die Ihr *die Füchsin Melromarcs* genannt werdet ... Ihr unterstützt den Träger des geweihten Schildes – bitte hört auch mich an!«

Ost berichtete der Königin, dass sie der Schutzgeist der Geisterschildkröte sei und deren Hauptform jemand gekapert habe. Dann sagte sie, die Geisterschildkröte könne ihre Aufgabe nicht erfüllen.

In der Öffentlichkeit nannte sie mich nach wie vor den Träger des geweihten Schildes.

Die Königin schloss ihren Fächer, tippte sich damit gegen den Mund und dachte eine Weile nach.

»Eigentlich ist unser Ziel, die Geisterschildkröte von ihrem Vorhaben abzuhalten. Es fällt mir schwer, Eure Erzählung zu glauben, aber widerlegen kann ich sie ebenfalls nicht.«

»Seh ich genauso«, sagte ich. »Aber zurück zum Thema. Es sieht so aus, als könnte ich uns nicht zur Geisterschildkröte teleportieren. Wir müssen wohl alle von hier aus aufbrechen.«

»So ist es wohl ... Auch wir werden uns zu Fuß dorthin begeben müssen.«

»Bis wir losgehen, sollten wir unsere Strategie besprechen. Sind alle Vorbereitungen getroffen?«

»Wir sind aufbruchsbereit.«

»Dann machen wir uns sofort auf den Weg.«

Auf meine Ansage hin stießen die Soldaten Melromarcs einen Schlachtruf aus.

Kapitel 4: Die Berserker-Geisterschildkröte

Ein Tag war vergangen, seit wir Schloss Melromarc verlassen hatten … Auch unterwegs bekamen wir weiter detaillierte Informationen über die Geisterschildkröte.

Im Augenblick nahm sie wohl vorrangig dicht besiedelte Regionen aufs Korn.

Allerdings … waren ihre Attacken den Berichten zufolge noch stärker als zuvor, und sie richtete immensen Schaden an.

»Gerade ist die Geisterschildkröte in Melromarc eingedrungen und bewegt sich Schritt für Schritt auf das Schloss zu.«

»Tatsächlich …«

Die Königin breitete eine Karte in der Kutsche aus und zeigte auf den gegenwärtigen Aufenthaltsort des Kriechtiers. Dann deutete sie den Kurs an, den sie nahm.

Das war nicht weit von hier. Wir sollten bald in Sichtweite kommen.

»Auch in unserem Reich hat sie bereits beträchtlichen Schaden angerichtet«, sagte die Königin ärgerlich.

Ich konnte sie verstehen. Ich war ja selbst viel in Melromarc herumgereist und kannte die Städte, die gerade nach und nach zerstört wurden.

»So, und wir können die Geisterschildkröte also nur aufhalten, wenn wir die richtige Methode kennen, sie zu besiegen, ja?«

»Genau«, sagte Ost.

»Dabei haben wir ihr das letzte Mal den Kopf weggeschossen.«

»Ich sagte ja bereits: Das reicht nicht aus. Sie kann sich regenerieren.«

»Von der Bündnisarmee kommen die gleichen Berichte: Der Schildkröte soll am Halsstumpf ein neuer Kopf gewachsen sein, und dann habe sie sich erhoben.«

Hm … Das hieß jedoch auch, dass man sie notfalls für eine Weile außer Gefecht setzen konnte, indem man ihr erneut den Kopf abschlug. Unterdessen müssten wir dann aber herausfinden, wie man sie endgültig besiegte.

»Was ist aus den Helden der sieben Sterne geworden?«

Das waren die Träger eines weiteren Satzes legendärer Waffen neben unseren vier heiligen Waffen.

Wie wir kämpften auch sie für diese Welt. Da sie jedoch in einer anderen Region operierten, waren wir uns noch nicht begegnet.

»Sie haben in dem Reich Nachforschungen betrieben, wo die Geisterschildkröte gebannt gewesen ist. Daher brauchen sie eine Weile, um hierherzugelangen.«

»Also nützen sie uns aktuell nichts …«

Nun, auch ich hatte mich ja auf der Suche nach den Jungs in Richtung des Reichs bewegt, in dem sich die Sternhelden aufhielten. War es eine Überlegung wert, ihnen ein Stück weit entgegenzugehen und sie abzuholen? Dann könnte ich sie per Teleport in einem Rutsch hierherbringen.

Es gab jedoch Schwierigkeiten: Erstens wusste ich nicht, wie sie aussahen; zweitens müsste ich ihnen erst irgendwie übermitteln, dass sie sich mit uns treffen sollten; drittens wusste ich nicht, wie mächtig sie waren. Ich hatte zwar gehört, sie seien stärker als die drei mir bekannten Helden, aber …

»Hey, Königin.«

»Ja?«

»Wie stark sind die Helden der Sterne ungefähr?«

Die Königin dachte nach.

Was gab es da zu grübeln? War die Frage so schwer zu beantworten?

»Darf ich ganz offen sein?«

»Klar.«

»Nach allem, was ich gesehen habe, sind sie nicht so stark wie Ihr, Herr Iwatani. Genau wissen kann ich es nicht, denn vielleicht haben sie ihre wahre Stärke noch nicht offenbart.«

»Aha ...«

»Sie müssten jedoch ähnlich stark wie Raphtalia oder Filo sein.«

Hmmm ... Sorry, aber wenn das alles war, dann reichten mir Raphtalia und Filo.

Natürlich: Mehr Leute dabei zu haben, half immer. Da jedoch die Zeit drängte, sollten wir wohl doch selbst vorangehen.

»Ich würde sagen, wir machen's wie beim letzten Mal ...«

Ich hatte mich gerade genauer mit der Königin absprechen wollen, da rief Filo plötzlich: »Meister! Da!«

»Was ist, Filo?«

Ich steckte den Kopf aus der Kutsche und blickte in die Richtung, in die Filo mit dem Kopf zeigte.

Irgendetwas stieg in den Himmel auf.

Was war das?

Es erinnerte mich an eine Rakete, aber gab es so etwas hier überhaupt?

Dies war doch eine mittelalterliche Welt ...

Ich sah, wie aus den Wäldern der Gegend Vogelmonster aufflatterten und davonflogen.

Es kam mir fast so vor, als würden sogar die Wolken seitwärts die Flucht ergreifen. Mir schwante Böses ... Ich hatte es kaum gedacht, da schossen so etwas wie gewaltige Spieße vom Himmel herab.

Sie gingen auf dem Gipfel des Berges nieder, auf den wir uns zubewegten.

Dann, ganz wie in einem Kriegsfilm ... drang verspätet das Echo der Explosionen zu uns, und ein heftiger Wind blies uns entgegen.

Dort, wo die Spieße niedergegangen waren, entfalteten sich die Explosionen.

Nicht nur eine, sondern viele.

Mit einer Gewalt, als würde die Welt selbst zugrunde gehen, gingen überall die Bäume in Flammen auf und der Erdboden öffnete sich.

Diese Szene ließ mich an heftige Bombardierungen in meiner Welt denken, die keinen Stein auf dem anderen ließen. Es war ein entsetzlicher Anblick.

»W... Was war das gerade?«

Raphtalia und Filo blickten ebenfalls sprachlos zu dem Inferno hin.

»Uäääh ... Ich hab Angst!«

»Fürchte dich nicht, Rishia«, sagte Eclair.

»Aber – immerhin scheinen wir gerade direkt auf diese Explosionen zuzufahren«, gab die alte Schachtel zu bedenken.

»Uwääääh!«

Schon ging das Tohuwabohu hinter mir los.

»Hey ... War das etwa eine Attacke der Geisterschildkröte?«

Konnte das sein? Solche Angriffe hatte sie bei unserem letzten Kampf nicht gezeigt. Ihr Partikelstrahl, der Berge durchbohren konnte, war doch ihre stärkste Attacke gewesen!

Ja, vielleicht war eine realistischere Annahme, dass die Alliierten gerade einen mächtigen Zauber auf die Schildkröte abgefeuert hatten.

»Nun ja … Es gibt einen Kollektivritualzauber namens ›Meteor‹. Durchaus denkbar, dass unsere Bündnisarmee, die schon vor Ort ist, ihn ausgeführt hat …«

»Hmmm?«

Filo war nicht entgangen, dass der Königin bei ihrer Behauptung Schweiß auf die Stirn getreten war. Sie legte den Kopf schief.

Was war hier überhaupt los? Wenn das doch kein Angriff unserer Leute gewesen war, dann waren wir in ernsten Schwierigkeiten.

»Du, Meister?«

»Was?«

»Ich glaub, das stimmt nicht. Es fühlt sich irgendwie anders an als Magie.«

»Okay, aber wenn das keine Magie war, was dann? Das ist das gleiche Kaliber wie die schwere Artillerie meiner Welt!«

»Ja, kann denn das …« Ost blickte zitternd zu den Explosionen hin. »Es scheint, als wäre die Ahnung des Schildhelden … richtig.«

Was? Wollte sie damit sagen, das sei tatsächlich eine Attacke der Geisterschildkröte gewesen?

Schließlich … erreichten wir mit unserer Kutsche eine Stelle, von der aus wir eine gute Aussicht hatten.

In der Ferne …

»Hey! Die Schildkröte war doch nicht … so groß wie dieser Berg da, oder? Die muss ja nur vorwärtsgehen, und es gibt ’ne Katastrophe!«

»Jemand hat die Kontrolle über meine wahre Gestalt erlangt … Bitte, Schildheld, Ihr müsst mich niederwerfen!«

Vor mir sah ich die sich vorwärts bewegende Schildkröte. Sie war jedoch kaum noch wiederzuerkennen … Ihr Maul stand offen und Geifer troff heraus, als hätte sie Tollwut. Ihre Augen loderten rot und es krachte jedes Mal, wenn sie den Fuß aufsetzte.

Auf ihrem Rückenpanzer hatte es eine Stadtruine gegeben, aber davon schien kaum noch etwas übrig zu sein. Vielleicht war sie bei der Bewegung einfach in sich zusammengefallen? Oder weil die Schildkröte weitergewachsen war?

Was ich da sah, war ein gewaltiges Schildkrötenmonster, dem brutal aussehende Stacheln aus dem Rückenpanzer wuchsen.

Die Schildkröte schien noch viel mächtiger als bei der letzten Begegnung zu sein. Sie hätte den Namenszusatz »Berserker« verdient.

Und sie bewegte sich auch viel schneller als beim letzten Mal.

Was war das denn für ein Schwierigkeitsgrad? Ich konnte mir nicht einmal vorstellen, wie wir die besiegen sollten!

Dann blieb die Geisterschildkröte plötzlich stehen.

»Was ist jetzt?«

Direkt im Anschluss begannen einige der Stacheln, sich zu bewegen, und dann zischten sie in den Himmel hinauf.

Ich verfolgte mit meinem Blick ihre Flugbahn.

Schließlich regneten die Geschosse wieder herab. Und abermals gab es im Umkreis der Monstrosität jene entsetzlichen Explosionen.

Ähm ... War das ein Flächenbombardement?

Da hatte sich diese Bestie ja auf höchst unangenehme Weise weiterentwickelt!

Gerade noch hatte sich dort eine Stadt befunden – und nun war sie dem Erdboden gleichgemacht.

In einem Game, das ich früher mal gezockt hatte, hatte es auch ein Monster gegeben, das solche Angriffe beherrschte. Mächtig genug, die ganze Welt in Schutt und Asche zu legen. Konnten wir es mit diesem Ungeheuer überhaupt aufnehmen?

In einem Spiel wäre so etwas der letzte Endgegner gewesen.

Dies war jedoch kein Computerspiel, sondern die Realität einer fremden Welt. Auch wenn wir es besiegten, würde es hinterher noch weitergehen.

Fitoria zufolge konnten wir einfach wegschauen: Dann würden die Wellen aufgehalten, und anschließend würde die Geisterschildkröte wieder in Stillstand verfallen. Aber sie selbst – beziehungsweise ihr Alter Ego namens Ost – hatte mir berichtet, dass jemand sie in seiner Gewalt hatte. Wir mussten sie aufhalten, sonst würde sie nie aufhören. Und wenn das so weiterging, würde die Geisterschildkröte noch die ganze Welt verwüsten.

O Mann ... Wer würde gegen so einen Feind kämpfen, wenn nicht ein Held voranging?

»Alles klar. Wo sind die Alliierten?«

Ich wollte mit ihnen eine Strategiebesprechung abhalten, daher hielt ich von unserem guten Beobachtungsposten aus nach ihnen Ausschau.

Wo waren sie nur? Alles war voller Trümmer, ich konnte gar nichts erkennen!

»Da drüben!«

Ich folgte dem Fingerzeig der Königin und sah, dass die Soldaten sich aufgeteilt und in weitem Kreis um die Schildkröte Position bezogen hatten.

Aber natürlich: Sie steuerte ja Stellen an, wo sich viele Leute aufhielten! Hatten sie sich verteilt, damit die Schildkröte sich nicht auf ein Ziel einschießen konnte?

»Wir müssen schnell zu ihnen. Filo!«

»Mhm!«

Eilig setzten wir unsere Fahrt fort, auf die Stellung des Bündnisses zu.

Kapitel 5: Verwüstung

Das Heer war verstreuter als bei unserer letzten Konfrontation mit der Geisterschildkröte. Offenbar war es ihnen gelungen, sie ein Stück weit zu lenken. So war zwar viel Schaden entstanden, es hatte aber nicht so viele Tote gegeben.

Diesmal hielten wir unsere Besprechung in einer fahrenden Kutsche ab.

Die Königin, Ost und ich stiegen zu: Die Generäle erwarteten uns bereits darin zusammengepfercht.

»Entschuldigt, dass es so eng ist«, sagte einer der Anführer des Heers, an den ich mich noch vom letzten Mal erinnerte.

»Es ist, wie es ist. Macht nichts.«

»Wir hätten gern ein Luftschiff vorbereitet, aber ...«

»So was habt ihr hier auch?«

Warum auch nicht? Es war ja eine fremde Welt.

»Die müssen erst aus Faubrey entsendet werden ... Sie sollen gerade auf dem Weg hierher sein, aber ...«

Aber sicher würde es noch dauern, bis sie Melromarc erreichten.

Ob die Sternhelden mitflogen?

»Bringt nichts, auf etwas zu hoffen, was man nicht hat. Wie sieht denn die Lage aus?«

»Nachdem die Geisterschildkröte ihre Aktivität wieder aufgenommen hatte, durchlief sie diese eigenartige Transformation. Aus der Ferne sieht man es vielleicht nicht, aber die Stadt auf ihrem Rücken gibt es noch.«

»Ach ja?«

Wahrscheinlich sah man sie nur wegen der Stacheln nicht.

»Dies sind die Aufzeichnungen, die die Forschungsgruppe angefertigt hat.«

Mir wurde ein äußerst dicker Stapel Papier hingelegt. Ich warf einen Blick hinein: Alles, was die Entdecker in der Geisterschildkrötenstadt erlebt hatten, war der Reihe nach aufgelistet. Ich hatte jedoch gerade keine Zeit, mir den Bericht anzusehen. Vielleicht ... sollte ich es einer Person mit dem nötigen Grips zu lesen geben?

»Seht das später bitte mal alles durch. Zeigt es auch Rishia – bei so was kann sie uns vielleicht am ehesten weiterhelfen.«

»Wie Ihr wünscht.«

»Sagt, wer ist die Person, die Ihr mitgebracht habt?«

»Ach so ... Sie hat uns erzählt, sie wäre der Schutzgeist der Geisterschildkröte.«

»Was?!«

Die Anführer blickten mich entsetzt an.

Na ja, kein Wunder.

»In jenem Reich«, sagte Ost, »nannte man mich Horai Ost. Es ist mir eine Ehre, Eure Bekanntschaft zu machen.«

Sie senkte ehrerbietig ihr Haupt. Die Militärs öffneten und schlossen ihre Münder und zeigten mit den Fingern auf sie.

Dann berichteten wir auch ihnen, dass die Geisterschildkröte ihrer eigentlichen Aufgabe nicht nachkommen könne, weil irgendjemand sie in seiner Gewalt hatte.

»Es gibt also ein unerwartetes Problem mit ihr ...«

»So sieht's aus. Besiegen müssen wir sie aber so oder so, oder?«

»N... Nun, schon, aber ...«

»Ich ersuche Euch alle um Eure Zusammenarbeit.«

»Wie anmaßend! Wisst Ihr überhaupt, wie viele Menschen Euretwegen gestorben sind?«

»Ich habe die vielen Leben in vollem Bewusstsein gefordert. Und da ich zu diesem Zweck erschaffen wurde – zumindest im Rahmen meiner zu erfüllenden Aufgabe –, werde ich mich nicht dafür entschuldigen.«

Die Königin blickte Ost und die Generäle an und schaltete sich in das Gespräch ein.

»Auch ihr Ziel ist es, die Welt zu retten, wenngleich mit anderen Mitteln ... Es ist wohl nicht der richtige Zeitpunkt für einen Streit. Sie wünscht sich ja selbst, dass wir diese Angelegenheit beenden.«

Es war viel verlangt. Und die Militärs sahen nicht so aus, als wären sie einverstanden.

»Eigentlich ist sie doch bloß eine Noteinrichtung – für den Fall, dass die Helden zu schwach sind, um die Welt zu retten. Ihr habt hier das Sprachrohr der Geisterschildkröte sitzen, die die ganzen Opfer fordert.«

Aber ich wurde ignoriert.

»So jemanden sollten wir unverzüglich exekutieren!«, rief einer der Generäle verurteilend.

Ost senkte die Lider, schloss die Finger um den Stoff ihres Umhangs und ließ die Beschimpfungen über sich ergehen.

»Ach, und ihr glaubt wohl ernsthaft, ihr könntet die Welt retten, ohne irgendwelche Opfer zu bringen?«

Die Offiziere blickten mich fragend an. Als hätten sie nicht die geringste Ahnung, wovon ich redete.

Irgendwann reichte es auch mir, und ich war mit meiner Geduld am Ende. Als wir uns das letzte Mal der Schildkröte gestellt hatten, hatte ich noch versucht, einen guten Eindruck zu machen. Wenn hier aber ein solcher Hochmut um sich griff, dann waren wohl doch ein paar klare Worte angesagt.

»Zum Beispiel verlasst ihr euch jedes Mal auf die Helden, wenn irgendwas ist. Ihr beschwört uns und verlangt dann, dass wir euch retten ... Alles im Bewusstsein, dass ihr die Helden damit opfern könntet. Stimmt's?«

»Die Helden ... opfern?«

»Es ist doch wohl selbstverständlich, dass die Helden, die wir beschworen haben, die Probleme lösen!«

Aha. An dieser Ansicht würden wir wohl noch arbeiten müssen.

Es war schon anstrengend mitzubekommen, wie viele Leute nicht fähig waren, sich in die Lage eines anderen zu versetzen.

»Ich meine: Ihr opfert die Helden und macht damit im Wesentlichen das Gleiche wie die Geisterschildkröte.«

»Was sagt Ihr da?!«

»So ist es doch! Ganz nach dem Motto: ›Sollen die doch die Welt für uns retten.‹ Und falls sie sich nur retten ließ, indem ihr die Helden opfert ... würdet ihr das ohne zu zögern tun, oder?«

»Uh ...«

Die Hälfte der Krieger verfiel in nachdenkliches Schweigen. Der Rest empörte sich und schrie herum.

»Die Helden haben die Pflicht, für die Welt zu kämpfen! Was soll daran bitte verkehrt sein?«

Unwillkürlich entwich mir ein Seufzer.

Beim letzten Mal hatte ich stolz verkündet: ›Ein Held ist man im Herzen. Wer nie aufgibt, wie verzweifelt die Situation auch sein mag, wer den Willen hat, die Menschen zu beschützen – der ist ein Held!‹ Musste ich meine eigenen Worte nun widerrufen?

»Einen Helden nennt man jemanden, der mutig ist. Jemanden, der seine Stärke einsetzt, um für die Menschen zu kämpfen ... Aber wir sind nicht eure Schachfiguren. Wir mögen noch so stark sein, wir sind immer noch Menschen und kein Kanonenfutter!«

Bei diesen Worten machten die Generäle betretene Gesichter.

Wann immer irgendetwas geschah, verließen sich alle in dieser Welt auf die Helden, ihre Erlöser. Darauf hingewiesen zu werden, tat natürlich weh.

»Und bei euch Soldaten ist es doch nicht anders: Ihr fallt der Geisterschildkröte zum Opfer, und dadurch wird die Welt gerettet. Was soll daran bitte verkehrt sein?«

Meine Retourkutsche traf die Zürnenden wie ein Schlag ins Gesicht.

»Wenn ihr jetzt das unsinnige Argument bringt, bei den Helden sei das was anderes, dann werde ich euch nicht beistehen. Und wenn ihr sterbt, besiege ich mit den noch übrigen – die den Sinn meiner Worte verstanden haben – die Geisterschildkröte. Wollt ihr es so haben?«

Sie knirschten mit den Zähnen.

»Schildheld.«

Ost hob das Gesicht und blickte mich an. Dann verneigte sie sich.

»Ich glaube, jetzt ist nicht die Zeit, um über das Problem der Verantwortung zu sprechen«, schaltete die Königin sich ein. »Eigentlich handelt die Geisterschildkröte im Sinne der Welt – wenngleich nicht im Sinne der Menschheit. Nun kann sie jedoch ihre Aufgabe nicht mehr erfüllen und wütet lediglich herum. Haben wir keine Wahl? Müssen wir sie erschlagen? Gibt es nicht irgendetwas anderes, was wir tun könnten?«

Es wurde still in der Kutsche.

Richtig. An der Notwendigkeit, die Schildkröte zu erschlagen, hatte sich nichts geändert.

Die Option, ihr einfach alles Leben zu opfern, um die Welt zu retten, war uns genommen worden.

»Selbst wenn wir um diese Tatsache nicht wüssten, ändert es nichts daran, dass wir es tun müssen. Wie Herr Iwatani gesagt hat: Lady Ost ist nicht das Problem.«

»Nun ... Was sollen wir dann tun? Um ehrlich zu sein, waren wir schon beim letzten Mal hilflos.«

»Es gibt nur eins, was wir tun können: Meine Gefährten und ich gehen wie beim letzten Mal voran und schießen der Schildkröte den Kopf weg. So verschaffen wir uns etwas Zeit.«

»A... Aber ...«

Ja, ihre Attacken waren mittlerweile heftiger ... Ich fragte mich schon, ob ich ihnen standhalten würde.

»Und du, Ost, weißt wirklich nicht, wie man sie endgültig tötet?«

»Nein ... Ich diene nur als Vorhut für die Geisterschildkröte und kann nicht mehr tun, als die Helden darauf hinzuweisen, das Siegel auf die richtige Art und Weise zu brechen.«

Das war keine große Hilfe. Aber immer noch besser als nichts.

»Weißt du denn sonst nichts?«

»Als ich am Hof die königliche Familie für mich gewann, hörte ich die Überlieferung von der Geisterschildkröte ...«

»Dann sprich bitte mal mit Rishia ... dem Mädchen im Kostüm. Vielleicht findet sie in dem, was du sagst, irgendeinen Hinweis.«

»Einverstanden.«

Sie kehrte zu unserer Kutsche zurück.

Wie sie sich bewegte ... Irgendwie eigenartig.

Federleicht, fast schwebend, sprang sie aus der Kutsche. Ganz so, als hätte die Schwerkraft keinen Einfluss auf sie. Ihre Bewegungen hatten etwas Überirdisches an sich. Hing das auch damit zusammen, dass sie der Schutzgeist der Geisterschildkröte war?

»Königin, komm du später auch mit zum Gespräch dazu.«

»Gern. Die Legende der Geisterschildkröte ... interessiert mich. Wobei es von Vorteil wäre, wenn ein guter Plan dabei herauskäme.«

Die Erforschung von Legenden war anscheinend ein Hobby der Königin ... War doch nett, wenn dies auch mal zu etwas nütze war, dachte ich zusammenhanglos.

»Wir haben hier aber erst noch einiges zu besprechen. Die Schlachtordnung ja sowieso, und auch, wie wir angreifen wollen, da das Monster viel gefährlichere Attacken hat als beim letzten Mal.«

»Ja. Ich denke, zunächst sollten wir die Geisterschildkröte wieder an einen zum Kämpfen geeigneten Ort locken.«

»Wie sieht's mit der Evakuierung aus?«

»Das Ungeheuer bewegt sich so schnell, dass wir ein wenig hinterherhängen.«

Also eigentlich alles wie gehabt.

»Aber sie ist auf das Heer vor sich fixiert, daher sollten wir genügend Zeit herausschlagen können.«

»Schön wär's ...«

Beim letzten Mal hatte die Geisterschildkröte sich eher auf weitere Städte als auf unseren Soldatenverbund konzentriert. War ihr jetziges Verhalten vorzuziehen?

»Die Attacken der Geisterschildkröte sind so heftig, daher gibt es weniger Gehilfen. Manchmal hält sie auch inne. Insofern dürfte das Anlocken an sich leichter sein. Den Angriff, den sie letztes Mal auf Euch abgefeuert hat, scheint sie im Augenblick auch nicht einzusetzen ...«

»Na ja, wenns nur der Angriff wäre ...«

Auch damals hatte sie ihre ganzen Gehilfen mit erwischt. Wenn sie so eine Attacke startete, schien sie nicht zwischen Freund und Feind unterscheiden zu können. Hatten wir Glück, dass ihre Reichweite nicht allzu groß war?

Moment … Manchmal hielt sie inne?

Ich blickte mich um. Ja, die Geisterschildkröte hatte soeben angehalten und starrte ins Leere.

Darauf abgestimmt stoppte nun auch die Kutsche.

»Es heißt, wenn sie einmal anhält, bewegt sie sich in einem Zeitraum von 30 Minuten bis zwei Stunden nicht mehr.«

»Hmm …«

Nun, wenn sie sich unermüdlich bewegen würde, hätten die Soldaten wohl auch Schwierigkeiten, sich rechtzeitig in Sicherheit zu bringen. Die Kutschen wurden von Pferden oder Filolials gezogen, und die ermüdeten irgendwann.

»Wenn wir in den Nahkampf gehen … Ich weiß noch nicht, wie das ablaufen wird, also seid bitte wachsam.«

»Wie ihr wünscht, Herr Iwatani …«

Mussten wir uns also wirklich mit Gewalt mehr Zeit verschaffen?

Wir trafen noch detailliertere Absprachen mit den Alliierten.

Die Besprechung war vorbei und wir kehrten zu unserer Kutsche zurück.

»Da seid ihr ja wieder«, sagte Raphtalia. »Auf welche Strategie ist die Wahl gefallen?«

Sie konnte es offenbar kaum erwarten, den Inhalt der Besprechung zu erfahren.

Rishia und die alte Schachtel blickten die Königin ebenfalls interessiert an.

Rishia und Ost schienen die Zeit genutzt zu haben, um über die Überlieferung zu sprechen.

»Wir haben beschlossen, dass wir sie noch ein Stück weiterlaufen lassen. Wenn die Schildkröte sich wieder zu bewegen beginnt, ist das der Startschuss für unser Manöver.«

Übrigens war sie zwar stehen geblieben, blickte sich aber in alle Richtungen um, als wollte sie die Umgebung im Auge behalten.

Wenn wir uns näherten, würde sie sich wohl sofort in Bewegung setzen. Wir mussten daher größte Vorsicht walten lassen.

Wir würden das zwar schon hinbekommen, aber ... Es machte mich eigenartig nervös, in der Nähe dieses Monsters zu sein.

Plötzlich stand Ost auf, als würde sie auf meine Sorge reagieren.

»Sie scheint Kraft aus der Erde zu ziehen, um sich auf jene Attacke vorzubereiten. Seht Euch bitte vor!«

»Du meinst den Angriff mit den Stacheln von ihrem Rücken?«

»Ja.«

Das konnte wahrscheinlich nur Ost spüren.

»Sollten wir lieber schnell zuschlagen?«

»Es wäre mir am liebsten, wenn wir bald anfangen könnten, aber nicht, wenn es Euch verfrüht erscheint.«

»Wieso?«

»Wenn wir sie noch ein bisschen weiterlaufen lassen, kommt sie an eine Stelle, wo wenig Energie im Boden zu holen ist. Dort kann sie sich also auch nur schwach aufladen.«

»Oho ... Was ist das überhaupt, diese Energie im Boden?«

»Um es mit Worten in der Sprache der Menschen zu sagen, zweierlei: Erfahrungspunkte ... und Magie, die sich in der Atmosphäre auflöst.«

Hm. Osts Sprachgebrauch war manchmal altmodisch, aber sie wusste alle möglichen Details über diese Welt.

»Dann wäre es wohl ratsam, das Stück noch zu warten, was?«

»Ja. Wir sollten uns so gut wie möglich vorbereiten, denke ich.«

»Verstanden.«

Klar – Vorbereitung war alles.

Alle jetzt möglichen Vorkehrungen sollten wir schon einmal treffen.

»Bald ist es so weit …«, sagte Raphtalia. »Dann greifen wir die Geisterschildkröte an, nicht wahr?«

»Ja. Hoffentlich klappt's, ihr wie beim letzten Mal den Kopf wegzuschießen und so Zeit rauszuschlagen.«

Die richtige Methode, sie zu besiegen, kannten wir noch immer nicht. Zeit zu gewinnen, war nicht verkehrt, aber ich wurde jenes ungute Gefühl einfach nicht los.

Ich betrachtete die Geisterschildkröte aus der Distanz. Wir mussten die Füße stillhalten und abwarten, bis die Zeit abgelaufen war.

Kapitel 6: Gegen die Geisterschildkröte – Vorkampf

Eine Stunde war vergangen.

»Die Geisterschildkröte hat sich beweeegt!«, rief Filo.

Wir schauten aus der Kutsche zu dem Ungeheuer hinüber.

Es blickte uns wieder aus blutunterlaufenen Augen an und machte einen ersten Schritt auf die Stelle zu, wo die Armee und wir uns bereithielten.

»Bald beginnen die Kampfhandlungen«, sagte die Königin, die gerade noch mit Ost und Rishia gesprochen hatte. »Herr Iwatani, ich wünsche Euch Glück in der Schlacht!«

Dann stieg sie aus der Kutsche.

In der letzten Stunde hatte auch ich ein wenig Zeit gefunden, um das Material zu überfliegen. Es bestand aus Zitaten voller umständlicher Redewendungen und Schriftzeichen, die in Melromarc nicht verwendet wurden. Deswegen hatte ich das Material selbst erst einmal dechiffrieren müssen. In fremden Landessprachen verfasste Stellen verstand ich nicht, aber Rishia und die Königin lasen das alles wie selbstverständlich. Das war doch nicht mehr normal!

Wenn ich nachgefragt hatte, hatten sie mir mit Erklärungen geholfen, aber das hatte auch entsprechend Zeit gekostet. Irgendwann hatte ich nur noch die Stellen gelesen, die in der mir bekannten Schrift geschrieben waren.

Ost konnte uns auch nicht sagen, wann die Schildkröte gebannt worden war. Dafür würden wir die Originalquellen des Reichs brauchen. Überdies sei vieles in der langen Zeit in Vergessenheit geraten – eine Aussage, die mich schockiert hatte. Wir wussten zwar nicht, wie lange es her war, dass das

Ungeheuer versiegelt worden war. Aber dass so etwas Wichtiges einfach in der Versenkung verschwand …

Den Grund dafür hatte mir die Königin nennen können: In mehreren Kriegen war wohl vieles niedergebrannt.

Wenn die Überlieferungen des Landes, die Quellen, ja das Land selbst verloren waren, wie sollten wir denn dann Genaueres herausfinden?

Auch das Reich auf dem Rücken der Schildkröte hatte sich in zwei Kriegen gewandelt. Laut einer Legende sollten dort einmal die Waffen der Sternhelden versteckt gelegen haben, aber dann waren wohl neue Helden erschienen, und die Waffen waren von dort verschwunden.

Die Drachensanduhren kamen in den Legenden nicht vor, aber diese Sternhelden hatten wohl verlangt, dass man ihnen die Waffen aushändige … Es war wohl in allen Welten so, dass verschiedene Reiche die Geschichte anders auslegten.

»Und, habt ihr was Genaueres rausgekriegt?«

»Oje …«, rief Rishia erschrocken.

Was denn? Ich war doch nicht sauer auf sie oder so. Wie sollte ich diese Reaktion deuten? War es ihr unangenehm, Informationen mit mir zu teilen, von denen sie selbst nicht überzeugt war?

»Ähm, also … Wie man die Geisterschildkröte besiegt … Es scheint eine Methode zu geben, die erfordert, dass man ins Innere gelangt.«

»…«

Wollte sie etwa sagen, wir mussten auf dieses Monstrum springen und das überprüfen?

Gerade begann das Biest wieder, die Umgebung mit Stachelraketen einzudecken.

Im Lichtblitz einer Explosion fiel kurz mein Schatten auf Rishia.

Mehr war nicht passiert, aber aus irgendeinem Grund glaubte sie wohl, ich sei wütend auf sie, denn sie zitterte wie Espenlaub.

»Ojeee ... Die Helden vergangener Zeiten sollen hierzu eine Inschrift hinterlassen haben.«

Eine Inschrift ... der Helden ...

Diese Inschriften waren auf Japanisch verfasst, daher konnten die Leute dieser Welt das meiste davon nicht lesen. Aber auch ich war mir nicht sicher, ob ich alles würde lesen können: Die anderen drei Helden stammten ja zum Beispiel jeweils aus einem anderen Japan, und es konnte sein, dass die Grammatik sich unterschied.

Es musste sich um eine andere Inschrift handeln als die, die wir beim letzten Mal auf dem Rücken der Schildkröte gefunden hatten. Die hatte ich allerdings lesen können.

»Ost ... Kannst du das nicht lesen?«

»Also, so weit reicht mein Wissen nun wirklich nicht ...«

»Gibt's in dem Material keine Skizzen oder so?«

»Ojeee ...«

Nun, da oben war ja alles ziemlich zerstört und vieles zerschlagen gewesen.

Konnte schon sein, dass man dann die Überbleibsel einer solchen Inschrift nicht von Geröll unterscheiden konnte. Hätten sie doch nur ihre Forschungen rechtzeitig abgeschlossen!

Nun bewegte sich das Biest wieder.

Rishia zeigte auf eine Skizze auf einer Seite der Aufzeichnungen.

Was? Hatten sie etwa doch etwas herausbekommen?

Manche Stellen konnte ich gerade eben lesen. Andere fehlten ganz, da war vielleicht etwas weggebrochen gewesen.

Das Ziel ist, die ... der Welt durch die Wellen zu verhindern.

Die … der Welt zu verhindern?

Was sollte verhindert werden?

Die Zerrüttung? Die Vernichtung? Jener Schutzschirm aus Seelen sollte doch dazu dienen, die Welt zu beschützen, oder nicht?

»Ost, die Geisterschildkröte will doch diese Barriere bauen, die die Welt beschützt, richtig?«

»Ja, ich glaube, so ist es.«

Aber diese Inschrift ließ sich auch anders deuten.

Was verbarg sich hinter diesen Wellen? Ich verstand ihre wahre Natur nicht.

Wer das Rätsel der Geisterschildkröte löste, würde auch dem Rätsel der Wellen näher kommen.

»Das Ziel der Schildkröte ist, irgendwas ›der Welt durch die Wellen‹ zu verhindern. Fällt dir dazu was ein?«

»Leider nicht …«

Hmmm … Dann brachte es nichts, jetzt weiter darüber nachzudenken. Wir würden das nach dem Kampf überprüfen müssen.

Jedenfalls musste der Rest dieser Heldeninschrift noch irgendwo dort zu finden sein.

»Alles klar. Dann halten wir erst mal die Geisterschildkröte auf. Anschließend klettern wir auf ihren Rücken und versuchen rauszukriegen, wie man sie besiegt.«

»Verstanden.«

»In Ordnung.«

Auch Filo stimmte von draußen fröhlich zu.

Rishia machte ihren jämmerlichen Laut und Eclair packte den Griff ihres Schwertes fester.

Die alte Schachtel ließ ihre Knochen knacken und ging in eine Kampfposition.

»Okay! Filo, bring uns direkt vor die Schildkröte, so schnell du kannst! Alle festhalten!«

Und so fuhren wir in rasantem Tempo auf die Bestie zu.

»Bleibt alle schön innerhalb der Barriere! Shooting Star Shield!«

Ein transparenter Schutzschild entfaltete sich um mich her.

Solang wir den hatten, sollten wir den Attacken der Schildkröte standhalten können.

Sie bemerkte uns, als wir auf sie zurasten, und senkte ihren gewaltigen Kopf.

Letztes Mal hatte sie aus ihrem Maul Elektroschocks abgefeuert, aber diesmal schien sie das nicht vorzuhaben. Stattdessen stiegen von ihrem Rückenpanzer Stacheln in die Luft auf.

»Hauuuruck!«

Geschickt wich Filo mit der Kutsche den heranfliegenden Stacheln aus.

Blitzartig veränderte sich der Ausblick vor meinen Augen. Wie schnell sie war!

Die Räder der Kutsche knarrten qualvoll.

Na ja, wir hatten die Kiste ja nur geliehen.

Dieses Gefühl, wenn diese gewaltige Bestie vor einem immer größer wurde ... So etwas gab es in Japan nicht.

So musste es sich anfühlen, mit Vollgas auf einen Berg zuzufahren.

Ich blickte mich in der wild ruckelnden Kutsche um und sah, dass Raphtalia und Eclair sich verzweifelt aneinander festhielten.

In dieser Situation ging uns Ost zur Hand. Sie schien sich zu konzentrieren, dann begann sie einen Zauberspruch zu murmeln.

»Ich, Horai Ost, befehle dem Himmel und der Erde, ektomiert die Vernunft, bindet sie wieder an, lasst sie Blut spucken. Erhöre mich, meine Kraft: Mildere ihre Schwere! – Gravitationsumkehrung – schweben!«

Plötzlich schwebten Raphtalia und die anderen in die Luft.

So mussten sie nicht ständig die Erschütterungen der Kutsche ausgleichen.

»Das ist ja …«

»Von dieser Magie haben wir noch nie etwas gehört, stimmt's?«

»Einige Monster können sie noch verwenden, aber bei den Menschen soll sie in Vergessenheit geraten sein. Damit wir sofort loskämpfen können, habe ich uns mit meinen Kräften schweben lassen.«

»Praktischer Zauber!«

Das musste wohl eine spezielle Form von Magie sein.

Konnte Filo das nicht vielleicht lernen?

Ihr Fahrstil war schwer zu ertragen. Da wäre es doch praktisch, wenn sie diese Magie anwenden könnte.

»Diese Form der Magie macht Gebrauch von meinen Kräften. Je nach Medium kann sich die Wirkung verändern …«

»Tatsächlich?«

»Ja. Ich kann die Schwerkraft um mich herum manipulieren, daher ist dieser Zauber nicht mehr als eine Ausweitung des Bereichs.«

Darum war sie also vorhin so federleicht aus der Kutsche gesprungen. In ihrem Verhalten unterschied sie sich schon ziemlich von den Menschen.

»Falls wir noch Zeit haben, in Ruhe miteinander zu sprechen … könnte ich es Euch ja später beibringen.«

»Ich kann das benutzen?«

»Ich muss Euch dafür erst segnen, aber dann kann ich es euch ermöglichen.«

Hm ... Das wäre praktisch, aber konnte ich dann vielleicht auf diese Weise auch Angriffszauber oder so lernen? Ich hatte nämlich nur zwei magische Neigungen: Heilung und Unterstützung.

»Ah, Ihr dürft jedoch auf keinen Fall eure eigene Energie dafür heranziehen! Wenn ihr nicht vorsichtig seid, verliert Ihr dabei Euer Leben. Die Magie der Menschen ist nämlich potent.«

»Aha ...«

»Eigentlich zieht man bei dieser Magie die Kraft aus der Erde, dem Wasser, Erzen und anderen Dingen. Je nach Medium verändert sich der Effekt.«

Mir kam es so vor, als hätte ich ein ähnliches Magiesystem schon einmal in irgendeinem Game gesehen. Und war es nicht der Magie recht ähnlich, die Therese gewirkt hatte?

Sie hatte Edelsteine ... Accessoires als Medium verwendet. Die Juwelen, die sie getragen hatte, hatten dann geleuchtet und auf sie reagiert. Das kam dem Beschriebenen doch sehr nahe.

»Kann man auch Juwelen die Kraft entziehen?«

»Ja, das geht. Juwelen sind sogar ein Medium, dessen Energie sich leicht nutzen lässt.«

Aha, darum hatte es sich also bei Thereses Magie gehandelt. Die Verwendungsmöglichkeiten schienen ja ziemlich vielseitig zu sein. Es wäre schon nützlich, das zu lernen. Und wenn das klappte, konnte ja vielleicht sogar ich Angriffszauber einsetzen! Schließlich wäre ja nicht ich selbst das Medium.

»Okay, zeig mir das später mal. Wenn Zeit ist.«

»Ja ...«

»Führt ihr ein Gespräch über einen neu entdeckten Magiezweig?«, murmelte Eclair und blickte zwischen uns hin und her.

»Dank Ost haben wir es jetzt viel leichter«, mahnte Raphtalia. »Da sollten wir wohl zufrieden sein.«

Nun, ich konnte schon verstehen, dass sie etwas dazu sagen wollte.

Filo scherte ungebremst nach rechts und links aus und ließ die Kutsche springen, um den Attacken der Geisterschildkröte zu entgehen. Gelegentlich wurden wir getroffen, aber mein Schutzschild bewahrte uns mit Ach und Krach davor, Schaden zu nehmen, daher war das kein Problem. Die Kutsche wurde jedoch jedes Mal heftig durchgeschüttelt. Man konnte sich nirgendwo abstützen. Hätten wir Osts Magie nicht gehabt, wären wir wohl ziemlich lädiert vor der Schildkröte angekommen.

»D... Da hast du wohl recht.«

Während wir uns unterhielten, wurde das Schildkrötengesicht vor uns immer größer.

»Raphtalia, Filo ... Wir erledigen sie mit einem Schlag. Macht euch bereit! Eclair und die alte Schachtel fangen ihre Attacken ab, und Rishia und Ost unterstützen mit Magie.«

Alle nickten und bereiteten sich auf den Angriff vor.

»...!«

Erneut ging der heftige Flächenangriff auf uns nieder: Stacheln regneten vom Himmel!

»Shield Prison! Air Strike Shield! Second Shield! Third Shield!«

Um die Kutsche erschien ein Schildkäfig und über uns bauten sich drei Schilde auf.

»Shooting Star Shield!«

In Erwartung der Einschläge ließ ich meine Barriere neu entstehen, um unsere Verteidigung zu verstärken.

Unterdessen bereiteten sich Raphtalia und Filo auf ihre Spezialtechniken vor. Ich stand am Rand der Kutsche, hielt den Schild vor mich und zauberte.

»Aura, Stufe zwei!«

Mit dem Zauber steigerte ich sämtliche Werte Raphtalias und Filos.

Gleichzeitig begannen auch Ost und Rishia zu murmeln.

»Ojeee ... Viel Erfolg! Power, Stufe eins!«

»Ich, Horai Ost, befehle dem Himmel, befehle der Erde, ektomiert die Vernunft, bindet sie wieder an, lasst sie Blut spucken. Erhöre mich, meine Kraft: Verleihe ihnen Stärke! – Riesenkraft!«

Ich konnte förmlich spüren, wie Stärke in Raphtalia und Filo strömte.

Rishias Beitrag war eher ein Tropfen auf dem heißen Stein, aber Osts Magie war ... ungeheuer mächtig!

Der Angriff der Schildkröte hatte uns getroffen: Es knallte und eine Schockwelle durchlief meinen Schild.

Die drei Schilde über uns waren zusammengebrochen, und da zudem auch der Schildkäfig zerschmettert worden war, hatten wir wieder freie Sicht.

Um uns her gab es noch überall Explosionen, und die Druckwellen fegten über uns hinweg. Der Shooting Star Shield hielt gerade noch, konnte aber jede Sekunde nachgeben!

Zudem ... schien die Geisterschildkröte schon die nötigen Vorbereitungen abgeschlossen zu haben, um jenen Blitzstrahl vom letzten Mal auf uns abzufeuern. Wenn ich nichts unternahm, würde er uns voll erwischen.

Sofort riss ich den Schild hoch.

Die Schildkröte öffnete ihr Maul und feuerte ihren Partikelstrahl auf uns ab.

Knisternd traf er meinen Schild – die Barriere war sofort zerstört.

Verflucht ... Ich warf einen Blick zu Raphtalia und Filo: Sie waren beide noch nicht angriffsbereit.

»Geheimtechnik des Stils der Unvergleichlichen Veränderung«, rief die alte Schachtel hinter mir, beide Hände erhoben. »Zyklon!«

Eine Art Luftstrom traf den Blitzstrahl und lenkte ihn ab. Allerdings nur ein winziges Stück.

Mein Schild wurde heiß und ich spürte, wie meine Haut zusammenschrumpelte wie Papier im Feuer.

»Verdammt«, knurrte Eclair und stand auf. »Ich habe nichts, womit ich Herrn Iwatani unterstützen könnte.«

Ich hätte sie leicht trösten können. Sie war eben eine reine Schwertkämpferin. Es war nicht zu ändern. Leider hatte ich gerade keine Kapazitäten zum Reden.

»...«

Eclair fasste ihr Schwert mit beiden Händen und fing an zu zaubern.

»Light Shield, Stufe zwei!«

Einen Moment lang sah es so aus, als würde vor mir ein Schild aus Licht erscheinen. Beherrschte sie etwa Lichtmagie?

Der Schild war jedoch sofort wieder verschwunden, es hatte also wohl nichts gebracht.

»Ich beherrsche Licht- und Unterstützungsmagie ... Aber ich kann nur einen Verteidigungslichtzauber und einen, der die Geschwindigkeit erhöht.«

Sie schien sich selbst für ihre Nutzlosigkeit zu verfluchen.

»Nein.« Ost stand hinter mir und legte nun ihre Hand auf meinen Schild. »Es ist gut, dass Ihr das beherrscht!«

»W... Was hast du ...«

Ich hatte noch nicht ausgeredet, da fing sie bereits an zu zaubern.

»Ich, Horai Ost, befehle dem Himmel, befehle der Erde, ektomiert die Vernunft, bindet sie wieder an, lasst sie Blut spucken. Erhöre mich, meine Kraft: Spendet dem geweihten Schild Macht!«

Das Juwel meines Schildes leuchtete auf und mein Schutzbereich erweiterte sich.

Eben noch hatte meine Verteidigung nur gerade so noch gereicht, nun hielt sie voll und ganz.

Ost schien diesen Zauber jedoch nur schwer aufrechterhalten zu können, Schweiß lief ihr in Strömen übers Gesicht.

»Scheiße ...«

Ich konnte nicht bloß tatenlos herumstehen.

Ich überbrückte die Abkühlzeit meiner Skills, indem ich Ost und mich selbst so gut wie möglich heilte.

»Heal, Stufe zwei!«

Wie lange noch?!

Es schien, als wollte der Blitzstrahl der Geisterschildkröte nie enden.

Er dauerte länger als beim letzten Mal ...

Endlich verebbte der Strahl mit einem letzten Knistern.

»Jetzt!«

Raphtalia und Filo hatten beide angespannt auf mein Signal gewartet. Sofort sprangen sie aus der Kutsche.

»Göttliches Schwert der acht Extremitäten!«

»Spiral Strike!«

Raphtalia und Filo schossen auf den Kopf der Geisterschildkröte unweit unserer Kutsche zu und feuerten ihre Special Moves ab. Kurz hintereinander trafen die beiden die Kehle der Schildkröte.

Zuerst schlug Filo zu, und Blut spritzte auf. Dann, in Licht verwandelt und rotierend, bohrte sie sich immer tiefer in den Hals.

Als Nächstes schlitzte Raphtalia den Hals mit ihrem hell strahlenden Schwert auf. Die Wunde leuchtete und verbreiterte sich.

»Haaaaaaaaaaaaah!«

»Hiaaaaaaaaaaaah!«

Sie peitschten sich beide mit ihren Schreien auf.

»Die hält noch mehr aus als beim letzten Mal ... Aber jetzt gibt es kein Zurück!«

»Ich geb für alle mein Besteeeeeeeees!«

Jetzt schienen sie all ihre Kraft in ihre Attacken zu geben.

Macht schon! Für mich, der ich so lange ausgehalten hab, und auch für Ost!

»Ich werde nicht länger nur zusehen!«

Damit sprang auch Eclair aus der Kutsche und stieß mit ihrem Schwert zu.

Sie musste ihrem Schlag Magie zugeführt haben: Sie ritzte die Wange der Schildkröte ein wenig.

Die Wunde schien tiefer als beim letzten Kampf.

»Achooo!«

Die alte Schachtel schwang entschlossen ihr Bein aufwärts und führte ihre »Neumond«-Technik aus.

»Ojeee ...«

Rishia wollte anscheinend auch irgendetwas machen, schien aber nicht mithalten zu können.

Hinter mir hörte ich Ost keuchen.

»Alles in Ordnung?«

Sie war kreidebleich. Anscheinend hatte sie ziemlich viel von ihrer Kraft in meinen Schild gelenkt. Wenn sie jetzt umkippte, sah ich schwarz.

»Kümmert Euch nicht um mich ...«

»Na ja, aber ...«

»Schon gut ... Ihr solltet Euch lieber ... beeilen ...«

Ich warf Raphtalia abermals einen Blick zu.

»Raphtalia! Filo! Macht sie alle!«

»Okay! Haaaaaaaaaaaaaah!«

»Mhm! Hiaaaaaaaaah!«

Von mir angefeuert stießen sie ihre Kampfschreie aus, leiteten ihre letzte Kraft in ihre Attacken – und endlich gelang es ihnen, den Kopf der Schildkröte abzutrennen.

»Geschafft!«

»Klasse!«

Der Kopf flog durch die Luft und aus dem Hals spritzte frisches Blut.

Die Mädchen kamen wieder auf dem Boden auf. Sie rannten zu uns herüber, als wir gerade aus der Kutsche stiegen.

»Wir haben es geschafft!«

»Der Kopf ist ab!«

»Ja, das habt ihr alle toll gemacht!«

»Ich ärgere mich über meine Unfähigkeit ...«, sagte Eclair.

»Es gibt immer ein nächstes Mal!«, tröstete die Oma.

Ich stützte Ost, die so aussah, als würde sie gleich zusammenbrechen, und blickte zum Rumpf der Geisterschildkröte auf.

Damit sollten wir sie eine Weile lahmgelegt haben.

Als ich mich umblickte, sah ich, dass aus dem Heer gerade Heilzauber auf uns gesprochen wurden.

Hm? Irgendwie hatte ich das Gefühl, dass meine Ausdauer zurückkehrte und meine Erschöpfung von mir abfiel.

Ich meinte gehört zu haben, dass es Zauber gab, die die Ausdauer wiederherstellten.

Dafür sank die Ausdauer des Ausführenden, und wenn man den Zauber auf sich selbst sprach, kostete das extra Magie.

Ost war nun nicht mehr ganz so blass.

Ich ließ meinen Schild Magiewasser ausspucken und reichte es ihr.

»Damit müsstest du deine Magie wieder auffüllen können.«

»Nein … Mit meiner Magie … ist alles in Ordnung – ich habe nur zu viel von meiner eigenen Kraft eingesetzt …«

Aber müssten Lebenskraft und Ausdauer nicht durch die Zauber von eben wiederhergestellt sein? Hatte sich ihre Kraft dennoch nicht regeneriert?

Ich holte das Lebenskraftwasser hervor, das Rishia bei ihrem Training des Stils der Unvergleichlichen Veränderung verwendet hatte.

»Trink mal das hier.«

Es gab Medizin, die einem wieder Kraft zuführte, aber ich befürchtete, dass das bei Ost nicht klappen würde. Sie war schließlich kein Mensch. Daher das Lebenskraftwasser. Der alten Schachtel zufolge regenerierte es das Qi, also wollte ich es einmal damit probieren.

Sie atmete schwer.

Langsam setzte sie das Fläschchen an den Mund und trank.

Allmählich kam wieder Farbe in ihr Gesicht.

»Jetzt geht's mir … ein bisschen besser. Ich danke Euch.«

»Gern geschehen.«

Es war schließlich meine Aufgabe, meine Gefährten zu beschützen.

Verteidigung erforderte Körpereinsatz. Es konnte aber auch bedeuten, dafür zu sorgen, dass die Gefährten in bester Verfassung waren, um zu kämpfen.

Meine Position erforderte es, dass ich prüfe, ob es allen gut ging – Raphtalia und Filo sowieso, aber natürlich auch Rishia und allen anderen.

Nun, die Königin übernahm ebenfalls diese Art von Aufgaben. Und da wir vorübergehend ein Team waren, musste ich mich auch um Ost kümmern. Außerdem ... hatte sie Kraft in meinen Schild strömen lassen und seine Verteidigungskraft extrem gesteigert. Wer solche Kunststücke fertigbrachte, den konnte man nicht einfach links liegen lassen.

Sonst wäre ich wohl auch schlimm verletzt worden.

Raphtalia und Filo hatten sich mit ihren Kampffähigkeiten verdient gemacht. Aber Ost hatte eine ebenso wichtige Rolle gespielt, daran war nicht zu rütteln.

»Jedenfalls sollten wir jetzt, da die Schildkröte schläft, so bald wie möglich ...«

Gerade wollte ich die Anweisung geben, dass wir zum nächsten Punkt unseres Plans übergingen, da geschah es.

Von der Geisterschildkröte her hörte ich ein Geräusch, als würde irgendetwas kriechen.

Schweigend blickten wir uns um.

Da hob sich mit einem Mal der Rumpf vom Boden ... und aus dem Halsstumpf wand sich Fleisch hervor ... Es ballte sich zusammen – und dann hatte sich der Kopf regeneriert, als wäre nichts passiert.

»Aber ...«

Was war geschehen? Was für eine ungeheure Regenerationskraft besaß diese Bestie bitte?

Als wir ihr das letzte Mal den Kopf abgeschlagen hatten ... hatte sie sich doch eine Woche lang nicht bewegt! Sie regenerierte wohl ohnehin sehr gut, aber ... so schnell? Das war ja wie bei der Hydra aus der Mythologie!

Hatten darum die Helden der alten Zeit das Herz der Schildkröte mit einem Bann belegen müssen? Weil sie sich so schnell regenerierte?

»...!«

»Wa...?!«

Die Geisterschildkröte riss das Maul auf und brüllte.

Im selben Moment schoss sie einen weiteren ihrer Blitzstrahlen ab.

Sofort baute ich meine Schilde und den Schildkäfig auf, dieselbe Verteidigungsmethode wie zuvor.

»Argh ... Uh ...«

»H... Herr Naofumi?!«

»Aaah!«

»Uwäääääh!!«

Der Käfig zersprang, und auch die Barriere fiel allzu schnell in sich zusammen. Der Geruch verbrannter Haut stieg mir in die Nase.

»Schildheld!«

Ost taumelte und drohte, von hinten gegen mich zu fallen. Raphtalia erkannte dies und stützte sie rasch.

»Ihr überanstrengt Euch noch. Ruht Euch ein wenig aus.«

»Aber ... Ich ...

»Schon gut ... Haltet Euch zurück!«

Osts Verantwortungsgefühl musste ungeheuer stark sein: Sie streckte die Hand nach mir aus.

Mit Müh und Not trotzte ich der Blitzattacke. Ich hatte Schmerzen, als würde ich verbrennen. Ich konnte nicht sagen, ob eine Ewigkeit verging oder nur ein Moment.

Ich befand mich gefühlt endlos mitten im Partikelstrahl. Ich glaubte schon, ich würde wahnsinnig.

Atemlos stand ich da.

Benommen wurde mir klar, dass der Angriff vorbei sein musste.

So viel Schaden hatte ich zuletzt genommen, als ich meinen Skill Blood Sacrifice eingesetzt hatte.

Nein, es war schlimmer als damals ... Ich hatte das Gefühl, als wäre mein Fleisch bis auf die Knochen verbrannt.

»Meister?!«

»Herr Naofumi?!«

»Schildheld!«

Verdammt ... Ich wollte mich heilen, konnte mich aber nicht konzentrieren.

In dem Moment ergoss sich ein warmes Licht über mich.

Meine Wunden heilten so schnell, dass ich dabei zusehen konnte. Es war jedoch nicht genug Zeit für eine vollständige Heilung. Aber ich war so weit wiederhergestellt, dass ich denken konnte.

Das war die Unterstützungsmagie der Königin gewesen.

Die Lage hatte sich so rasch gewendet ... Die Königin verdiente Bewunderung dafür, dass sie so schnell reagiert hatte.

»Heal, Stufe zwei!«

Ich sprach einen Heilzauber auf mich selbst und blockte den Tritt der Schildkröte, der mir den Rest hatte geben sollen.

Gerettet. Mit dem Soul Eater Shield hätte ich die Attacke nicht abwehren können.

»Filo, regeneriere deine Magie.«

»Mhm!«

Ich warf Filo ein Fläschchen Magiewasser zu und sie trank es.

»Es bringt anscheinend nichts, sie von außen anzugreifen. Wir ziehen uns erst mal zurück. Filo! Bring schnell unsere Kutsche hier weg!«

»Mhm! Kutscheee!«

Ich blockte weiter die Attacken der Geisterschildkröte und ließ einen Shooting Star Shield entstehen. Mit der Barriere konnten wir ihren Tritten entgehen.

Die Erde bebte, als die Geisterschildkröte ein weiteres Mal ihren Fuß hob, um uns zu zermalmen. Aber damit verschaffte sie auch uns eine Gelegenheit.

»Schnell, alle in die Kutsche!«

»Okay!«

»Ojeee …«

»Wie bitter …«

Alle machten sie frustrierte Gesichter, als sie in unser Gefährt sprangen.

»Ost! Steig schnell ein!«

Sie hatte die Geisterschildkröte unverwandt angestarrt. Nun kam sie zu uns gelaufen, als hätte sie ihre Verwirrung abgeschüttelt.

»Deine wahre Form ist zu stark.«

»Es tut mir … ehrlich leid.«

Plötzlich machte das Biest ernst und benahm sich wie ein richtiges Ungeheuer?

Mann … Unser ganzer Plan war schiefgegangen!

»High Quick!«

Filo zog die Kutsche in einem Affenzahn von der Schildkröte weg.

Gegen ein Monster, dessen Attacken meine Verteidigung durchbrachen und das mit seiner phänomenalen Lebenskraft sogar seinen Kopf nachwachsen lassen konnte, konnten wir unmöglich mit einem direkten Ansturm gewinnen.

Nein, frontal hatten wir keine Chance … Wir benötigten irgendeinen Kniff.

Leider wollte mir rein gar nichts einfallen.

Wir mussten verschwinden … Und dann musste ich mich mit der Königin und Rishia kurzschließen.

Die beiden konnten sie zwar auch nicht besiegen, aber mit ihrer Hilfe fand ich vielleicht heraus, wie wir sie bekämpfen konnten.

Zumindest war das weit besser, als allein darüber nachzudenken.

»Wir hauen erst mal ab. Filo, Vollgas!«

»Okaaay!«

Und so flohen wir mit unserer Kutsche vom Kampfschauplatz.

Kapitel 7: Zeit schinden

Als wir beim Hauptheer ankamen, machte ich mich auf den Weg zu der Kutsche, in der die strategische Besprechung abgehalten wurde.

Die Anführer waren alle blass um die Nase.

Sicher, es war ja auch eine verzweifelte Lage.

»Wir haben aus der Ferne zugesehen«, sagte die Königin mit finsterer Miene. »Dass die Geisterschildkröte eine derartige Regenerationsfähigkeit haben soll …«

»Es tut mir aufrichtig leid …«

Ost verneigte sich tief. Dabei war für so etwas eigentlich gerade gar keine Zeit.

»Ja, ich hatte auch gehofft, wir könnten ein bisschen Zeit rausschlagen … Wenn wir dieses Siegel irgendwie anbringen können, das die früheren Helden angewandt haben, sollten wir das vielleicht versuchen. Sonst weiß ich nicht, wie wir sie besiegen sollen.«

Solang die Schildkröte so herumwütete, war es schwierig, zur Ruinenstadt auf ihrem Rücken oder in ihr Inneres zu gelangen.

»Wir haben herausgefunden, wie man sie bannt«, sagte die Königin an Ost gerichtet.

Wir wussten zwar nicht, ob die damalige Methode heute noch funktionierte, aber immerhin hatten wir sie in Erfahrung bringen können. Falls sie gelang, standen wir allerdings vor der Schwierigkeit, die Leute mitzunehmen, die diese Methode anwenden konnten.

»Also, versuchen wir's mit diesem Bann?«

»Die Vorbereitungen sind getroffen«, sagte die Königin.

Es war zwar etwas gefährlich, aber das reichte nicht als Grund, es nicht zu tun. Wenn wir die Schildkröte bannen konnten, sollten wir das besser tun.

Da fiel mir etwas ein ... Ob es zu früh war, Ost danach zu fragen?

»Ost, klappt das mit dem Siegel wieder?«

»Es löst das zugrunde liegende Problem nicht, denke ich. Das Siegel soll ja nur halten, bis die entsprechende Zeit kommt ...«

»Formell ist es gar nicht aufgehoben, stimmt's? In dem Fall könnte es doch einen Effekt haben.«

Osts Erklärung zufolge war das Siegel bisher nicht auf die korrekte Weise aufgehoben worden.

Ich wusste nicht, wie man das machte, aber es bestand die Möglichkeit, dass es seine Effektivität noch nicht verloren hatte.

»Nun, die Möglichkeit besteht, das kann ich nicht abstreiten. Solang in den unterirdischen Tempeln aller Reiche die Statuen nicht zerbrochen sind.«

»So etwas gibt es?«, fragte die Königin erstaunt.

»Ja. Das ist der springende Punkt des Bannes ... Solang diese Siegel, von denen es drei gibt, nicht gebrochen sind, bewegt sich die Geisterschildkröte normalerweise nicht.«

»Na dann ... können wir wohl nur ausprobieren, ob wir sie mit dieser Bannmagie wenigstens kurz dazu kriegen, dass sie stillhält.«

»Einverstanden. Womöglich ist es aber nicht sehr effektiv.«

»Wie besiegt man ein Monster, das selbst dann nicht stirbt, wenn man ihm den Kopf wegpustet? Letzten Endes können wir nur versuchen, das irgendwie rauszukriegen. Wir könnten auch allein auf Filo hinreiten und den Tempel durchsuchen. Das wäre ein guter nächster Versuch.«

Nichts wäre mir lieber, als wenn wir die Schildkröte über einen Umweg bannen könnten.

Vielleicht war es vergebliche Liebesmüh, aber es war besser als nichts.

»Der Überlieferung zufolge ... muss man das Herz der Geisterschildkröte erreichen, sonst ist es unmöglich, sie zu bannen.

Also brauchten wir nur genug Zeit, um mit einer großen Anzahl von Leuten ins Innere vorzudringen.

Mann ... Das war alles so anstrengend!

»Überprüfen wir zuerst die Sache mit der Inschrift?«

»Das wäre auch eine Möglichkeit ...«

Hmmm ... Ehrlich gesagt, machte mir am meisten Angst, dass wir ewig herumsuchten und nichts fanden.

»Meiiiister!«

Filo lief neben der Konferenzkutsche her.

»Was ist denn? Wir besprechen hier gerade was Wichtiges. Wenns nur irgendwelcher Quatsch ist, werde ich böse.«

»Ähm ... Man kann jetzt ganz weit weg schon das Schloss sehen.«

Verflucht! Ohne es zu merken, hatten wir uns Schloss Melromarc bis auf Sichtweite genähert.

»Ein kleines Stück noch«, sagte Ost. »Dann erreichen wir eine Stelle, wo der Energiefluss in der Erde passt.«

Ost wollte wohl auf Nummer sichergehen ...

Ah, war das der Untergang von Schloss Melromarc?

Das luxuriöse Leben hatte nicht lange gewährt. Sobald wir die Geisterschildkröte besiegt hatten, sollte ich wohl in ein anderes Reich gehen und dort um Unterstützung bitten.

»Herr Iwatani?«

Reflexartig zuckte ich zusammen. Hatte sie etwa, wie Raphtalia oder Filo sonst, meine Gedanken erraten?

»Du, Meister? Da kommt 'ne Nachricht von Fitoria.«

»Von Fitoria? Was will sie?«

»Wir sollen noch ein bisschen Zeit rausschlagen, sagt sie. Sie ist gerade auf dem Weg hierher.«

»Was? Jetzt plötzlich kommt sie?«

Doch hoffentlich nicht, um mich umzubringen?

Jener legendäre Filolial, der drohte, alle vier Helden zu töten, wenn es mir nicht gelang, mich mit ihnen gutzustellen.

Da wir keinen Frieden hatten schließen können, musste sie uns aufgegeben haben, und nun sah sie tatenlos zu, wie wir uns an der Geisterschildkröte die Zähne ausbissen.

»So, wie die Dinge stehen, muss sie jetzt doch helfen, sagt sie.«

»Heißt das ... wir sollen die Schildkröte nur hinhalten, bis sie kommt, und dann macht sie sie fertig?«

Nichts wäre mir lieber als das gewesen.

Wenn der legendäre Filolial selbst kam, um die Geisterschildkröte niederzuwerfen, dann wollte ich sie gern noch eine Weile hinhalten.

»Wenn sie kann. Aber da der Kopf nachwächst, wenn man ihn zerquetscht, wird's schwierig.«

»Hm ... Ist sie wohl doch zu stark für Fitoria?«

Das eigentliche Problem war ja, dass wir nicht wussten, wie man sie besiegte.

Aber je mehr mithalfen, desto besser.

»Wenn wir nichts machen, geht das Schloss kaputt, Meister!«

»Puh ... Na schön. Wie lange braucht sie denn noch?«

Hmmm ... Bei dieser Geschwindigkeit war es gut möglich, dass wir das Schloss in einer Stunde erreichten. Und dann war es in Schussweite der Schildkröte.

Eine Salve dieser Raketenstacheln oder ein Partikelstrahl, und Schloss Melromarc war Geschichte. Wir mussten sie aus der richtigen Richtung angreifen, sonst würde die Schildkröte die Sache allein mithilfe ihrer Blitzstrahlen beenden.

»Sie sagt, sie braucht ungefähr 'ne Stunde.«

Ja ... Dann wäre Schloss Melromarc hinüber. Und das wäre wohl auch das Ende der Schlossstadt.

»Königin, sind alle evakuiert?«

»Noch nicht ... Ich glaube, das schaffen wir nicht mehr, bis die Geisterschildkröte ankommt.«

Aber wenn die Leute in der Stadt sahen, wie die Schildkröte angestampft kam, würden sie doch sicher Reißaus nehmen?

Nun, die Lage war schon ziemlich übel.

»Nicht zu ändern. Dann wollen wir das Viech mal beschäftigen, bis sich unser hochgeschätzter Filolial herbequemt, was?«

Es war ja auch keinesfalls gesagt, dass Fitoria der Bestie gewachsen war.

»Herr Iwatani, dann haltet Ihr also die Geisterschildkröte für uns auf?«

»So ist es.«

Eine ganze Stunde durchhalten ... Das würde eng.

Es gab keine Garantie, dass ich das aushielt.

Was für einem Angriffsmuster folgte die Geisterschildkröte? Ihre Stachelsalven schienen zeitabhängig zu erfolgen, und nach jedem ihrer Blitzstrahlen brauchte sie eine Weile, bis sie den nächsten abfeuern konnte. Vorhin hatte sie jedoch ... zwei Schüsse direkt hintereinander abgefeuert.

Denkbar war, dass sich die Ladezeit verkürzte, wenn sie Schaden nahm. Wenn wir sie nicht unnötig reizten, würden wir vielleicht eher durchhalten.

Sicher konnte auch die Geisterschildkröte nicht wahllos ihre tödlichen Techniken einsetzen. Wir würden auf jeden Fall Zeit brauchen, wenn wir zusammen mit den Alliierten hinaufkletterten.

Wenn Fitoria angerannt käme, konnten wir das vielleicht irgendwie hinkriegen.

Eigentlich war es eine Art Wette.

Wenn wir nur auf Ausdauer kämpften, mussten wir nicht allzu viel Energie in unsere Angriffe stecken. Wir sollten uns eher auf die Evakuierung konzentrieren.

Alles klar.

»Zur Formation: Königin, wir brauchen Rückendeckung. Verschlaft es nicht, uns mit Ritualmagie zu heilen.«

»Wie Ihr wünscht.«

»Und die Soldaten sollen, bis unsere Retterin eintrifft, die Leute in der Gegend in Sicherheit bringen. Sie müssen aber auch welche einteilen, die den Bann sprechen.«

»Zu Befehl.«

Auf dem Weg hierher hatten wir uns versichern können, dass die Alliierten mittlerweile Flugdrachen bereitgestellt hatten. Mit deren Hilfe wären wir im Nu auf der Schildkröte.

Obwohl ich es mit der sprungstarken Filo auch so irgendwie schaffen würde.

Wir hatten zwar die Mittel, um vorauszugehen und zu versuchen, das Herz zu zerstören, aber dabei gab es ein Problem: Es konnte zum gleichen Resultat führen wie bei dem Kopf.

Nichts zu machen. Ich wechselte erst einmal wieder in die andere Kutsche, in der Raphtalia und die anderen auf mich warteten.

»Willkommen zurück. Was sollen wir am besten machen?«

»Raphtalia, Rishia, Eclair und Oma: Bitte übernehmt die Evakuierung Melromarcs. Im Umkreis der Geisterschildkröte gibt es zwar keine Gehilfen, aber die könnten alle schon da drüben sein.«

Es war mir schon vorhin so vorgekommen, als wären in der Umgebung des Schlosses Ansammlungen dunkler Schatten zu sehen gewesen.

Möglich war es jedenfalls, und für unsere bloße Hinhaltetaktik brauchten wir Raphtalia und die anderen nicht so dringend.

»Ojeee …«

»Alsdann«, sagte Eclair. »Retten wir so viele, wie wir nur können!«

»Hört, hört«, sagte ich. »Alte Schachtel, hilf du auch mit, ja?«

»Aber gern.«

»Ihr beiden kommt mit mir«, flüsterte ich Filo und Ost zu. »Filo, du bist dafür zuständig, der Schildkröte im kritischen Moment die Rübe abzuhauen und schnell mit uns zu verschwinden.«

»Guuut.«

»Und du, Ost, unterstütz mich bitte, wie du es vorhin schon gemacht hast.«

Osts Fähigkeit, meine Verteidigungskraft massiv zu steigern, würde in dieser Situation womöglich eine tragende Rolle spielen.

»Denk aber auch an deine Ausdauer. Ich will mich selbst heilen, so gut es geht. Der Kampf wird sich lange hinziehen, du solltest dich nicht zu sehr verausgaben.«

»In Ordnung, ich werde meine Kräfte so gut wie möglich aufsparen.«

Ich blickte zwischen Schloss Melromarc und der Schildkröte hin und her. Das würde wohl die längste Stunde meines Lebens werden.

»Herr Naofumi …« Raphtalia blickte zu der Bestie hin und sah so aus, als wollte sie protestieren. »Mir ist schmerzlich bewusst, dass ich nicht von Nutzen sein kann, aber … Kannst du mich nicht näher bei dir einsetzen?«

»Ich muss in diesem Kampf einfach nur aushalten. Deswegen würde ich dir und den anderen lieber eine andere Aufgabe zuteilen.«

»Aber …«

»Ich freu mich ja, dass du dir Sorgen um mich machst …«

Raphtalia ahnte, was ich vorhatte. Sie legte sich die Hand auf die Brust und schloss die Augen. Bestimmt sorgte sie sich um mein Wohlergehen. Ehrlich gesagt brannte ich selbst nicht darauf. Es verblüffte mich ja selbst, wie ich immer wieder den Angriffen eines solchen Monsters standhielt. Hätte ich nicht von den anderen Helden erfahren, wie man die Waffen hochrüstet, wäre ich sicher sofort eliminiert worden.

Auf das Japan meiner Zeit übertragen war das so, als müsste ein bloßer Mensch gegen Go•la kämpfen. Allerdings handelte es sich hier ja um die Geisterschildkröte. Also vielleicht eher Ga•ra?

Obwohl es den natürlich in Wirklichkeit nicht gab. Jedenfalls war es ein ebenso ungleicher Kampf.

»Du übernimmst dich auch ganz bestimmt nicht?«

»Für wen hältst du mich? Wenns mir zu schwer wird, hau ich ab.«

»Nein, Herr Naofumi. Du läufst nicht weg, du wirst leichtsinnig.«

Sie hatte meine Beschwichtigungen einfach abgeschmettert. Konnte man mir so wenig vertrauen?

Was hatte Raphtalia eigentlich für ein Bild von mir?

Stellte sie sich irgendeinen Filmhelden vor, der für andere den Kopf hinhielt?

Ha – von wegen!

»Ich komme schon zurecht. Wenn es wirklich heikel wird, fliehe ich. Aber es wäre schon gut, wenn es uns gelingen würde, Zeit rauszuschlagen.«

Sekunde für Sekunde verstrich, während wir redeten. Eine Stunde war nicht viel Zeit.

»Jetzt müsst ihr erst mal die Leute aus dem Schloss retten – jede Sekunde zählt! Man muss eben Prioritäten setzen.«

»Aber ...«

»Raphtalia«, schaltete sich Eclair ein. »Herr Iwatani möchte es so. Wollen wir nicht seine Anweisung befolgen und unsere Pflicht tun? Andernfalls fallen wir ihm nur zur Last.«

»Ja, hör auf Eclair! Du musst dir keine Sorgen um mich machen. Sorg lieber dafür, dass es so wenig Opfer wie möglich gibt!«

»Na gut«, sagte sie widerstrebend. »Ich habe verstanden.«

Sie stiegen in die Kutsche, die nach Melromarc aufbrechen würde. Raphtalia blickte sich noch einmal zu mir um. Ost und ich saßen bereits auf Filos Rücken.

»Du darfst aber wirklich nicht leichtsinnig werden, ja?«

»Lass mal locker, Raphtalia. Du bist doch nicht meine Mutti.«

»Was soll das denn bitte heißen?«

Na, schließlich war ich hier der Elternersatz! Da konnte ich nicht hinnehmen, dass sie sich um mich sorgte, als wäre sie die Mutter und ich ein kleines Kind.

»Filo, und auch Ost: Bitte passt beide gut auf Herrn Naofumi auf und lasst auf keinen Fall zu, dass er sich zu viel zumutet!«

»Mhm, mach iiich.«

»Und wenn es mich mein Leben kostet – ich werde den Schildhelden verteidigen.«

»*Ich* soll verteidigt werden? Wie verdreht ist das denn?«

Für wen hielt Ost mich überhaupt?

Sie war doch zu mir gekommen und hatte mich aufgefordert, ihre wahre Form zu besiegen.

»So, die Operation beginnt!«

Und so begannen Ost und ich auf Filos Rücken einen weiteren Sturm auf die Geisterschildkröte.

Unterdessen brachen die anderen mit der Hälfte der Soldaten nach Melromarc auf, um die Evakuierung durchzuführen.

»Zusammen mit dem Meeeister!«

Gut gelaunt rannte Filo mit uns los. Die hatte Nerven.

Ich machte noch eine kurze Inventur meiner Medizin – und dann standen wir auch schon wieder vor der Geisterschildkröte.

»...!«

Sie brüllte ohrenbetäubend, als sie uns sah. Und dann kam einer ihrer gewaltigen Füße auf uns zu.

»Aura, Stufe zwei! Shooting Star Shield!«

Meine Unterstützungsmagie begann zu wirken und die Barriere entfaltete sich. Die Erde bebte und dann sank ein Schildkrötenfuß auf uns herab.

Dachte die, ich wäre so blöd, den abzuwehren?

Ehe die Barriere zusammenbrechen konnte, flohen wir vor dem Fuß, als würden wir dahingleiten.

Im Boden bildeten sich Risse.

Während Staub aufwirbelte, klammerte ich mich mit dem ganzen Körper an dem Bein fest.

»...?!«

Als die Geisterschildkröte ihren Fuß nicht so heben konnte, wie sie es wollte, stieß sie ein erschrockenes Brüllen aus.

Wie armselig. Doch wenn ich mir auch nur die geringste Blöße gegeben hätte, hätte sie mich sofort durch die Luft geschleudert.

Wir konnten von Glück sagen, dass wir am Ende ihres Vorderbeines hingen. Bis dahin reichte ihr Kopf nicht, sonst hätte sie uns abpflücken können.

»...!«

Was war das für ein Geräusch gewesen? Hatte sie gerade Stacheln zu uns herunterfallen lassen?

In meinem Gesichtsfeld blitzte ein Monstername auf.

Gehilfe der Geisterschildkröte (Typ Angriff)

Den Stacheln waren Beine gewachsen, und nun kamen sie auf uns zugerannt.

»Wenn das alles ist ... So kriegst du uns nicht. Haaa!«

Ost reckte den Stacheln eine Hand entgegen. Sofort konnten sie ihre Beine nicht mehr bewegen.

Anschließend tauchten zahlreiche magische Symbole über ihnen auf und ein Feuerregen ging auf sie nieder: Die Königin war uns zu Hilfe geeilt.

Dann, genau in dem Moment, als die Unterstützungsmagie die meisten Stacheln ausradiert hatte ...

»Hiaaah!«

... trat Filo einen von ihnen weg, um mich zu beschützen. Trudelnd flog er durch die Luft davon und blieb schließlich im Boden stecken, sodass er nicht mehr vom Fleck kam.

»Dies ist meine Chance!«

Ost wies auf den Stachel und sprach einen Zauber.

Was war das jetzt? Was tat sie da?

»Ich, Horai Ost, befehle dem Himmel und der Erde, ektomiert die Vernunft, bindt sie wieder an, lasst sie Blut spucken.

Erhöre mich, meine Kraft: Verleihe ihnen Stärke! – Riesenkraft!«

Hatte sie etwa gerade die Stacheln als Medium verwendet, um Unterstützungsmagie auf mich zu sprechen?!

»Diese Gehilfen bedienen sich der gleichen Energie wie ich. Wenn ich sie ihnen raube ... kann ich mit geringem Energieaufwand Magie manifestieren.«

Bestand also zwischen den anderen Gehilfen und ihr eine Verbindung?

»Kannst du dann nicht auch dem Hauptmonster Energie abziehen?«

»Leider ... ist es schwierig, sie direkt abzuzapfen.«

Aha: Sie konnte also selbst Energie sparen, indem sie stattdessen die der Gehilfen verwendete!

Während ich darüber nachdachte, spannte die Schildkröte ihr Bein immer mehr an.

Das war heikel. Ich durfte keine Sekunde unaufmerksam sein, sonst würde ich das Bein nicht mehr festhalten können.

Etwas leichter war es dank Ost aber schon geworden.

Und dann, als wäre es noch nicht anstrengend genug gewesen, begann die Geisterschildkröte herumzutoben, verwirrt, weil sie ihr Bein nicht mehr heben konnte.

Dabei achtete sie allerdings nur noch auf mich – ihr Vormarsch war gestoppt.

Klasse ... Doch da begann die ganze Bestie zu vibrieren und zu knistern. Sicher wollte sie wieder ihre Spezialattacke auf uns abfeuern.

»Filo!«

»Mhm!«

Filo versteckte sich hinter mir.

»Ich habe dem Gehilfen genug Energie entzogen. Diesmal gibt es kein Problem.«

Ost hielt ihre Hand über meinen Schild und lenkte Energie hinein.

Der Gehilfe vom Typ Angriff strampelte noch immer hilflos herum – allerdings schwerfälliger, nun, da Ost ihm reichlich Energie abgezapft hatte.

Die Geisterschildkröte, offenbar bereit, uns mitsamt ihres eigenen Beins wegzublasen, öffnete ihr Maul und ließ ihren mächtigen Blitzstrahl auf uns los!

Ich hätte ihm wahrscheinlich auch so standhalten können, aber man konnte nicht vorsichtig genug sein, daher wechselte ich zum Schild des Ingrimms. Sofort flammte in einem Winkel meines Herzens Zorn auf.

»Meister!«

Filos Gliedmaßen waren in schwarzes Feuer gehüllt.

Noch … hatte ich dem etwas entgegenzusetzen. Solang mir nur Filo oder Raphtalia zur Seite standen.

Ich ließ mithilfe meiner Skills mehrere Schilde übereinander entstehen, um uns vor der Attacke zu schützen.

Dann gab es plötzlich einen blendend hellen Lichtblitz, dicht gefolgt vom Knall einer Explosion.

Mit einer Hand hielt ich ihr Bein fest, mit der anderen den Schild vor mich.

Ich spürte keinerlei Schmerzen.

Wie ich es vom Schild des Ingrimms erwartet hatte, war ich unversehrt geblieben. Während ich wartete, dass die Attacke endete, bemerkte ich plötzlich am Rande meines Gesichtsfeldes eine Zeitanzeige.

4:37

Sekunde für Sekunde wurde heruntergezählt.

Was war das?

Als der Countdown bei 4:15 stand, endete der Angriff. Sauber, ich hatte ihm standgehalten!

Ziemlich leicht sogar, was beruhigend war. Aber da bemerkte ich etwas: Ich hatte irgendwie keine Kraft mehr in meinem Körper.

»Meister?«

»Schildheld?«

Was war passiert? Ich warf einen Blick auf meinen Status.

Meine SP waren auf 0 gesunken?!

Was sollte das? Warum hatte ich keine SP mehr?

Hatte die Schildkröte sie mir etwa mit ihrem Angriff abgezogen?

Ich wechselte zum Soul Eater Shield, sodass ich automatisch SP regenerierte.

»Shooting Star Shield!«

Nebenbei trank ich noch ein Seelenheilwasser.

Die Zahl, die angezeigt worden war, während ich den Schild des Ingrimms angewählt hatte, war wieder verschwunden.

Ich hatte ein ungutes Gefühl.

Bezeichnete der Wert etwa die Zeit, die Filo oder mir noch blieb, bis wir die Beherrschung verloren? Wenn er auf 0 sank, wurde es sicher unschön.

Die Geisterschildkröte regenerierte ihr schwarz verkohltes Bein, dann trat sie erneut damit nach uns.

»Schon wieder?«

Erneut hielt ich sie am Bein fest. Wenn ich zum Schild des Ingrimms gewechselt wäre, wäre im Nahkampf Dark-Curse Burning S getriggert und Ost und Filo davon erfasst worden. Ich konnte ihn nur im Extremfall anwenden.

Als hätte die Schildkröte nur darauf gewartet, begann sie erneut damit, mich zu attackieren.

Was?! So schnell konnte sie doch nicht sein?! Überdies gab es diesmal keinen Gehilfen, dem Ost Magie abziehen konnte.

Angstschweiß lief mir übers Gesicht.

Wenn der Angriff mir SP abzog ... dann konnte sie diese SP gleich dazu verwenden, um ihn zu wiederholen und mir erneut SP abzuziehen, und immer so weiter. Der Schild des Ingrimms bewahrte mich zwar vor Schaden, aber ich verlor meine SP. Mit dem Soul Eater Shield nahm ich zwar Schaden, dafür waren gegen ihn Aussaug-Attacken unwirksam, und die Schildkröte würde länger brauchen, bis sie wieder angreifen konnte.

Waren das also meine Optionen?

»Verflucht ... Shield Prison!«

Ich zielte mit dem Skill auf den Kopf der Schildkröte.

Leider zersprang der Käfig im Augenblick seines Entstehens.

So etwas Großes konnte man damit wohl nicht einschließen. Das bedeutete, dass ich auch Iron Maiden nicht würde verwenden können.

Beim nächsten Elektroschock würde ich zum Schild des Ingrimms wechseln. Aber die Schildkröte hatte mir alle meine SP geklaut!

Ich musste mich also auf die Konterfunktion des Soul Eater Shield verlassen ...

»Meister, geht's dir gut?«

Mir entwich ein Knurren.

Sollten wir auf Filo davonreiten?

Diese Attacke war zu mächtig, damit war nicht zu spaßen.

Wenn es blöd lief und so ein Strahl die Alliierten traf, würde das verheerenden Schaden anrichten.

»Ost, Filo – haltet durch!«

»Mhm!«

Um Ost und Filo zu schützen, erzeugte ich wie zuvor mit meinen Skills eine Formation aus Schilden.

»…?«

Aus dem Rachen der Schildkröte drang ein noch weit helleres Licht als zuvor.

»Schildheld! Die Helligkeit …«

»Ich weiß!«

Blitze zuckten um die Geisterschildkröte mitsamt dem Panzer, ganz so, als wollte sie sich selbst zum Leuchten bringen.

»Argh …«

Vier, fünf Sekunden lang floss der Elektroschock durch mich hindurch.

Die Hitze war ungleich intensiver. Selbst mit Osts Unterstützungszauber nahm ich noch ziemlich viel Schaden. Der Verbrennungsschmerz und zugleich der Elektroschock, der meinen ganzen Körper erfasste … Solche Schmerzen hatte ich daheim in Japan niemals erfahren.

Mir schwand das Bewusstsein.

Im selben Moment, da ich mich heilte, begann auch die Unterstützungsmagie unserer Truppe zu wirken.

Meine Wunden heilten, aber die Erschöpfung, die mit den Wunden einhergegangen war, blieb zurück und staute sich immer mehr an.

»Ich will auch mal«, sagte Filo.

»Fühl dich frei. Außerdem: Falls noch irgendwelche Gehilfen auftauchen, schalte sie hier in der Nähe aus, bring sie aber nicht um.

Dann kann Ost sich aufladen.«

»Mhm!«

Es gab immerhin keine Regel, dass der Schildheld nichts anderes tun durfte, als Angriffe zu blocken.

Filo lenkte die Schildkröte ab, indem sie ihr einen Tritt gegen den Kopf verpasste.

Sie öffnete das Maul und wollte nach Filo schnappen, aber die wich rasch aus und trat gleich noch einmal zu.

Das Reptil mühte sich weiter ab, Filo zu erwischen. Unterdessen konnten Ost und ich uns wieder ein wenig sammeln.

»Puh ...«

Als Filo wieder hinter die Barriere kam, ließ sie erschöpft die Schultern hängen.

Schließlich war die Schildkröte wieder so weit und öffnete das Maul, um einen weiteren Partikelstrahl abzufeuern.

»Filo, wenn die das nächste Mal kommt, um uns zu zertrampeln, schnapp dir Ost und geh auf Distanz.«

»Mach ich!«

Filo sträubte ihr Gefieder und konzentrierte sich: Sie nutzte den Moment, um ihre Magie zu regenerieren.

Filo konnte schneller Magie sammeln, als die Schildkröte brauchte, um ihren nächsten Elektroschock loszulassen.

Ost atmete schwer.

»Ost, übernimm dich nicht! Ich wähle extra einen mächtigen Schild, auch wenn der schwer zu handhaben ist!«

»A... Aber ...«

»Das Schlimmste wäre, wenn du dich hier verausgabst. Du musst durchhalten.«

»N... Na schön.«

Die Schildkröte schoss ihren Strahl ab, und ich wechselte zum Schild des Ingrimms.

Sie heilte ihr verbranntes Bein und trat erneut nach mir.

»Jetzt!«

»Jaaa!«

Filo nahm Ost auf den Rücken und sprintete davon. Ich wehrte den Tritt mit dem Schild des Ingrimms ab. Dann rannte ich auf das Schildkrötengesicht zu.

Dark-Curse Burning S wurde ausgelöst, und ich wurde in einen Wirbel aus schwarzen Flammen gehüllt.

Das Fluchfeuer verbrannte der Bestie Bein und Gesicht.

»Na, wie schmeckt dir das?«

Dark-Curse Burning S ging mit einem Fluch einher, der Wunden langsamer heilen ließ. Vielleicht war das ja ein wirksames Mittel gegen die ungeheure Regenerationsfähigkeit der Schildkröte. Das würde mir das Zeitschinden erleichtern.

Aber ... das Bein und der Teil des Gesichts, die zu Asche verbrannt waren, regenerierten sich sofort, als wäre nichts dabei.

»...!«

W... Was war denn das nur für eine Lebenskraft?

»Meister!«

»Ja, ich weiß.«

Ich wechselte wieder zum Soul Eater Shield, um möglichst viel Zeit zu schinden.

Das ... drohte ein langer Kampf zu werden.

Es knisterte ... Einer der Stacheln regenerierte sich und kam zu uns heruntergefallen.

Gehilfe der Geisterschildkröte (Typ Blitzangriff)

Mal sehen …

»Ich mach das!«, rief Filo.

»Warte!«

Schon stürmte sie auf den Gehilfen zu, um ihn zu treten.

Ich hatte sie aufhalten wollen, doch zu spät: Sie hatte ihn schon weggekickt.

»Auaaaaa!«

Es knisterte, und Filo wurde zurückgeschleudert.

»Der hat mich geschockt …«

Qualm stieg von ihr auf, als sie zu mir zurückrannte.

»Was machst du denn?«

Doch wenn Filo nichts getan hätte, wäre dieser Stachel wohl wie eine Rakete auf mich zugeschossen. Die Schildkröte hatte offenbar genug davon, dass ich an ihrem Bein hing, und wollte mich endlich erledigen.

Von hinten wurde wieder Magie auf uns gesprochen: Wunden schlossen sich, und unsere Ausdauer kehrte zurück.

Ost hatte eine Hand über den Gehilfen gehalten, und ihre Kräfte waren anscheinend wiederhergestellt.

»Verdammt …«

Wir hatten eine weitere Attacke überstanden. Ich rief Filo zu: »Pass mal einen guten Moment ab und frag die Königin, wie es vorangeht. Das hier ist ziemlich hart. Sag ihr, die sollen sich mit der Evakuierung beeilen. Könnte nämlich sein, dass wir beim Schloss sind, ehe Fitoria hier eintrifft.«

»Aber Meister, dann bist du ja …«, sagte Filo und klang dabei, als würde sie gleich losweinen.

»Schon gut … Ich hab ja Ost, da halte ich schon einiges aus.«

»Verlasst Euch auf mich … Schildheld. Es mag ein schwieriges Unterfangen sein, aber es würde mir helfen, wenn Ihr dafür sorgt, dass die Gehilfen der Geisterschildkröte nicht getroffen werden.«

Aha. Wenn ich ihr Kraftmedium beschützte, konnte sie wiederum mich leichter schützen.

»Alles klar. Wenn wir so den Angriffen standhalten, ist das ein guter Deal. Also, Filo, mach dir keine Sorgen um mich.«

»Mhm ...«

Die Geisterschildkröte stieß ein ärgerliches Geräusch aus, vielleicht weil sie mir keine SP abziehen konnte, solang ich den Soul Eater Shield verwendete.

Bis zum nächsten Schuss würden wir wohl durchhalten.

Filo kehrte der Geisterschildkröte den Rücken.

»High Quick!«

Und schon lief sie in Höchstgeschwindigkeit zur Königin.

»Ich, Horai Ost, befehle dem Himmel, befehle der Erde, ektomiert die Vernunft, bindet sie wieder an, lasst sie Blut spucken. Erhöre mich, meine Kraft: Heile seine Seele! – Seelenlicht!«

Ost ließ ihre Hand über mir schweben, und nach und nach kamen meine SP zurück. Zugleich schien mein Geist wieder klar zu werden.

Solche Zauber gab es also auch ... ungeheuer praktisch!

Ich erzeugte einen neuen Schutzschirm und schnappte mir erneut das Bein unseres Feindes. Ich fand wegen der vielen Elektroschüsse allerdings keinen festen Stand, was mir den Kampf erschwerte.

Aus den aufklaffenden Erdspalten wurden Krater. Das hier war schwerer als gedacht ...

Hin und wieder kamen Stacheln herabgefallen, verwandelten sich in Gehilfen und griffen uns an. Sie schienen über ungleich mächtigere Attacken zu verfügen als etwa die Fledermausform.

Es waren aber zu wenige, um allein über die Konterfunktion des Soul Eater Shield meine SP zu regenerieren.

Da Ost weiterhin ihre Unterstützungsmagie auf mich anwandte, konnte ich, wie es aussah, den Attacken trotzen.

Es knallte, wenn die Gehilfen auf die Barriere einschlugen. Hätte ich die Hochrüstmethoden der anderen Helden nicht in Erfahrung gebracht, dann hätten sie ihn vielleicht durchstoßen und uns getötet.

Wie satt ich es hatte, ständig am Limit zu kämpfen. Wäre es doch nur etwas leichter gewesen.

»So, jetzt!«, rief Ost und sprach einen Zauber. »Ich, Horai Ost, als Quelle deiner Macht, befehle dir: Ergründe das Wesen der gesamten Schöpfung und lass meine Macht hervortreten! – Schwerefeld! Superschwerkraft!«

Ein durchscheinender schwarzer Ball traf einen Gehilfen, und er sackte zu Boden wie ein Stein.

Hmmm … Schon sehr interessant, wie viele besondere Zauber sie beherrschte. Aber ich hatte gerade nicht die Zeit, mir das in Ruhe anzusehen.

»Ich, als Quelle deiner Macht, befehle dir: Ergründe das Wesen der Dinge und feg ihn mit einem starken Tornado aus Wind weg! – Tornado, Stufe drei!«

Filo ließ einen Wirbelwind entstehen, der den Gehilfen in Stücke riss. Er hatte durch Osts Gravitationszauber schon überall Verletzungen erlitten. Der Tornado gab ihm den Rest.

»Da bin ich wieder!«

»Und?«

»Sie sagt allen, dass sie sich beeilen sollen, aber es dauert noch ein bisschen.«

»Aha …«

»U... Und sie hat mir Medizin mitgegeben, um unsere Ausdauer zurückzukriegen. Die Magie wird wohl immer schwächer, deswegen sollen wir die benutzen.«

Filo holte aus einem Beutel, den sie bei ihrem Aufbruch noch nicht dabeigehabt hatte, ein Präparat hervor und gab es mir.

Das sah ja wie ein Bonbon aus.

Ich steckte es in den Mund: Es schmeckte nach Minze. Ich hatte das Gefühl, dass meine Kraft ein wenig regeneriert wurde.

»Und die hier hat sie für dich aufgehoben, Meister.«

»Was?«

Das waren ja Lukol-Früchte!

Die enthielten unverdünnten, hochprozentigen Alkohol.

Bei mir schien Alkohol nicht recht zu wirken. Diese Früchte regenerierten bei mir jedoch Magie und SP.

»Meinetwegen.«

Davon steckte ich mir auch eine in den Mund. Ich hatte das Gefühl, dass mehr Kraft zurückkehrte als bei dem Bonbon. Ich warf einen Blick in meinen Status und sah, dass Magie und SP wiederhergestellt waren.

»Ost, ich hab hier was zum Regenerieren bekommen. Um meine SP müssen wir uns keine Gedanken mehr machen. Du kannst deine Kräfte ab jetzt anders einsetzen.«

Außerdem konnte ich meine SP mit Seelenheilwasser auffrischen.

Da auch meine Konzentrationsfähigkeit wieder ein bisschen besser war, würde ich den nächsten Angriff wohl noch aushalten.

»Verstanden.«

Und wieder setzte die Schildkröte zu einem Blitzstrahl an.

Mist ... Mit welchem sollte ich den abwehren?

»Schildheld ... Nehmt den schwarzen Schild ...«

»Hm? Alles klar!«

Osts Unterstützungsmagie war schon ziemlich hilfreich.

Ich wollte auf ihre Anweisung hören.

»Ich, Horai Ost, befehle dem Himmel, befehle der Erde, ektomiert die Vernunft, bindet sie wieder an, lasst sie Blut spucken. Erhöre mich, meine Kraft: Schützt ihn vor Energieraub! – Drain Seal!«

Mit dem Schild des Ingrimms konnte ich den Blitz voll abfangen.

Dafür hatte sie mir sicher SP geraubt.

Ich griff nach einer Lukol-Frucht, um sie zurückzubekommen, warf zuvor aber noch einen Blick auf meine Werte und sah ... dass ich noch SP hatte.

Was hatte Ost getan?

»Ich habe Euch einen vorübergehenden Schutz auferlegt, damit Euch weniger Energie geraubt wird. Hat es funktioniert?«

Sie hatte offenbar dafür gesorgt, dass ich weniger SP verlor.

Ich blickte zu der Schildkröte hoch: Ihre Kehle war noch immer elektrisch geladen, aber es schien nicht zu reichen, um einen weiteren Schuss abzufeuern. Also ging er weiter, unser langer Kampf, die Geisterschildkröte aufzuhalten.

Einen solchen Kampf würde ich kein zweites Mal ausfechten wollen.

Manchmal wehrte ich mit dem Schild des Ingrimms ab, manchmal mit dem Soul Eater Shield.

Meine Barbarenrüstung war mittlerweile überall beschädigt.

Offenbar kam sie mit ihrer automatischen Wiederherstellung nicht mehr hinterher.

War das hart!

Mir ging die Luft aus.

Der Countdown des Schildes des Ingrimms war auf 0:30 gesunken.

Es war anscheinend so weit gekommen, dass Filo sich schon mächtig zusammenreißen musste. Auch ich stellte fest, dass finstere Emotionen sich meiner bemächtigen wollten und ich langsam den Verstand verlor.

»M… Meister … Ich …«

Wir wussten beide nicht mehr wohin mit unserem Zorn. Die Grenze war nah. Ich durfte den Schild des Ingrimms nicht länger verwenden.

»Okay, ich benutze ihn nicht mehr! Beherrsche dich!«

»Moment.«

Ruhig schloss Ost die Augen. Sie schien sich zu konzentrieren.

Und dann … hielt sie ihre Hand über meinen Schild.

Schwarzes Feuer schoss daraus hervor und verbrannte ihr die Hand.

»W… Was …?«

»Ich, Horai Ost, befehle dem Himmel, befehle der Erde, ektomiert die Vernunft, bindet sie wieder an, lasst sie Blut spucken. Erhöre mich, Kraft des hasserfüllten Schildes: Feg meinen Feind hinfort! – Schwarze Drachenflamme!«

Ost verschoss Feuer aus ihren Händen direkt ins Gesicht der Geisterschildkröte.

»…?!«

Das Reptil hatte getobt und gewütet wie ein tollwütiger Hund, doch nun verzerrte sich seine Miene vor Qual. Das schwarze Feuer schien ihr das Gesicht wegzubrennen. Dafür bildeten sich auf Osts Händen schreckliche Brandmale. Überdies musste sie den schlimmen Fluch abbekommen haben. Die Wunden waren schwarz.

»Ich habe die Kräfte Eures hasserfüllten Schildes genutzt. Auf diese Weise … sollten wir ein wenig Zeit gewinnen.«

»Du …«

Ich warf einen Blick auf die Zeitanzeige: Sie war beträchtlich gestiegen und stand jetzt bei 3:00.

Wahnsinn … Ich hatte noch nie jemanden derart praktische Zauber verwenden sehen. Eigentlich war sie ja unsere Feindin und wir hätten gegen sie kämpfen müssen – aber sie verdiente Lob. Ich spürte, dass sie alles daransetzte, die Situation schnell unter Kontrolle zu bringen, bei einer minimalen Opferzahl.

»Weiter! Wir müssen noch eine Weile durchhalten!«

»Stimmt … Filo, was sagt Fitoria? Wie lange braucht sie noch?«

»Ähm … Da sind viele Störgeräusche, darum kann ich sie nicht gut hören. Aber sie sagt, noch etwa 30 Minuten.«

Hatten wir etwa erst die Hälfte geschafft?

Immerhin hatten wir die Attacken der Schildkröte gestoppt. Doch dann nahmen sie an Heftigkeit nur noch zu. Sie fing wieder an … ihre Raketen in den Himmel zu schießen.

Ich warf Ost einen Blick zu, und sie nickte still.

Irgendwie war es uns gelungen, die Geisterschildkröte aufzuhalten, doch offenbar waren wir nun soeben in einem Bereich angekommen, wo sich eine Erdenergieader befand.

»Müssen wir … immer noch weiter durchhalten?«

So langsam war mir danach, Reißaus zu nehmen. Ich musste jedoch nur einen Blick zum Schloss werfen und wusste, dass das nicht ging.

In der Nähe gab es Dörfer. Auch die würden ausgelöscht, wenn sie von einer Salve der Stachelraketen getroffen würden. Vorerst mussten wir … weiter standhalten!

»Uh …«

Unter den vielen Attacken schwand mir langsam das Bewusstsein.

Meine Barbarenrüstung war mittlerweile an mehreren Stellen gebrochen und völlig außer Form geraten.

Die Schildkröte war auch nicht dumm und hatte aufgehört, uns ihre Gehilfen vorbeizuschicken. Daher konnte Ost ihre Magie nicht so gut wieder aufladen, wie sie es sich gewünscht hätte.

Zudem ging mir allmählich das Lebenskraftwasser aus und die Lukol-Früchte hatte ich ebenfalls so gut wie aufgebraucht, da ich mich ständig heilte und Skills abfeuerte.

»So langsam müssen wir über einen Rückzug nachdenken.«

»Aber dann wird die Zerstörung doch ...«

»Wir haben einiges an Zeit rausgeschlagen. Wäre schlecht, wenn wir nicht mehr wegkommen, deswegen denk ich, wir haben keine andere Wahl – wir müssen aufgeben.«

Wir hielten schon so lange tapfer durch, dass mir jegliches Zeitgefühl abhandengekommen war. Als ich Filo fragte, sagte sie auch noch, sie hätte nichts Weiteres mehr empfangen. Wir waren so lange diesen mächtigen Attacken ausgesetzt gewesen, dass selbst die Magie in der Umgebung gestört sein musste.

Auch die Abstände zwischen den unterstützenden Aktionen der Königin vergrößerten sich. Gelegentlich wurde ein wahnsinnig mächtiger Zauber losgelassen, der die Geisterschildkröte aber nicht tödlich zu verwunden vermochte.

Außerdem hatte ich Raphtalia etwas versprochen. Ich würde es nicht übertreiben, würde auf mich aufpassen, so gut es ging. Auch in der Hinsicht war ich so gut wie am Ende.

Osts Hände waren ebenfalls schon völlig schwarz vom Fluch meines Schildes. Wie oft hatte sie ihm die Zornesmacht entzogen? Doch sicher mehr als dreimal ...

Ich wusste nicht mehr, wie oft ihr Abzapfblockzauber schon seine Wirkung verloren hatte.

Es reichte.

Wir hatten so lange ausgeharrt, und mehrmals hatte ich gedacht, es würde nun zu gefährlich. Dieser Kampf war zweifellos unbarmherziger als der gegen den Heiligen Vater damals. Ich war zwar stärker geworden, hatte es aber dennoch selten leicht im Kampf …

Ja, es war Zeit für den Rückzug. Doch in dem Moment …

Weit hinter der Geisterschildkröte wirbelte Staub auf: Etwas kam näher!

»Ah!«

Filo deutete mit dem Flügel auf die näher kommende Staubwolke.

Die Erde bebte, und ein heftiger Wirbelwind zog auf.

Im Wind tanzten lange, himmelblaue Federn.

Das waren die Federn eines Filolials … einer Filolialkönigin wie Filo.

Ich erinnerte mich sehr gut an diese Farbe.

»Es hat lange gedauert … Ihr habt sie gut hingehalten. Du hast dich angestrengt, Held des Schildes. Dann will ich dir mal helfen.«

Ja, es war Fitoria, die da mit Höchstgeschwindigkeit angaloppiert kam.

Die Geisterschildkröte musste ihre Gegenwart gespürt haben: Sie beachtete uns nicht weiter und blickte in die Richtung, aus der Fitoria kam.

Die Filolialkönigin kreuzte ausladend ihre Flügel … und schwoll dabei immer mehr an.

Mittlerweile ragte sie schon bis zum erhobenen Kopf der Geisterschildkröte auf.

Fitorias Körper war nicht so gewaltig wie der der Schildkröte, aber sie war so groß wie sie.

»Haaaaaaaaaah!«

Sie sprang in die Luft und umfasste den Kopf der Geisterschildkröte mit ihren Krallen.

Es gab ein matschiges Geräusch, als sie ihr den Kopf eindrückte.

Oh! Was für eine Kraft!

Es sah ganz so aus, als könnte Fitoria gegen die Geisterschildkröte gewinnen!!

Jedoch ...

Das Reptil riss sich Stück für Stück los, sodass sich Fitorias Krallen aus ihrem Fleisch zogen. Sofort regenerierte sich ihr Kopf und sie spuckte Fitoria einen ihrer Blitzstrahlen entgegen.

Die bog sich jedoch gewandt zur Seite, entging dem Schuss und trat der Schildkröte gleich noch mal gegen den Kopf.

Er wurde jedoch nicht abgerissen, sondern nur zur Seite geschleudert.

Das war nun wohl der Showdown der Riesenmonster, Teil zwei.

Beim letzten Mal war es ein Dinosaurier gewesen, jetzt war es eine Schildkröte.

Mir war, als befände ich mich in einem Monsterfilm. Aber ... Ich konnte hier nicht einfach nur herumstehen und zugucken, sonst würde ich noch zertrampelt.

»Filo! Sieht so aus, als wäre unsere ersehnte Fitoria endlich hier. Wir ziehen uns erst mal zurück! Sonst geraten wir noch dazwischen und werden zerquetscht!«

»Endlich ... ist die Unterstützung da!«

Ich half der völlig erschöpften Ost beim Aufsteigen.

»Alles klar! Rückzug!«

»Okaaay! High Quick!«

Flink wie Hasen rasten wir auf Filo auf die Bündnisarmee zu, die uns so gut unterstützt hatte.

Kapitel 8: Die Erkundung

»Der legendäre Filolial ... Es gibt ihn also wirklich?«

Wir hatten das Heer erreicht und sahen von fern aus zu, wie Fitoria ihren großen Entscheidungskampf gegen die Geisterschildkröte ausfocht.

Mein Erscheinungsbild war ehrlich gesagt ganz schön ramponiert. Meine Rüstung war überall kaputt: Die Autoreparatur hinkte immer noch hinterher.

»Wäre schon schön, wenn sie das jetzt entscheiden könnte.«

Immer wieder griff Fitoria die Bestie an.

»...!«

Die Schildkröte schoss ihre Stacheln in den Himmel. Fitoria sah das und wich sofort zurück ... Ein paar Stacheln, die sie trotzdem noch erreichten, schlug sie aus ihrer Bahn.

Ganz schön geschickt!

»Crush Charge!«, schrie Fitoria, einen Flügel seitlich ausgestreckt.

Die Kutsche, die sie gezogen hatte, schien auf ihren Ruf zu hören, wurde gewaltig groß und ... veränderte ihre Form?!

Ein Streitwagen.

Fitoria zog ihn und rammte die Schildkröte!

Wieder hatte sie ihr den Kopf eingeschlagen, dazu noch die Vorderbeine.

»...«

Fitoria übte mühsam Druck auf den Schildkrötenpanzer aus, kam aber nicht weiter. Während sie – anscheinend hatte sie es aufgegeben – ihre Kutsche wieder zurückverwandelte und sich zurückzog, regenerierte die Geisterschildkröte ihre eingebüßten

Körperteile und schoss erneut ihren Partikelstrahl ab.

»Meister – ich krieg 'ne Nachricht von Fitoria!«

»Was gibt's?«

»Also, der Panzer geht nur schwer kaputt. Sie beschäftigt die Schildkröte weiter, und wir sollen solang rauskriegen, wie man sie besiegt.«

Eigentlich hätte sie mir das auch direkt sagen können. Andererseits hätte sie einen ganz schönen Lärm gemacht, wenn sie lauthals zu uns herübergebrüllt hätte.

»Was ist mit ihren Untertanen? Die Filolials könnten doch alle zusammen angreifen.«

»Hmmm ... Sie ist so schnell hergekommen, da konnten die anderen nicht mithalten.«

Ach so, klar. Gewöhnliche Filolials hatten natürlich viel kürzere Beine. Vielleicht waren sie auch zu schwach.

»Herr Naofumi!«

Ich wandte mich vom Kampf ab und der Stimme zu: Gerade kam Raphtalia mit den anderen vom Schloss zurück.

»Habt ihr alle in Sicherheit gebracht?«

»Wir konnten fast alle aus der Schlossstadt herausholen. Ich habe gehört, dass wir demnächst zur nächsten Phase des Plans übergehen, daher bin ich zurückgekommen.«

»Hm, okay. Ja, unser Einsatz geht noch 'ne Weile weiter.«

Fitoria verschaffte uns zwar Zeit, aber einen Sieg schien sie nicht herbeiführen zu können. Unfassbar, wie ungeheuer mächtig diese Geisterschildkröte war.

»Königin, hast du gehört, was Filo gesagt hat?«

»Ja. Sie hat recht ... Es ist wohl ratsam, nun ins Innere der Geisterschildkröte vorzudringen und den Bannzauber durchzuführen. Außerdem würden wir Euch gern nach den alten

Helden-Inschriften suchen lassen – wenn sie denn zu finden sind.«

»Dann müssen wir das wohl parallel machen ...«

Während wir uns besprachen, kämpften Fitoria und die Geisterschildkröte weiter.

»Wa...«

Mir blieb die Spucke weg: Plötzlich hatte das Vieh mehrere Köpfe!

Und alle feuerten Blitzstrahlen ab, die Fitoria verbrennen sollten.

Die Feuerkraft schien allerdings ein wenig gesunken zu sein, vielleicht weil sich die Energie nun auf mehrere Münder verteilte.

»Wir sollten wohl schnell zum nächsten Schritt übergehen.«

Ost stieg taumelnd von Filos Rücken und blickte zu der Geisterschildkröte hin. Fühlte sie sich machtlos ... oder beklagte sie den Amoklauf?

»Wir müssen da irgendwie rauf ... Schaffen wir das?«

»Ich glaube, es ist schwierig, aber ... Herr Iwatani, seht Euch bitte die Geisterschildkröte genau an.«

»Hm?«

Ich tat wie geheißen und heftete meinen Blick auf das Ungeheuer. Nachdem ich eine Weile angestrengt gestarrt hatte, entdeckte ich auf dem verwandelten Rückenpanzer ... die Reste von Bergen, weitgehend von den vielen Stacheln verdeckt.

Wenn wir da hinaufstiegen ... Kämen wir dann zu der Höhle, die uns ins Innere der Geisterschildkröte führte?

Während Fitoria gegen sie kämpfte, konnte ich auch gut ihre Angriffsmuster studieren.

Der Kopf, die Vorderbeine, die Stacheln, die sie von ihrem Rücken verschoss ... Es sah nicht so aus, als würde sie Menschen, die auf ihren Rücken steigen wollten, daran hindern. Wenn sie sich aber plötzlich aufrichtete oder eine Drehung machte oder mit Fitoria zusammenprallte, wäre das gar nicht lustig.

So wie Fitoria um sich schlug, sollten wir uns Sorgen machen, die Sache in Angriff zu nehmen.

»Nun, da der legendäre Filolial gegen sie kämpft, wäre es wohl möglich, an ihrer Rückseite hochzuklettern, denke ich.«

»Hm … Gefährlich ist es schon, aber vielleicht muss es sein. Übermittle Fitoria«, rief ich Filo zu, »dass wir umgehend auf die Schildkröte steigen und den Weg zu ihrem Herzen ausfindig machen, den wir beim letzten Mal nicht gefunden haben. Und frag sie, ob sie währenddessen bitte weiter gegen sie kämpfen kann?«

»Ähm … Sie ist einverstanden, aber wir sollen uns beeilen.«

Wir konnten nicht länger abwarten. Es wäre schön gewesen, wenn sie nicht so gewütet hätte, aber wir durften uns wohl nicht beklagen.

»Okay, wer sich noch bewegen kann, begleitet uns auf die Geisterschildkröte und zu ihrem Herzen. Los geht's, Leute!«

»Hört alle her«, rief auch die Königin. »Lasst uns tun, was Herr Iwatani, der Held des Schildes gesagt hat! Folgen wir ihm, unserer Welt zuliebe!«

»Jawohl!«, riefen die Alliierten.

»Ihr habt alle gesehen, wie Herr Iwatani dem Ungeheuer die Stirn geboten hat. Daran wollen wir uns ein Beispiel nehmen und mit der gleichen Entschlossenheit voranschreiten!«

»Interessehalber: Kommst du auch mit, Königin?«

»Wäre die Lage anders, hätte ich versucht, die Geisterschildkröte abzulenken, aber da der legendäre Filolial sie in Schach hält, komme ich nun auch mit.«

»Alles klar.«

Ich blickte zu Raphtalia und den anderen hinüber: Sie sahen alle ein wenig erschöpft aus.

Kein Wunder. Ich war auch ganz schön erledigt. Aber jetzt war nicht die Zeit, sich auszuruhen.

»Ojeee … Herr Itsukiii …«

Rishia wieder … Sie könnte ruhig mal damit aufhören, jedes Mal Itsukis Namen zu rufen, wenn sie in Schwierigkeiten war. Dass sie immer noch so sehr an ihm hing …

»Herr Naofumi, bist du denn in guter körperlicher Verfassung?«

»Ich denke … schon. Aber wenn der Kampf vorbei ist, braucht meine Rüstung wohl 'ne Reparatur.«

Sie funktionierte noch, war aber wegen der ständigen Kämpfe ganz schön ramponiert.

Vielleicht hätte ich mich umziehen sollen … Ich hatte aber keine Lust, in einem der Kostüme zu kämpfen. Die waren ohnehin nicht besonders geeignet für einen Kampf gegen die Geisterschildkröte. Oder sollte ich Rishia das Filo-Kostüm abknöpfen?

»Uäh?!«

Die blickte sich hastig um, als ahnte sie etwas. Dann berührte sie tröstend Osts Arm.

»Schon gut … Wir sorgen dafür, dass das Kämpfen bald ein Ende hat.«

»Ja …«

»Wenn wir auf die Geisterschildkröte steigen, sind wohl nun auch wir an der Reihe?«

Eclair sah atemlos dem Kampf der Giganten zu.

»Sie ist nach ihrer Verwandlung noch viel brutaler als beim letzten Mal. Kann gut sein, dass sich auch diese Höhle verändert hat, die ins Innere führen soll.«

»A… Ach ja?«

»Außerdem … könnte es sein, dass wir dort Gehilfen begegnen. Da kommt dann ihr ins Spiel … Bereitet euch gut vor.«

»Jawohl ...«

»Wir müssen es wagen«, fand auch die alte Schachtel.

»Ja ... Gehen wir, Herr Naofumi!«

»Dann los!«

Und so begaben wir uns schließlich zur Rückseite der Geisterschildkröte, die sich vergleichsweise wenig bewegte, und begannen mit dem Aufstieg.

Kapitel 9: Die Höhle der Geisterschildkröte

Wir stiegen also von hinten auf den Panzer der Geisterschildkröte.

Die Stacheln sprangen ins Auge, aber auch die Bergoberfläche war noch da. Hier und dort wuchsen Bäume.

Der Legende zufolge führte eine Höhle ins Innere. Als wir das letzte Mal nach ihr gesucht hatten, war es uns nicht möglich gewesen, von dort aus hineinzugelangen.

Außerdem, und das war das Schlimmste, wimmelte es auf dem Rücken der Schildkröte vor Gehilfen, die auf uns eindrangen. Von irgendwo mussten sie hervorquellen, denn hier war alles voller Fledermäuse und Schneemenschen.

Glücklicherweise zeigte sich bisher aber kein Angriffs- oder Parasitentyp ... Es verlangte uns jedoch einiges ab, den Berg voller Stacheln Stück für Stück abzusuchen. Wir hatten ja auch noch die Bündnisarmee auf unsere Gipfeltour mitgeschleppt.

Da zudem die Schildkröte gegen Fitoria kämpfte und sich bewegte, kamen wir nur schleppend vorwärts.

»Ost, kennst du dich hier aus?«

Vielleicht konnte sie uns ja zu der Höhle geleiten ... die angeblich zu ihrem Herzen führte.

»Es müsste dort drüben sein.«

»Ach ja? Alle Mann mitkommen!«

»Jawohl!«

Wir folgten dem Bergpfad, den Ost uns wies. Raphtalia und Eclair bildeten folgten uns und erledigten Gehilfen. Rishia und die Königin gaben ihnen Rückendeckung. Dennoch fielen viele Soldaten den heftigen Attacken der Monster zum Opfer.

»Filo!«

»Mhm!«

Sie kam mit Vollgas angerannt und kickte einen Gehilfen weg.

»Herr Naofumi!«

Hinten hatte jemand geschrien. Raphtalia und die anderen waren sofort hingelaufen und soeben zurückgekehrt.

»Die Geisterschildkröte wird zwar hier festgehalten, aber die Gehilfen sind immer noch da. Es gibt immer mehr Opfer!«

»Wir hätten wohl nur eine auserwählte Elite mitnehmen sollen.«

Wie sollten wir Soldaten, die schon mit den Gehilfen zu kämpfen hatten, bis zum Herz mitnehmen?

Wenn ich daran dachte, dass unaufhörlich weitere Gehilfen hervorquollen ... Diese Aufgabe war doch sicher zu schwer für sie.

Ich dachte noch darüber nach, da kam eine Einheit auf uns zugelaufen, die getrennt unterwegs gewesen war.

»Wir haben etwas gefunden, was nach der gesuchten Höhle aussieht. Ja, es könnte die Geisterschildkrötenhöhle sein!«

Einer der Soldaten zeigte auf die Anhöhe des Berges. Als ich die Augen zusammenkniff, erspähte ich tatsächlich eine Höhle.

Hier war ich schon beim letzten Mal gewesen, aber da sich der Berg so sehr verändert hatte, hatte ich die Stelle nicht wiedererkannt.

»Ich gehe vor. Los!«

»Verstanden!«

»Folgt alle dem Helden des Schildes!«, rief die Königin.

»Jawohl!«, kam vielstimmig die Antwort.

Während wir weiter Gehilfen aus dem Weg räumten, gelangten wir schließlich zum Höhleneingang.

»Passt gut auf.«

»Ja.«

Raphtalia erzeugte mit Magie eine Kugel aus Licht, die die Höhle erhellte.

Ich bildete die Spitze, dann folgten Raphtalia, Ost, Eclair, Filo, Rishia, die Königin, die alte Schachtel … und schließlich die verbündeten Soldaten.

Alles wirkte ein wenig anders als bei meinem letzten Besuch. Zum Beispiel klebten nun Augapfelmonster an den Höhlenwänden: Gehilfen der Geisterschildkröte (stationärer Typ). Außerdem krabbelten raupenartige Gehilfen herum, aber die stellten kein Problem dar.

Die Höhle selbst hingegen … entpuppte sich als komplexes Labyrinth. Die Wände bestanden nicht aus lebendigem Gewebe, sondern aus Stein und Erde.

Würden wir auf diesem Weg wirklich ins Innere der Schildkröte gelangen?

Ich begann mich zu fragen, ob wir nicht lieber einfach in ihr Maul krabbeln sollten. Obwohl das im Hinblick auf den sich ständig regenerierenden Kopf wohl eine etwas fragwürdige Entscheidung gewesen wäre.

»Kennst du den Weg?«

»Ich habe die Aufzeichnungen von unserer einstigen Erkundung der Höhle dabei.«

Die Königin entfaltete eine Karte und zeigte sie mir.

Eine völlig neue anzufertigen, hätte wohl zu viel Zeit in Anspruch genommen.

Ja, dies war wirklich das reinste Labyrinth. Es gab wohl noch einen Eingang, von der Stadt aus.

»Wollen wir gucken, ob wir auf dem Weg zum Tempel kommen?«

»Eine gute Idee. Es wäre großartig, wenn wir irgendeinen Hinweis fänden.«

Leider ... war der Weg zum Herzen nicht eingezeichnet. Wahrscheinlich hatte der Tunnel einfach irgendwo geendet, als die Schildkröte noch nicht wiederauferstanden gewesen war. Allzu verlässlich war dieser Plan wohl nicht mehr ...

»Oh?«

Ich warf einen Blick auf die Karte und entdeckte eine etwas breitere Wegstelle.

Dort sollte ich wohl alle warten lassen und einen Spähtrupp vorausschicken. Wir waren ohnehin zu viele, man konnte sich kaum bewegen.

Wären es so fähige Leute wie Raphtalia oder Filo gewesen ... Aber Mitstreiter mit ähnlich hohen Leveln waren wohl zu viel verlangt. Jedenfalls erschien es mir besser, eine Pause auszurufen und die Soldaten hier warten zu lassen. So lautete mein Plan.

Nachdem ich das entschieden hatte, ließ ich die Soldaten weiter dem Tunnel zu der breiteren Stelle folgen.

Doch dann ...

»Nanu? Dies hätte die richtige Stelle sein müssen ... oder nicht?«

»Der Karte zufolge schon ...«

Obwohl wir dem eingezeichneten Weg gefolgt waren, waren wir auf einem unbekannten gewundenen Pfad gelandet.

»Haut die Karte vielleicht nicht hin?«

»Das ist seltsam ... Bis hierhin hat doch alles übereingestimmt.«

Änderte sich die Form der Höhle, wenn die Schildkröte sich bewegte?

Leider hatten wir keine Möglichkeit, das herauszufinden. Was sollten wir also tun?

Wir folgten weiter dem Weg, während ich darüber nachdachte.

Glücklicherweise gab es in dem Tunnel, der zu der breiten Stelle hätte führen sollen, keine Abzweigungen. Hätte es hier eine Gabelung gegeben, hätte ich die Soldaten wohl woanders warten lassen müssen.

Und immer noch folgten wir den Windungen. Bis sich der Weg vor uns … tatsächlich zu verbreitern schien.

Der Weg hatte zwar anders ausgesehen als auf der Karte, aber immerhin gab es diesen großen Platz wirklich.

So weit, so gut – wir hatten unser Ziel erreicht.

»Da sind irgendwelche großen Monster.«

An der geräumigeren Stelle hatten sich entsprechend ausladende Gehilfenmonster breitgemacht. Sie waren länger als die meisten der anderen Monster hier.

Der Position nach zu urteilen, waren sie hier, um Eindringlinge zu vertreiben. In einem Rollenspiel wären es so etwas wie Zwischengegner gewesen. Die Geisterschildkröte selbst war demnach der Endgegner. Ja, die hier mussten stärker sein als die kleinen Fische.

Das Problem war die Anzahl.

»Eins, zwei, drei … Ganz schön viele.«

Insgesamt waren es sieben oder acht. Ein einzelnes dieser Monster hätten wir locker geschafft, aber in dieser Menge stellten sie eine Gefahr für die Soldaten dar.

»Ja, nicht wahr? Was wollen wir tun?«

Und wenn wir sie besiegten und es tauchten immer mehr auf? Das wäre unangenehm … Aber wir mussten es wohl drauf ankommen lassen.

»Gut, zum Glück sind es nicht zu viele. Wir machen sie fertig und schauen, was passiert. Alle Soldaten sollen hier warten und aufpassen.«

»Zu Befehl!«

»Okaaay.«

»Oje … Ich versuch's.«

»Puh, na schön … Attacke!«

Wir stürmten auf die Gehilfen zu, die den Platz besetzten.

Die sahen anders aus als die Gorillas und Yetis, die draußen herumliefen … Waren das Schildkrötenmenschen? Vier Meter waren diese Ungeheuer groß. Die Bezeichnung war Gehilfe der Geisterschildkröte (Typ Wächter).

»Hiaaah!«

Filo verpasste einem der Gehilfen einen kräftigen Tritt gegen den Panzer. Es gab ein scharfes Knacken, als er eingedrückt wurde. Der Gehilfe prallte gegen die Wand und regte sich nicht mehr.

»Haaaaaaaa!«

Raphtalia schlug einem Schildkrötenmann mit einem Hieb den Kopf ab. Auf sie war Verlass.

Rishia unterstützte die anderen, indem sie mit schwachen Angriffszaubern die Aufmerksamkeit der Monster auf sich zog. Wenn sie selbst zum Ziel wurde, suchte sie Schutz hinter der Barriere, die ich erzeugt hatte. Von Zusammenarbeit verstand sie etwas. Mindestpunktzahl erreicht.

An der Koordination haperte es also nicht. Nun musste sie nur noch echte Stärke erlangen, um voranzukommen. Das Problem war nur, dass eine solche Stärke von ihren Statuswerten abhing. Aber vielleicht sollte ich lieber nach vorn schauen.

»Ha!«

Ost streckte eine Hand nach einem der Wächter aus und verlangsamte ihn. Diese Gelegenheit nutzten Eclair, die Oma und zuletzt Rishia, um ihm den Garaus zu machen.

»Icicle Needle!«

Der Zauber der Königin ließ einen der Wächter erstarren.

Was für ein effektives Team.

»Unbefriedigend, oder?«

Raphtalia wischte sich das Blut vom Schwert und vergewisserte sich, dass ihr Gegner eliminiert war.

Ja, sie waren weit schwächer als erwartet gewesen.

Es handelte sich hier immerhin um die Geisterschildkröte. Waren wir zu sehr auf der Hut gewesen?

Ach nein, wir hatten ja die Soldaten dabei. Da war es genau richtig, übervorsichtig zu sein.

»Mhm. Aber ’n bisschen hart waren die schon.«

»Filo, du hast ja auch extra gegen die härteste Stelle getreten, oder?«

»Aber sonst war ja alles weich.«

»Das ist Kraftverschwendung!«

Ein argloses Hin und Her zwischen den beiden. Ein Gespräch zwischen Naturtalent und Meisterschülerin.

»Ihr beiden seid so stark!«

»Rishia, du kannst das auch«, sagte ich. »Wie läuft’s denn mit dem Stil der Unvergleichlichen Veränderung?«

»Oje ... Ich geb mein Bestes!«

Und dann durchbohrte sie mit ihrem Schwert einen der Wächter.

»Gut!«, sagte die alte Schachtel. »Greif sie genauso an, wie du den Heiligen angreifen würdest – dann gibt es keinen Gegner, den du nicht besiegen könntest.«

»Ey, Oma ...«

Sie sollte die Monster so angreifen, wie sie es bei mir tun würde? Wie nett ... Die hatte sie wohl nicht alle!

Aber es war Rishia tatsächlich gelungen, einen Gehilfen der Geisterschildkröte (Typ Wächter) aufzuspießen. Uh ... Irgendwie zog es mir das Herz zusammen. Wenn sie mich so mit ihrem Schwert stäche, käme ich nicht mit bloßem Schmerz davon.

Und so unterhielten wir uns weiter, während wir die Gehilfen ausmerzten.

»Verstärkung ... scheint erst mal keine zu kommen, oder?«

»Scheint so.«

Es lag durchaus im Rahmen des Möglichen, dass dort, wo man Monster besiegte, immer neue gespawnt wurden. Aber diese Art von Falle schien das hier nicht zu sein.

»Erstaunlich ...«, entwich es einem der Soldaten.

Von meiner Warte aus waren ja eher diese Typen zu schwach. Was war wohl ihr Durchschnittslevel? Wenn sie Level 60 oder so waren, wäre das zum Heulen gewesen.

»Held des Schildes, Königin – mit Verlaub.«

Plötzlich war ein Schatten vor uns erschienen. Oder war er die ganze Zeit schon da gewesen?

Die Schatten waren Geheimdienstler, die die Königin von Melromarc beschäftigte.

Sie ähnelten Ninjas.

An dem Dolch in seiner Hand klebte noch das Blut eines Gehilfen. Offenbar hatte der Schatten uns im Kampf unterstützt.

»Was gibt's?«

»Diese Stelle sollten wir als Stützpunkt benutzen, um von hier aus weitere Nachforschungen zu betreiben. Mit Verlaub.«

»Jupp ... Sag mal, warst du die ganze Zeit schon dabei?«

»Bei dieser Operation sind wir Schatten damit betraut, die Bündnisarmee zu eskortieren. Mit Verlaub.«

»Habt Dank.«

»Ja, danke.«

Einer Armee noch Schatten als Beschützer mitzugeben ... Das waren doch Soldaten, konnten die nicht selbst auf sich aufpassen? Waren die Gehilfen der Geisterschildkröte denn wirklich so starke Monster?

Nun ... Vielleicht musste ich mir diese Kämpfer eher als Spezialeinheit vorstellen, deren Aufgabe es war, diesen Bann auszusprechen. Ich wollte bis auf Weiteres davon ausgehen, dass ihre Stärken eher in dem Bereich als beim Kämpfen lagen.

»Alles klar, Soldaten: Von hier aus suchen wir jetzt das Herz der Schildkröte. Konzentriert ihr euch nur darauf, diese Stelle zu verteidigen. Wir fangen mit der Erkundung an.«

»Z... Zu Befehl!«

Die Soldaten entspannten sich und ruhten sich in der Höhle aus, wobei sie Augen und Ohren offen hielten.

Die große Anspannung und das ständige Kämpfen musste sie völlig erschöpft haben.

So anstrengend hätten die Kämpfe eigentlich nicht werden sollen.

Für mich war der Zermürbungskampf extrem ermüdend gewesen!

Lag das an meinem Schild? Oder stimmte eher mit Raphtalia und Filo was nicht?

Jedenfalls würde ich mir einige Gedanken machen müssen, sobald wir die Geisterschildkröte besiegt hatten.

»Schatten ... Weißt du zufällig, wie stark die Soldaten durchschnittlich sind?«

»Bei der Einheit, die mit dem Herzsiegel der Geisterschildkröte betraut ist, beträgt der Durchschnitt Level 65. Mit Verlaub.«

»Die sind ja unerwartet schlecht ... Königin, da musst du was tun! Beim Level sowieso, aber die haben auch weniger drauf als gedacht. Raphtalia und Filo sind doch auch erst in den 70ern!«

»Gewöhnlich erfordert es große Anstrengungen und mehrere Jahre Zeit, dieses Niveau zu erreichen.«

Wie bitte? Machten meine Wachstumsanpassungen so viel aus?!

Waren Rishias Werte vielleicht gar nicht so niedrig, und es lag nur daran, dass sie nicht von meinen Boni profitiert hatte?

Nein, das konnte nicht sein. Itsuki hatte sie doch unter dem Vorwand gefeuert, dass sie zu schwach sei. Mit dem Filo-Kostüm konnte ebendiese Rishia aber schon einigermaßen kämpfen. Sollte ich den Waffenhändler bitten, diese Filo-Kostüme en masse herzustellen? Allerdings hatte ich ja nur noch zwei übrig, die als Materialquelle herhalten konnten.

Filo-Kostüme von der Stange ... Und wenn wir dafür Filo ein paar Federn ausrupften?

»?!«

Ein Schauder durchlief ihr Gefieder, und sie blickte aufgeregt in alle Richtungen.

»Was hast du, Filo?«, fragte Raphtalia.

»Ich hatte gerade ’n ganz komisches Gefühl!«

Ich hatte kein Wort gesagt, und dennoch hatte sie etwas gemerkt. Ihr Gespür war klasse. Aus dem Rupfen wurde wohl nichts.

»Und die Schatten sind stärker als die?«

In dem Fall würde ich sie gern mitnehmen. Wenn sie uns allerdings auf die Erkundungstour begleiteten und die Gehilfen sie niedermachten, wäre das gar nicht schön. Ich musste mich erst vergewissern, dass sie auch kämpfen konnten.

»Wir sind eine Spezialeinheit, zu deren Aufgabenfeld auch Attentate und Kampfeinsätze gehören – mit Verlaub. Dementsprechend hoch sind auch unsere Level und Kampffertigkeiten.«

»Dann soll ein Teil der Schatten-Einheit als Eskorte hierbleiben. Der Rest macht sich bitte auf die Suche.«

»Einverstanden – mit Verlaub. Aber auch die Schatten haben durch die Ereignisse beträchtliche Verluste erlitten, daher dürft Ihr Euch nicht zu viel davon versprechen.«

»Schon klar.«

Jedenfalls stand der Plan jetzt.

Wir hatten noch einiges vor uns. Ich würde die Schatten nach dem Herz suchen lassen. Bis sie es fanden, ruhten sich die Soldaten des Bündnisses wohl lieber aus. Und wir würden uns unterdessen einer anderen Nachforschung widmen.

»Alte Schachtel und Eclair: Ihr wartet hier bei den Soldaten und kämpft, falls Monster auftauchen.«

»Verstanden!«, sagte die Oma.

»In Ordnung!«, sagte Eclair.

»Filo, du suchst zusammen mit den Schatten. Benutze deine Nase. Ich verlass mich auf dich.«

»Jaaa! Ich streng mich an!«

Und nun zu den restlichen Aufgaben.

»So, Raphtalia, Ost und Rishia ... die Königin auch noch: Wir folgen diesem Tunnel und versuchen, die Tempelruine in der Stadt zu finden.«

»Gut.«

»Das Herz zu finden, ist wichtig, aber wir brauchen wohl auch einen Hinweis, nicht wahr?«

»Ojeee ... Ich geb mir Mühe.«

»Wie Ihr befehlt, Herr Iwatani. Gehen wir.«

Es kam mir irgendwie problematisch vor, die Königin mitzunehmen, aber sie wusste von allen, die ich kannte, nun einmal am besten Bescheid.

Immerhin hatte sie eine große Leibgarde, und ihre eigene Stärke war auch nicht zu verachten. Sie dürfte also leichter zu beschützen sein als die Soldaten.

Kapitel 10: Tatverdächtige

»Haaa!«

Raphtalia sprang auf einen der Gehilfen zu und schlitzte ihn mit ihrem Schwert auf.

»Mann, einer nach dem anderen! Draußen waren nicht so viele.«

Wir folgten dem Stollen, um zum Tempel zu gelangen, und wurden immer wieder von Monstern aufgehalten. Vielleicht war diese Höhle ja die Brutstätte der Gehilfen. Wahrscheinlich.

Auch die Karte nützte uns kaum noch etwas.

Das war alles extrem lästig.

In Games konnte die Erforschung eines Dungeons Spaß machen, aber wir hatten dafür nicht die Zeit. Draußen kämpfte gerade Fitoria, um die Geisterschildkröte aufzuhalten. Und die hatte mittlerweile auch noch mehrere Köpfe.

Sie verschaffte uns Zeit, nur damit wir uns dann ewig mit diesem Angriffshagel aufhielten. Wir konnten es uns nicht leisten, in aller Ruhe einen Dungeon zu erkunden.

Nur auf unsere Intuition vertrauend schleppten wir uns weiter durch die Höhle auf den Tempel zu. Dann stießen wir auf eine Gabelung.

»Königin, welchen müssen wir nehmen?«

»Vieles hat sich verändert ... Diese Richtung müsste aber stimmen.«

»Wahrscheinlich ... dort entlang«, sagte Ost leise und zeigte auf den anderen Weg.

»Aber die Stadt liegt doch in der anderen Richtung!«

»Irgendwie ... habe ich das Gefühl, als könnte ich vage den Weg vor uns erkennen ... Verzeiht.«

Sollten wir auf Osts Gespür vertrauen oder auf Kurs bleiben? Man musste auch bedenken, dass Ost immerhin der Schutzgeist der Geisterschildkröte war. Es bestand also irgendeine Art von Verbindung zwischen ihnen. In dem Fall konnten wir uns auf Osts Worte womöglich ein Stück weit verlassen. Zumindest hatte sie sich bisher vertrauenswürdig verhalten. Und wenn ihr jetzt einfiel, mich zu hintergehen, würde ich sie angemessen bestrafen.

»In Ordnung. Dann versuchen wir es erst mal mit dem Weg, den Ost vorgeschlagen hat.«

»Gut, dann lasst uns gehen.«

Wir schlugen also den Kurs ein, den Ost uns empfohlen hatte. Und schon bald zeigte sich, dass die Entscheidung richtig gewesen war.

Nachdem wir eine Weile gegangen waren, machte der Weg eine große Biegung und führte uns weiter in die Richtung des Tempels.

Wären wir dem anderen Tunnel gefolgt, wäre der womöglich ebenso abgebogen und hätte uns in die völlig falsche Richtung geführt. So schritten wir also weiter voran und stießen schließlich auf eine Kreuzung.

Und außerdem auf vier Gehilfen.

»Haaa!«

»Icicle Frozen!«

Raphtalia hatte nach einem geschlagen, und die Königin hatte ihn mit ihrer Magie eingefroren. Ost verlangsamte die Monster mit ihren Kräften und Rishia stieß etwas kopflos mit ihrem Schwert zu.

»Und jetzt … hier entlang …«

Ich warf einen Blick zu Ost hinüber, die gerade einen Gehilfen erledigte und sah, dass Unterstützung anrückte: Fledermäuse. Zugleich kamen plötzlich Leute hinter einer Biegung hervor.

»Abenteurer?«

Was machten die denn an so einem Ort?

Da standen tatsächlich drei Abenteurer.

Einer von ihnen war größer als ich. Er hielt so etwas wie eine Lanze in einer Hand und trug eine Ganzkörperrüstung, die schwer aussah. Er hielt sich aber ziemlich aufrecht.

Dann war da noch ein Mädchen mit zwei Zöpfen … und ganz in Weiß. Sie wirkte jedoch nicht kindlich, sondern resolut. Sie trug eine leichte Rüstung, an die sie nicht gewöhnt zu sein schien. Sie wirkte wie ein Neuling.

Sie war ein wenig kleiner als ich … und verursachte mir ein ganz komisches Gefühl.

Dann war da noch eine Frau mit einem kurzen Bob.

Sie war sehr gut gekleidet, ließ mich an eine Adlige denken und wirkte wie eine Zauberin. Ihr Haar schien … rot zu sein.

Irgendwie hatten die drei etwas Komisches an sich.

Unter die Soldaten hatten sich angeblich auch Abenteurer gemischt, aber die, die mit auf die Geisterschildkröte gestiegen waren, waren alle von der Krone ausgewählt worden.

Vielleicht hatten sie Befehle missachtet und waren uns gefolgt? Ach nein, das passte irgendwie nicht zusammen.

»Ihr habt's vielleicht auf Ruhm abgesehen, aber ich rate euch, hier schnell zu verschwinden.«

»N… Na dann … machen wir das wohl lieber.«

»Einen Moment, Herr Iwatani … Schon eigenartig, dass sich hier Abenteurer aufhalten, oder? Haben die sich vielleicht hier oben versteckt und sind zurückgelassen worden, als die Geisterschildkröte wieder anfing, sich zu bewegen?«

Das war durchaus möglich. Immerhin war die Schildkröte erkundet worden, nachdem wir sie besiegt hatten. Denkbar, dass auch Abenteurer mit in der Höhle gewesen waren.

Vielleicht waren sie nicht rechtzeitig geflohen und hatten sich dann ihren Weg durch die Gehilfen bahnen müssen, um sich in der Höhle zu verkriechen … Das erschien mir plausibel.

»…?«

Raphtalia trat einen Schritt vor und legte den Kopf schief.

»Was ist?«

»Ach, es kommt mir nur so vor, als … würden sie eine Form von Magie anwenden, um etwas zu verbergen.«

Raphtalia hatte eine Neigung für Illusionsmagie – Licht und Dunkelheit. Demnach fiel es ihr womöglich leichter zu bemerken, wenn jemand anderes mit Illusionsmagie etwas zu verbergen versuchte.

»Das ist verdächtig.« Die Königin zog die Augenbrauen zusammen. »Raphtalia, könnt Ihr nicht irgendetwas tun?«

Hätte sie nicht darum gebeten, ich hätte es selbst getan.

»In Ordnung. Es tut mir leid, aber es ist nicht in Ordnung, sich als jemand anderes auszugeben!«

Raphtalia begann zu zaubern.

Sofort machten die Abenteurer einen Satz rückwärts.

»Sch …«

Die hatten wohl wirklich etwas zu verbergen. Aber zu spät!

»Ich, als Quelle deiner Macht, befehle dir: Ergründe das Wesen der Dinge und offenbare ihre wahre Gestalt! – Anti Mirage!«

Ein Licht schoss aus Raphtalias Händen und erhellte die Gabelung. Zugleich wurde der magische Schleier fortgefegt, der über den Abenteurern gelegen hatte.

Als ich sah, um wen es sich in Wirklichkeit handelte … stockte mir der Atem.

»A… Aber das sind doch …«

Drei Abenteurer?

Von wegen. Das waren keine Abenteurer.

Der Mann vorn wirkte wie ein anständiger Kerl, jemand, auf den man sich verlassen konnte. Und in seiner Hand hielt er jene charakteristisch große Sense.

Die Frau in der Mitte war bleich wie ein Gespenst, hatte langes, glattes schwarzes Haar und trug einen Fächer, unverkennbar ihre Waffe.

Das Haar der Frau ganz hinten war so blau wie das Meer und auf ihrer Stirn prangte ein prachtvoll leuchtendes Juwel. Zudem trug sie noch immer jenen Armreif, den ich ihr gegeben hatte.

Sie waren unmöglich zu verwechseln.

Das waren jene Feinde ... die wir nicht hatten besiegen können.

»Da sind wir ja mächtig aufgeflogen.« L'Arc schnalzte mit der Zunge. »Der Bubi und seine Freunde ... Hätte nicht gedacht, dass ich euch hier begegne!«

»L'Arc, du hast es gewusst ...«

»Wir haben so aufgepasst, und jetzt sind wir ihnen trotzdem über den Weg gelaufen.«

Ja, aus irgendeinem Grund standen plötzlich L'Arc, Glass und Therese vor uns.

Was hatten die denn hier zu suchen?!

Glass kam doch sonst immer aus den Wellenrissen.

L'Arc und Therese waren jedoch letztes Mal schon hier gewesen, ehe die Welle losgegangen war. Vielleicht hatten sie irgendeinen Weg gefunden, in diese Welt zu gelangen.

Die beiden trugen auch dieselbe Kleidung wie damals, als wir uns kennengelernt hatten.

Das Problem war Glass. Sie sah so anders aus, dass man sie auf den ersten Blick nicht wiedererkannte.

Ihr Haar hatte sie zu zwei Zöpfen hochgebunden, und sie trug andere Kleider und eine westlich wirkende leichte Rüstung.

Zuvor hatte sie wie eine klassische japanische Schönheit gewirkt, was so gar nicht zu ihrem jetzigen Aussehen passen wollte.

Ihre Frisur und ihre Kleidung hatten sich verändert, aber die Grundgestalt war noch dieselbe.

»Soll mir recht sein. Warum seid ihr hier? Erzählt mal, was ihr sonst noch alles so vorhabt, abgesehen von den Wellen!«

Ich hielt meinen Schild vor mich und ging in Kampfstellung. Auch unsere Gegner rissen ihre Waffen hoch.

»Kleine Madame, wir sollten ...«

Doch ehe L'Arc irgendeinen Vorschlag machen konnte, klafften plötzlich Löcher in der Wand auf und Gehilfen (stationärer Typ) erschienen. Und zwar nicht nur einer oder zwei. Alle Arten von Gehilfen wimmelten plötzlich aus den Löchern hervor.

Die stationären wandten sich uns zu und feuerten Hitzestrahlen ab. Hinzu kam, dass die vielen Gehilfen Glass und ihre Leute ignorierten und nur uns angriffen.

»Shooting Star Shield!«

Meine Barriere entfaltete sich, und die Attacken der Gehilfen prallten daran ab.

Ich bekam jedoch immer mehr den Eindruck, dass diese Gehilfen sich bewusst koordinierten ... ganz so, als wollten sie die drei beschützen.

»Verstehe ... So ist das also.«

Anscheinend hatten Glass und die anderen etwas damit zu tun, dass die Schildkröte außer Kontrolle geraten war.

»Verflucht.« L'Arc schnalzte mit der Zunge und starrte die Gehilfen an. »Ist ja 'n ganzer Haufen!«

Was redete der da?

»Haaa!«

Raphtalia trat vor und stürmte auf unsere Feinde zu, wobei sie ein paar Gehilfen niedermähte.

»Dann muss es wohl sein.«

Glass schwang ihren Fächer nach Raphtalia.

Ich sprang sofort hinzu, um sie in den Schutz der Barriere zu bringen, aber es war schwer, sich in dem engen Tunnel zu bewegen.

Das nutzte Glass aus, um auf Distanz zu gehen.

»Kleine Madame!«, rief L'Arc.

»Glass!«, rief Therese.

Was war das? Waren die drei sich nicht einig?

Aber ... Glass' Attacke war nur schwach. Ich war fest davon ausgegangen, dass mein Schutzschild zusammenbrechen würde.

Eigenartig. Bei unserem Kampf auf Cal Mira war sie mir stärker vorgekommen.

»He, Bubi! Das hier ...«

Aber was L'Arc mir zurief, ging im Lärm unter, da von irgendwoher immer mehr Gehilfen nachrückten und die stationären unter ihnen ihre Attacken auf uns abfeuerten.

»Müssen wir davon ausgehen, dass die drei etwas mit der Geisterschildkröte angestellt haben?«, fragte die Königin zwischen zwei Zaubern.

Höchstwahrscheinlich steckten sie dahinter. Auf jeden Fall war es ziemlich ungewöhnlich, dass die Gehilfen ausschließlich uns angriffen.

»Schildheld!«

Ich blickte zu Ost hinüber, die gerade versuchte, die Bewegungen der vielen Monster zu stoppen.

»Was?«

»Ich kann diese Gehilfen nicht aufhalten ... Irgendjemand lenkt sie direkt!«

»Muss wohl so sein.«

Es kam mir so vor, als hetzten Glass und ihre Mitstreiter die Gehilfen auf uns.

»Eigentlich haben wir nicht die Zeit dafür, aber ...«

Die drei wirbelten ihre Waffen herum und feuerten Skills in unsere Richtung.

Das konnten sie sich abschminken! Ich trat vor die anderen und beschützte uns mit einem Shooting Star Shield und einem Air Strike Shield.

Der Air Strike Shield versperrte mir in dem engen Tunnel zwar die Sicht, aber wenigstens musste ich so nur einen kleineren Bereich abdecken.

Wenn sie jetzt aber Magie abfeuerten, hatten wir ein Problem.

Die Skills trafen und Funken stoben auf.

Offenbar hatten sie die Absicht gehabt, die Gehilfen anzugreifen: Ich konnte hören, wie sie weggepustet wurden.

Der Shooting Star Shield brach zusammen, und die Monster drangen bis zum Air Strike Shield vor. Ehe der sich auflöste, sah ich noch durch einen Spalt, wie einer der Gehilfen (stationärer Typ) einen seiner Hitzestrahlen abfeuerte.

Was hatte der vor?!

Einen Sekundenbruchteil später klaffte ein Riss in der Tunneldecke auf.

»He, Bubi! Pass auf ...«

»Die wollen doch nicht etwa ...«, hörte ich Glass sagen.

Doch dann brach die Höhle ein ... Sofort erzeugte ich einen Second Shield, der als Ersatzdach herhielt.

Aufgrund des heftig herumwirbelnden Staubs bekam ich kaum Luft. Unverrichteter Dinge zogen wir uns zurück, bis wir aus der Staubwolke heraus waren.

»Nicht übel«, hustete L'Arc.

An so einer beengten Stelle konnte man nicht einmal anständig kämpfen. Wenn dann noch so viele kleine Gehilfen wie Fledermäuse und Augenmonster auf einen losgingen, sah man kein Land mehr.

Auch die Königin und Rishia hatten es schwer gehabt, uns mit ihrer Magie zu unterstützen.

Ost hatte für uns die Bewegungen der Monster stoppen wollen, aber die Kontrolle über sie war wohl zu stark, und es war ihr nicht gelungen.

Jedenfalls ... war nun klar, dass Glass und die anderen irgendetwas mit der Sache zu tun hatten. Ich fragte mich sogar, ob sie nicht die Drahtzieher waren.

»Was tun wir?«

»Ist alles eingestürzt ... Aber wir könnten uns einen Weg bahnen.«

Wahrscheinlich hatten sie den Tunnel zerstört, um zu entkommen.

»Das ist schwierig, denke ich.«

»Stimmt schon.«

Am Ende würde nur alles noch weiter zusammenbrechen.

Ich hatte geglaubt, die Tunneldecke sei stabil, aber sie hatte dann doch recht leicht nachgegeben. Konnte die Königin vielleicht mit ihrer Eismagie einen weiteren Einsturz verhindern? Aber das würde wohl ziemlich präzise Zauberei erfordern. Wenn dann noch Gehilfen ankämen, würde es gefährlich.

»Dann müssen wir wohl 'nen anderen Weg finden oder erst mal umkehren.«

»Wenn wir ein Stück zurückgehen«, ließ Ost ihr Gespür spielen, »kommen wir vielleicht wieder auf den Weg.«

Nun, wenn sie als Schutzgeist der Geisterschildkröte das sagte, würde es schon stimmen.

Während wir uns berieten, verzog sich der Staub ... und da standen plötzlich Glass und L'Arc vor uns!

»...«

Sie blickten uns schweigend an und grinsten unheimlich. Ihre Augen glühten rot. Und dann stürmten sie auf uns zu, wobei sie Waffen schwangen, die Schildkrötenpanzern nachgebildet waren.

»Verdammt ...«

Sofort blockte ich Glass' Fächer und L'Arcs Sense mit den Armen und starrte sie an.

Auge in Auge standen wir uns gegenüber, und ihr Grinsen jagte mir einen Schauer über den Rücken.

Was war denn mit denen los? Sie waren ganz anders als eben noch und verhielten sich irgendwie eigenartig.

In meinem Gesichtsfeld tauchte eine Monsterbezeichnung auf:

Gehilfe der Geisterschildkröte (Typ Mimikry)

Nachahmung? Das waren also gar nicht die beiden!

Dennoch schienen sie ihnen an Kampfkraft ebenbürtig zu sein.

»Herr Naofumi!«

Raphtalia schwang ihr Schwert über dem Kopf und Ost und die Königin fingen gemeinsam an zu zaubern.

Mit ein wenig Verspätung schien nun auch Rishia Unterstützungsmagie auf mich anzuwenden.

»…«

Als die Glass-Imitation sah, wie Raphtalia mit dem Schwert auf sie losging, wich sie zurück. L'Arc ließ mich links liegen und schwang seine Sense nach Raphtalia.

»Dann ist euer Ziel …«, begann Raphtalia die beiden zu fragen, aber dann stutzte sie.

»Jepp, das sind nicht die Echten. Die sind anscheinend abgehauen und haben uns noch ein nerviges Abschiedsgeschenk hinterlassen.«

»Herr Iwatani, Raphtalia, duckt Euch! Icicle Sword!«

Die Königin erschuf Schwerter aus Eis und schleuderte sie auf die Doppelgänger.

Raphtalia und ich schätzten die Flugbahn ein und wichen um Haaresbreite aus. Unsere Gegner wehrten jedoch die Zauber mit einer Hand ab. Wir mussten davon ausgehen, dass sie eine ziemlich hohe Kampfkraft hatten.

Gegen solche Gegner in diesem engen Tunnel kämpfen zu müssen, war hart!

»…!«

Die falsche Glass schwang ihren Fächer und verursachte einen heißen Wind.

Verflucht … War das nicht dieser eine Move? Kreiseltanzform, Stil des umgekehrten Schneeblütenmondes oder so ähnlich?

Die Merkmale passten, aber das musste nichts heißen. Es schien mir ein ähnlicher Angriff zu sein, aber ich hatte keine Möglichkeit, das herauszufinden.

So etwas in diesem engen Tunnel loszulassen!

Schon begann wieder die Decke zu bröckeln.

Wenn wir nichts unternahmen, würde sie auch hier herabstürzen.

Schön, wenn die beiden dabei draufgingen – aber auch wir liefen Gefahr, lebendig begraben zu werden.

»…!«

Der falsche L'Arc setzte zu irgendeinem Angriff an. Seiner Haltung nach schien es sein Großes Himmelsrad zu werden, bei dem er eine gebogene Energiesichel schleuderte.

Wie ich erwartet hatte, warf dieser L'Arc seine Sense seitwärts in meine Richtung. Sie wurde jedoch nicht zu Energie – es flog einfach nur die Waffe auf mich zu, an der so etwas wie ein Schildkrötenpanzer angebracht war.

Die Angriffe der beiden Imitate schlugen klappernd gegen meinen Schild.

Es steckte keine große Power dahinter. Sie schienen doch weit schwächer als die Originale zu sein. Allerdings richteten sie großen Schaden im Tunnel an.

Der falsche L'Arc berührte mit einer Hand die Felswand und hatte plötzlich eine neue Sense in der Hand.

Das war ja ätzend.

»Ich, Horai Ost, als Quelle deiner Macht, befehle dir: Ergründe das Wesen der gesamten Schöpfung und lass meine Macht hervortreten! – Gravitationsfeld! Superschwerkraft!«

Ost beendete ihren Zauber, und die beiden Doppelgänger wurden von durchscheinenden schwarzen Kugeln aus Magie getroffen.

»…?!«

Beide schienen sich nur noch schwer bewegen zu können: Sie begannen zu schwanken und krümmten sich.

Raphtalia hingegen schien sich auch innerhalb des Gravitationsfeldes frei bewegen zu können.

Meine magische Veranlagung bestand in Heil- und Unterstützungsmagie. War das hier … Behinderungsmagie? Wenn so eine

Attacke tatsächlich im Angriff verwendet würde, wäre das schon lästig.

In einem Game hätte so etwas zu einem Magiezweig gehört, bei dem man den Gegner auf verschiedene Weise schwächte. So etwas spielte keine recht tragende Rolle. Allerdings unterschied sich das auch von Spiel zu Spiel.

Unterstützungsmagie generell war etwas, worauf man in vielen Games gut verzichten konnte. In einem realen Kampf jedoch, wo eine Sekunde über Leben und Tod entschied, konnte so ein Behinderungs- oder Schwächungszauber durchaus dazu führen, dass man tödlich verwundet wurde.

»Haaaa!«

Raphtalia machte einen Ausfallschritt und stieß ihr Schwert, das magisch leuchtete, der falschen Glass in die Brust.

»Yin-Yang-Schwert!«

Die Klinge fuhr glatt in ihren Körper ... Offenbar konnte sie nun ihre Form nicht mehr aufrechterhalten und verwandelte sich.

Igitt ... Jetzt war sie nicht mehr als Mensch zu erkennen. Dafür wuchs ihr ein Auge aus dem Bauch, und ihre Beine quollen auf.

Die konnte in dem engen Tunnel doch nicht so riesengroß werden!

Raphtalia begriff, dass sie die Glass-Imitation nicht erledigt hatte. Sie zog ihr Schwert heraus und kehrte zu mir zurück.

»Es ist zu eng, man kann nicht richtig kämpfen.«

»Stimmt.«

Konnten wir an dieser Situation nicht irgendetwas ändern?

Das Ding, das eben noch wie Glass ausgesehen hatte, riss sein Auge weit auf und bündelte rotes Licht.

Hatte es etwa vor, in diesem engen Tunnel einen Hitzestrahl auf uns abzufeuern?!

Er schien ziemlich stark zu sein, es kribbelte förmlich auf der Haut.

Aushalten würde ich ihn vielleicht, aber blöd erwischen lassen sollten wir uns davon nicht.

Ein roter Lichtschein fiel auf die Umgebung ... Es sah beinahe aus, als würde die Höhle diesem Geschöpf für sein Vorhaben ihre Energie zur Verfügung stellen.

»Schildheld«, rief Ost. »Vorsicht!«

»Da komm ich auch selbst drauf. Scheint ihr stärkster Angriff zu sein.«

Mir war klar, dass an Ausweichen nicht zu denken war.

Wohin sollte man fliehen, wenn jemand in einem so engen Gang einen Hitzestrahl auf einen abfeuerte? Leider gab es keine Abzweigung, in die wir hätten einbiegen können. Der Gang machte nur eine leichte Kurve. Vielleicht konnte ich dem Strahl dennoch ausweichen, aber es sah so aus, als würde er schrecklich breit werden. Das Auge der ehemaligen Glass-Imitation füllte schon bald den ganzen Tunnel aus.

»...!«

Der falsche L'Arc schwang seine Sense in weitem Bogen seitwärts und warf sie nach mir. Wieder prallte sie wirkungslos gegen meinen Schild, aber ihr waren Tentakel gewachsen, mit denen sie sich nun um ihn wickelte.

Die nervten mich gewaltig mit ihren Attacken.

Dann saugte sich das Ding auch noch am Boden fest, als wollte es Wurzeln schlagen.

Davon ... versprach es sich bestimmt, dass uns so der Hitzestrahl erledigen würde.

Sofort verwandelte ich meinen Schild.

Gegen die Geisterschildkröte hatte ich vorsichtshalber überwiegend den Soul Eater Shield verwendet, aber bei diesen Gegnern hatte ich nicht das Gefühl, dass ihre Attacken eine unangenehme Wechselwirkung mit meinem Whale Magic Core Shield haben könnten.

Daher wählte ich ihn aus. Mit seiner Wasser-Affinität war er ein klein wenig stärker als der Soul Eater Shield.

Whale Magic Core Shield (erwacht) + 6 45/45 SR
Fähigkeit freigeschaltet ... Ausrüstungsbonus: Skill »Bubble Shield«, Fähigkeit, auf Schiffen zu kämpfen 2
Sonderfunktion: Wasser-Affinität, Hitzestrahlschild (mittel), Magieunterstützung, Magieregeneration (schwach), Tauchzeitverlängerung
Meisterschaft: 70
Item Enchant Level 6: Anstieg der Feuerresistenz um 15 %
Karma Pengu Familia Spirit, Ausrüstungsleistungsanstieg durch Wasser-Affinität
Status Enchant: Magieabwehr 25 +

Die Oberfläche dieses Schildes war ein bisschen rutschig, daher konnten sich die Tentakel schlechter halten und ihr Griff lockerte sich etwas.

»Raphtalia!«

»Ja!«

Und dann feuerte dieses Monstrum, das zuvor wie Glass ausgesehen hatte, seinen extrem breiten Hitzestrahl ab – mitten durch den falschen L'Arc hindurch.

»Air Strike Shield! Second Shield! Third Shield!«

Ein dreifacher Schutzwall baute sich vor uns auf.

Ehe ich nichts mehr erkennen konnte, sah ich noch, wie der falsche L'Arc verdampfte.

Das war kein schöner Anblick – immerhin sah er wie jemand aus, den ich gut kannte.

Dann krachte der Hitzestrahl gegen den ersten Schild.

Wie lang er andauerte! Das Glass-Ding konnte ihn offenbar über eine große Zeitspanne hinweg aufrechterhalten.

Dann hörten nacheinander der Air Strike Shield, der Second Shield und der Third Shield auf zu wirken.

Nun, der Air Strike Shield hatte eben keine allzu lange Wirkungszeit.

Ich hielt den Schild vor mich und spähte durch zusammengekniffene Augen nach vorn. Das war aber ziemlich gefährlich. Dieses Gehilfenmonster ... stoppte seinen Hitzestrahl einfach nicht. Die Attacke schien noch eine Weile anzuhalten.

In einem Videospiel hätte so ein Angriff eine bestimmte Dauer gehabt. Im Science-Fiction-Genre kamen solche Hitzestrahlwaffen vor. Da konnte man nicht zu lange damit schießen, weil sie zwischendurch abkühlen mussten. Aber dieser Strahl schien ewig anzudauern, obwohl er eine größere Dichte und Durchschlagskraft aufwies als bei den Gehilfen vom stationären Typ.

Ich blickte mich um und sondierte meine Möglichkeiten.

Raphtalia, die Königin, Ost und Rishia.

Von ihnen war wohl nur Raphtalia fähig genug, um das Monster im Nahkampf besiegen zu können.

Im Hinblick auf Zauberei kämen auch die Königin oder Ost infrage, aber die Königin war wohl geeigneter, da sie mit ihrer Magie direkt angreifen konnte. Osts Zauber waren überwiegend indirekter Natur, und Rishia konnte sowieso nichts ausrichten.

»H... Herr Naofumi, was sollen wir tun?«

»Wir halten das schon aus. Aber das Monster bringt noch die Höhle zum Einsturz. Wir müssen uns überlegen, wie wir es vorher fertigmachen. Oder wir ziehen uns sofort zurück.«

Bis jetzt war der Schild noch nicht heiß geworden – das lag wohl an seiner Affinität zum Element Wasser. Es war auszuhalten.

Raphtalia streckte die Spitze ihres Schwertes ein kleines Stück über den Rand des Schildes hinaus. Es begann zu knistern, und Qualm stieg auf.

»Und? Hält es das aus?«

Sie verwendete gerade das Usaunie Sword. Das hatte ihr der Waffenhändler aus ihrem alten Schwert gemacht.

Wenn sie es sinnlos aufs Spiel setzte und es brach, würde ihre Kampfkraft drastisch sinken.

»Ich glaube … schon.«

»Alles klar.«

»Ich könnte es mit Magie beschießen«, schlug die Königin vor.

»Dann versuch's mal.«

»Einverstanden.«

Sie begann zu murmeln.

Uh … Das Monster hatte wohl gemerkt, dass ich den Hitzestrahl gut aushielt, und ihn noch einmal verstärkt.

Die Höhlendecke knackte bereits. Es war nur eine Frage der Zeit, bis sie einstürzte.

»Icicle Sword!«

Hinter mir hob die Königin die Hand und schoss ein Schwert aus Eis über den Rand meines Schildes hinweg. Doch kaum hatte es ihn passiert, da war es schon verpufft.

»Ist wohl doch nicht so leicht. Und Ost …«

Es hatte keinen Sinn, unseren Gegner mit einem Gravitationsangriff zu verlangsamen. Vielleicht konnte sie gewöhnliche

Erdmagie benutzen. Aber wenn sie Erde ... oder Felsen schleuderte, würde es vielleicht auf ein ähnliches Ergebnis wie bei der Königin hinauslaufen.

»Ojeee ...«

»Schon gut, von dir erwarte ich nichts.«

»Ojeeeee ...«

Mensch, ich meinte doch nur, Rishia brauchte sich keine Sorgen zu machen! Mir war völlig klar, dass sie nicht stark genug war, um in dieser Situation etwas auszurichten.

»Dann müssen wir wohl ... Die Abkühlzeit meines Air Strike Shield ist vorbei. Ich geh direkt bis vors Auge. Besieg das Monster mit einem Schlag, Raphtalia.«

»Verstanden.«

Das hätten wir von Anfang an machen sollen.

»Air Strike Shield!«

Ich ließ ihn direkt vor dem gewaltigen Auge entstehen.

Damit schien ich den Angriff wirkungslos gemacht zu haben.

Ich hatte den Schild leicht schräg gesetzt, sodass der Strahl nach unten gelenkt wurde.

Für alle außer mir war es gefährlich, wenn der Hitzestrahl die Beine träfe. Der Strahl würde ihnen die Füße verdampfen.

Meine Füße! Wo sind meine Füße?

Nein, so etwas Abscheuliches wollte ich nicht erleben.

»Shooting Star Shield!« Eine Vorsichtsmaßnahme. »Los geht's!«

»Okay!«

Dann rannten wir zu dem Scheusal, das vor Kurzem noch wie Glass ausgesehen hatte. Sofort führte Raphtalia eine ihrer Techniken aus und ließ ihr Schwert auf das Auge niederfahren.

»...?!«

Es wurde senkrecht gespalten und zerfiel in zwei Teile.

Das entmutigte das Ungeheuer jedoch nicht: Es regenerierte sich sofort – und nun waren es zwei.

»Ich, die Königin, als Quelle deiner Macht, befehle dir: Ergründe das Wesen der gesamten Schöpfung und verbrenne den Feind mit dem Feuer der Hölle! – Hellfire, Stufe drei!«

»Ich, als Quelle deiner Macht, befehle dir: Ergründe das Wesen der gesamten Schöpfung und durchbohre ihn mit diamantenen Stacheln! – Diamond Missile, Stufe drei!«

Von den Händen der Königin startete eine Kugel aus Höllenfeuer, von denen Osts … dem Namen nach zu urteilen wohl eine Rakete aus Diamant. Beide Geschosse trafen ihr Ziel.

»…?!«

Und tatsächlich: Gerade hatte sich das zweigeteilte Wesen regeneriert, da wurde die eine Hälfte verbrannt, die andere aufgespießt, und beide verendeten.

»Puh … Irgendwie haben wir sie geschafft. Alle unversehrt?«

»Mit mir ist alles in Ordnung.«

»Ich scheine keine Verletzungen davongetragen zu haben.«

»Mir geht es … gut.«

»Ojeee …«

Gut, es war mein Ziel gewesen, dass niemandem etwas passierte … Ich blickte zu den toten Doppelgängerwesen hin.

Der Gang war gründlich zugeschüttet. Wir kamen nicht weiter.

Ich hatte nicht den Eindruck, dass weitere stationäre Gehilfen der Geisterschildkröte aus den Wänden kommen würden.

»Puh, na dann suchen wir mal nach einem anderen Weg. Wir wissen ja nicht, wann Glass und die anderen wieder auftauchen.«

»Was machen die denn nur hier?«

»Na ja, gut möglich, dass sie hinter all dem stecken.«

Ost ballte die Hände zu Fäusten.

Wenig verwunderlich: Schließlich waren sie dafür verantwortlich, dass Ost ihre Aufgabe nicht erfüllen konnte.

»Aber irgendetwas war komisch am Verhalten der drei, oder?«

»Schon.«

Ich hatte gewiss nicht die Absicht, gemeinsame Sache mit ihnen zu machen. Immerhin sprachen die Indizien dafür, dass sie hier die Strippen zogen.

Aber ich hatte schon auch bemerkt, dass sie ein wenig unbehaglich gewirkt hatten.

Ach … Wenn wir sie das nächste Mal sahen, würde ich sie zwingen, alles zu gestehen.

»Ojeee …«

»Hörst du denn nie damit auf? Also, du bist wirklich …«

Völlig nutzlos.

Ich hatte es nicht ausgesprochen, aber Rishias Schluchzer ließ mich vermuten, dass sie mich auch so verstanden hatte. Wenn ihr jedoch bewusst war, wie machtlos sie war, dann würde sie das doch bestimmt anspornen … oder?

»Mach dir nichts draus«, tröstete Ost sie. »Es kommt bestimmt eine Zeit, da du eine bedeutende Rolle spielen kannst.«

»Ja …«

Fein, sollten die beiden einander trösten.

»Dann gehen wir mal ein Stück zurück und suchen einen anderen Weg.«

Und so setzten wir unsere Erkundung fort.

Kapitel 11: Die Inschrift der Helden

Wir fanden einen anderen Weg zu dem Ausgang beim Tempel und kamen dort an, ohne noch einmal Glass und ihren Gefährten zu begegnen.

Was wir von der Stadt sahen, war völlig verwüstet: Nur ein Teil des Tempels und ein paar Gebäude standen noch. Alles andere schien von den hervorschießenden Nadeln ausradiert worden zu sein.

»Wir sind da …«

Es schien ein anderes Gebäude zu sein als das, in dem ich mich beim letzten Mal umgesehen hatte.

»Dies ist nun also das Verwaltungsgebäude des Tempels, das man über die Geisterschildkrötenhöhle erreicht.«

»Sieht so aus.«

»Dann werfe ich einen ersten Blick hinein.«

Und damit betrat die Königin das mehr als nur teilweise zerstörte Gebäude.

Rishia und Ost fingen ebenfalls an, sich umzusehen.

»Die Steintafel, die wir beim letzten Mal untersucht haben, ist wohl durch den Vormarsch der Geisterschildkröte zerstört worden.«

Der Skizze nach zu urteilen hatte es jemand von einer Wand durchgepaust. Aber im Augenblick sah ich nichts Passendes. Überall lag nur Schutt herum.

»Steintafel, sagst du? Meinst du die Wandmalerei, die wir in dem anderen Tempelgebäude gesehen haben?«

»Der Text hat auf diese Steintafel Bezug genommen. Sie war wohlbekannt und wurde wohl hochgeschätzt. Es gab auch noch andere, aber …«

Aber die waren zertrümmert, meinte sie.

Sicher hatte Keiichi dort hinterlassen, wie man die Geisterschildkröte besiegen konnte.

»Zeigt ihr mir ein bisschen was?«

»Ja, Herr Iwatani. Versuchen wir, irgendetwas zu finden, was Ihr lesen könnt. Wir müssen sehr aufmerksam sein: Was wie ein Muster aussieht, könnten in Wahrheit Heldenglyphen sein …«

Also sammelten wir Stücke von Steintafeln ein.

Manchmal drang ein Zischen zu uns herüber, wenn wieder einmal Stacheln abgefeuert wurden. Dann sahen wir kurz Fitoria, die ihnen auswich. Ein Anblick für die Götter …

Die Stücke zeigten ein nicht sehr gelungenes Bild – so etwas wie einen Holzschnitt – der Geisterschildkröte, und daneben stand etwas geschrieben. Die Tafel war wie erwartet durch die Bewegungen der Schildkröte schlimm beschädigt worden.

»Könnt Ihr das lesen?«

»Was steht denn da?«

Ich versuchte, wie bei einem Puzzle die Bruchstücke aneinanderzulegen, aber … Es waren so gut wie nur Splitter übrig, und die waren so ramponiert, dass ich nichts entziffern konnte.

»Wir haben noch eins gefunden!«

Rishia kam mit einem weiteren Fragment angelaufen.

Da! Endlich ein Teil, den man mit Ach und Krach entziffern konnte.

Das Ziel ist, die … der Welt durch die Wellen zu verhindern …

Diesen Teil hatte ich schon auf jener Skizze gelesen. Ich konnte aber außerdem noch die Zeichen für *Kopf*, *Herz* und *gleichzeitig* erkennen.

Mal überlegen: Was hatte dieser Held alter Zeiten namens Keiichi da niedergeschrieben?

Wenn ich die fehlenden Stellen logisch ergänzte ... Der Teil darüber, wie man das Monster besiegte, war fort gewesen, daher hatte ich ihn nicht lesen können.

Nicht wie man sie bannte, sondern wie man sie *besiegte*.

Ehe dieses Wandbild vor vielen Jahrhunderten so unleserlich geworden war, musste bekannt gewesen sein, wie man die Geisterschildkröte besiegte. Es musste also einen Grund dafür gegeben haben, warum man sie stattdessen gebannt hatte.

Ich kannte ihn nicht.

Selbst Ost hatte gesagt, die Quellen seien verloren gegangen, daher wisse sie es nicht.

Genau bedacht war das nur logisch. Wie furchtbar wäre das denn auch, wenn man selbst die Methode kannte, mit der man umgebracht werden konnte?

Egal, wir wussten es eben nicht. Weiter zu den nächsten Zeichen.

Aus diesen ließ sich nur eine begrenzte Anzahl von Antworten ableiten.

Kopf, Herz und gleichzeitig ... Diese Zeichen wurden für nichts anderes verwendet.

Eine Idee hatte ich, aber die hätte aus einem Game oder Manga stammen können. Es gab keine Garantie, dass es funktionieren würde.

»Könnte das tatsächlich ...«

»Herr Naofumi! Ist dir etwas eingefallen?«

Alle Anwesenden rückten mir auf die Pelle.

»Nein, das meiste ist doch kaputt und nicht mehr zu lesen. Man könnte alles restaurieren und wieder zusammensetzen, aber es ist fraglich, ob man dann was erkennt. Wenn man aber von den paar Zeichen ausgeht, die noch zu lesen sind ...«

Alle nickten und lauschten gebannt.

»... komme ich zu dem Schluss, dass man die Schildkröte vielleicht besiegen kann, indem man den Kopf und das Herz gleichzeitig zerstört.«

»...«

Raphtalia guckte mich fragend an, als würde ihr das nicht einleuchten.

Die Königin öffnete ihren Fächer und hielt ihn sich vor den Mund, als müsse sie nachdenken.

»Das glaubt Ihr also?«

»Ich weiß es nicht.«

»Greifen wir am besten darauf zurück, falls der Bann fehlschlägt.«

Für Ost war das eine seltsame Reaktion.

»Was ist denn?«

»Ach ... Ich meine nur, Euer Plan hört sich eigentlich richtig an, aber ...«

»Aber?«

»Ich habe das Gefühl, dass dies allein nicht reicht.«

»Könnte sein, dass man noch andere Teile kaputtmachen muss.«

In dem Fall wären wir aufgeschmissen.

Wenn wir den Weg ins Innere der Schildkröte entdeckten, dann würden wir aufs Geratewohl zerstören müssen, was auch immer wir fanden: innere Organe und alles andere, was Magie ... die Seele oder so speichern konnte. Wir konnten es nur versuchen.

»Geben wir unser Bestes«, tröstete diesmal Rishia.

»Du hast recht. Wir ... müssen meine wahre Gestalt unbedingt irgendwie besiegen!«

Genau. Im Augenblick beschäftigte Fitoria sie noch, aber wir hatten nicht viel Zeit.

Wir mussten schnell zu der Stelle zurückkehren, an der die Soldaten warteten.

Ich fragte mich, ob sie mittlerweile auf Glass und ihre Leute gestoßen waren. Das wäre eine Katastrophe gewesen.

Deren Ziel war zwar, die Helden zu töten, aber wenn sie schon so weit gingen, die Geisterschildkröte zu manipulieren, dann würden sie womöglich auch einfach alle anderen umbringen. Wir mähten die Gehilfen auf dem Rückweg nieder und eilten zu ihnen.

Glücklicherweise waren alle unversehrt.

»Herr Iwatani, Königin!«

»Heiliger!«

»Held des Schildes!«

Eclair, die alte Schachtel und die Soldaten hatten uns bemerkt und kamen näher. Filo und die Schatten schienen noch nicht von ihrer Erkundungstour zurück zu sein. Da Glass und ihre Leute sich hier irgendwo versteckten, war es wohl besser, wenn wir uns erst einmal versammelten.

»Wie lief Eure Suche?«, erkundigte sich Eclair interessiert.

»Von den Heldeninschriften war das meiste zerstört und nicht mehr zu lesen. Aus einem Reststück konnten wir uns aber eine Möglichkeit erschließen.«

Als die Soldaten das hörten, ließen sie erfreute Laute hören.

Ich berichtete von dem Vorhaben, den Kopf und das Herz der Geisterschildkröte gleichzeitig zu vernichten.

Nun, das allein war natürlich kein epochaler Einfall. Da wir zudem den Weg zum Herzen der Schildkröte nicht kannten, wurden aus den lächelnden rasch wieder angespannte Mienen.

»Außerdem ... sind wir auf dem Weg zum Tempel Glass begegnet ... einer Feindin mit menschlicher Gestalt, die mal bei einer Welle erschienen ist. Wir müssen wohl davon ausgehen, dass sie hinter der ganzen Sache hier steckt.«

»Was?!«

»Ich hatte aber das Gefühl ... dass die irgendwelche Gründe für ihr Verhalten hatten. Vielleicht haben sie auch nichts hiermit zu tun. Es ist eben eine Möglichkeit, nicht mehr.«

Es ließ sich zwar mit dem Handeln der drei in Einklang bringen, aber irgendetwas war komisch. Wenn sie jedoch die Täter waren, würden wir ihnen wohl wieder begegnen.

Beim Herzen der Geisterschildkröte oder so.

Die drei gerieten bestimmt in Schwierigkeiten, wenn wir das Tier stoppten. Daher würden sie sich bestimmt zeigen, auch wenn sie sich jetzt noch versteckt hielten.

Problematisch wäre nur, wenn sie den Soldaten über den Weg liefen, während wir gerade nicht da waren.

Es brachte nichts: Wir mussten alles gewissenhaft absuchen.

Ich würde das Herz schließlich kaum finden, wenn ich hier Wurzeln schlug, um alle zu beschützen. Aber blöd wäre es schon, wenn sie vorbeikämen, während wir gerade unterwegs waren. Das würde nicht gut ausgehen. Schließlich waren unsere Feinde ziemlich gute Kämpfer.

Aber ich konnte eh an einer Hand abzählen, was gut ausgegangen war, seit ich in dieser Welt gelandet war.

Nun denn. Wer nicht wagt, der nicht gewinnt, oder wie hieß es noch?

»Und darum überlasse ich es euch, die Soldaten gegen diese Gegner zu verteidigen, die ziemlich kampfstark sind. Wir schließen uns dem Suchtrupp an.«

»Jawohl!«

Eclair, die Oma und die Soldaten salutierten.

»Königin, du solltest wieder das Kommando über die Truppe übernehmen.«

»Ja. Wenn irgendetwas sein sollte, schicke ich Euch einen Schatten mit einer Botschaft.«

»Bitte. Du auch, Rishia. Ehrlich gesagt mache ich mir schon ein wenig Sorgen, aber ich verlass mich auf dich.«

»J… Ja! Ich geb mir alle Mühe!«

Die Königin, Eclair, Rishia und die Oma müssten sie zusammen wenigstens hinhalten können. Aber wenn Glass und ihre Kameraden tatsächlich angriffen, würden wir schleunigst zurückkommen müssen.

»Wir sind wieder daaa! Das war 'ne Sackgasse!«

»Wir sind soeben zurück – mit Verlaub.«

Filo und die Schatten waren von ihrer Tour zurück. Leider hatten sie wenig erreicht.

Wir erklärten auch ihnen die Lage und nahmen dann die Suche wieder auf.

»Die Königin hat mir zwar diese Karte von der Geisterschildkrötenhöhle mitgegeben, aber …«

Allzu viel hatten wir nicht damit anfangen können, da sich die Gestalt der Höhle völlig gewandelt hatte.

Ost schien eine gewisse Intuition zu haben, da sie der Schutzgeist war, aber … Mit dem Weg zum Herzen schien sie uns absolut nicht weiterhelfen zu können. Wie oft hatten wir jetzt schon vor einer Wand gestanden?

Wir glichen immer wieder alles mit der Karte ab und markierten Stellen, aber … den Weg, der zum Herzen der Geisterschildkröte führte, fanden wir nicht.

»Hmmm ...«

Hin und wieder stießen wir auf Gehilfen, aber die stellten kein Problem dar: Raphtalia und Filo besiegten sie spielend.

Wenn wir umkehren mussten, schauten wir am Rastplatz der Soldaten vorbei. Das geschah mehrmals.

Die Soldaten berichteten, dass sie Gehilfen begegnet seien, aber Rishia hätte vorn mitgekämpft und sie überwältigt.

Mit ihren Werten? Sicher lag das am Filo-Kostüm.

»Mist ...«

Wir kamen nur schleppend voran, und irgendwann würde Fitoria die Geisterschildkröte nicht mehr im Zaum halten können. Bei dem Gedanken wurde ich unruhig. Und hätte eine Höhle wie diese nicht auch ein Dungeon aus Fleischwänden sein müssen? Schließlich war die Schildkröte nicht menschengemacht.

Irgendwie befürchtete ich, wir würden nicht einmal den Eingang finden.

Oder lag das Problem bei der Höhle selbst?

Die Karte stimmte zwar nicht mehr, aber weiter hinunter schien das Höhlensystem noch immer nicht zu reichen. Der Karte zufolge musste dies die unterste Ebene sein ...

»Held des Schildes.«

Ein Schatten war erschienen und aktualisierte nun die Karte. Offenbar war so gut wie alles kartografiert.

Bloß gut, dass niemand Glass und ihren Leuten begegnet war. Was mich jedoch verblüffte: Alle Wege endeten in Sackgassen.

»Wie kann das sein? Stimmt die Überlieferung womöglich nicht?«

»Nun ... Wir haben jedenfalls auch nach verborgenen Türen Ausschau gehalten. Mit Verlaub.«

»Duuu, Meister?«

Filo stupste mit dem Fuß gegen den Boden.

Ost schien nun auch etwas bemerkt zu haben, aber … Ich ließ sie wohl erst mal in Ruhe.

Es sah so aus, als hätte Filo intuitiv einen Weg entdeckt, der weiter hinabführte.

»Wollen wir noch mal alles überprüfen? Oder müssen wir uns durchgraben?«

In dem Fall bräuchten wir Bergbauwerkzeuge … Da fiel mir ein, dass ich doch eine Abbaufertigkeit hatte.

»Duuu …«

»Wir müssten im Gepäck der Soldaten schauen. Mit Verlaub.«

»He, guck doch mal!«

»Was gibt's?«

Filo versuchte schon die ganze Zeit, meine Aufmerksamkeit zu erringen, also blickte ich in ihre Richtung.

»Ähm, der Boden … Der ist irgendwie komisch!«

Sie stieß immer wieder mit den Zehenspitzen gegen den Stein.

Ich hatte eigentlich schon geprüft, ob es eine verborgene Luke oder so etwas gab, aber kein hohles Geräusch vernommen.

Ost atmete erschrocken ein und kam angelaufen.

»Das ist ja … Schildheld!«

»Haben wir den Weg gefunden?«

Hatte ich mir doch gedacht, dass es einen Geheimgang oder so etwas geben musste!

Filo hatte sich jedoch wieder einmal nicht klar ausgedrückt, daher blieb mir der genaue Sinn ihrer Worte noch verborgen.

»Das lebt!«

»Na, das wird wohl daran liegen, dass wir in einem Berg sind, den ein riesiges Ungeheuer auf dem Rücken trägt.«

Ich warf Ost einen Blick zu und sie nickte.

...?

»Nein, das ist es nicht!«

Jetzt kickte sie kräftig gegen den Boden. Und da fing er plötzlich an, Wellen zu schlagen.

»Hm?«

Das klang aber ... komisch.

»Das ist ein Gehilfe vom Typ Mimikry.«

»Was? So einer wie der, der Glass imitiert hat? Und der spielt hier Fußboden?«

»Ja.«

»Hm ... Dann müssen wir ihn wohl mit Gewalt bezwingen.«

Aber ein Wesen anzugreifen, das sich im Boden versteckte, erschien mir schwierig.

Betrachtete ich die Situation so, mussten wir ein Loch in das Ding schlagen, um ins Innere der Geisterschildkröte zu gelangen. Mit Gewalt durchzubrechen, war unkompliziert, aber so einen großen Fleischklumpen zu beseitigen, würde Zeit kosten.

Ein Loch auszuheben, war einfacher, aber uns fehlte das passende Werkzeug ... Doch da erinnerte ich mich daran, dass es unter den mittelschweren Rezepten auch eine starke Säure gab, deren Herstellung mir bisher noch nicht gelungen war. Mir fiel ein, dass ich ja meinen Schild die Säure brauen lassen konnte.

Konnte ich das Ding einfach auflösen wie damals die Bio Plant mit dem Unkrautvernichtungsmittel? Das wäre praktisch.

Sollte ich einen Versuch wagen?

Wenn es schiefging, konnte ich immer noch gemeinsam mit den Soldaten ein Loch schlagen.

Jetzt hätte ich Ren oder Motoyasu gebrauchen können. Für die wäre es sicher ein Leichtes gewesen, mal eben ein Loch zu machen. Es gab Zeiten, da konnte man gut auf sie verzichten, aber wenn man sie brauchte, waren sie nicht da. Wo waren diese Idioten nur, und was trieben sie?

»Filo, Ost – tretet mal ein Stück zurück.«

»Okaaay.«

Ich ließ meinen Schild die starke Säure ausgeben und überreichte sie Raphtalia.

»Schütte das mal da drauf. Ich darf bestimmt nicht, weil das als Angriff zählt.«

»Okay.«

Raphtalia schüttete das stark saure Wasser auf den Boden.

»...!«

Er begann sich zu winden und zu verflüssigen.

Darunter verbarg sich kein Felsboden und auch kein Stück Geisterschildkrötenrücken, sondern ein ... Monster.

Es hatte die schleimige Konsistenz eines Reiskuchens und öffnete seine riesigen Augen. Auf dem Rücken hatte es einen Schildkrötenpanzer.

»Aha, dies ist also einer vom Typ Mimikry? Nicht leicht zu finden – mit Verlaub.«

»Das Ding zeigt kaum Lebenszeichen, liegt hier nur so rum. Deswegen haben wir's wohl nicht wahrgenommen ...«

Dass weder die Schatten noch Filo das Wesen zuerst nicht wahrgenommen hatten ... Dieser Gehilfe verstand etwas von Täuschung!

War die Glass-Imitation ein anderer Typ gewesen? Diese Nachahmung war schon ziemlich absurd gewesen.

»Machen wir's fertig!«

»Okay!«

»Verstanden!«

»Ich werde auch kämpfen, mit Verlaub!«

Unter all unseren Attacken musste der Gehilfe sich schnell geschlagen geben.

Als er starb, schrumpfte er zusammen wie eine Nacktschnecke, verdampfte und verschwand.

»Dass sich hier ein Weg verborgen haben soll ... mit Verlaub.«

Nun, da der Gehilfe fort war, offenbarte sich uns ein Pfad in die Tiefe.

Hierdurch kamen natürlich auch all die anderen Wege wieder infrage, die in Sackgassen geendet waren. Aber erst einmal blieb uns wohl nur, diesem hier zu folgen.

»Los.«

Alle nickten und folgten mir.

Wir waren ein Stück gegangen, da bemerkte ich Veränderungen: bei den Wänden, der Temperatur und der Luft.

Es war hier lauwarm, und die Wände bestanden nun tatsächlich aus lebendigem Gewebe und pulsierten.

»Komisches Gefühl, oder?«

»Ja. Irgendwie unangenehm.«

»Das fühlt sich genauso an wie in meinem Mund!«

Was für eine widerwärtige Vorstellung! Aber die Aussage war typisch Filo.

»Dann sind wir wohl jetzt in der Geisterschildkröte.«

»Ja ... Zweifellos.«

Oben war es mir noch wie eine gewöhnliche Höhle vorgekommen, aber jetzt waren wir wirklich in ihrem Inneren.

Der Boden wurde immer weicher und wir konnten einen Pulsschlag wahrnehmen.

Erst einmal mussten wir herausfinden, wo sich das Herz befand.

Ich hatte es gerade gedacht, da kamen Monster – oder eher weiße Klumpen – auf uns zu, die an Blutplättchen unter einem Mikroskop erinnerten.

Ich spannte meinen Schutzschirm auf und ließ Raphtalia und Filo die Angreifer wegräumen.

Offenbar erwiesen uns hier Monster der Kategorie Immunsystem die Ehre.

»Das wird bestimmt noch schwer mit den Soldaten im Schlepptau.«

Gelegentlich tauchten noch Raupenmonster auf, die wie Parasiten aussahen, und bespritzten uns mit Säure.

Überhaupt war die Gehilfenrate hoch. Es war wohl zu erwarten gewesen, dass in der Nähe des Herzens die Verteidigung heftiger wurde.

Jetzt mussten uns dort nur noch Glass und die anderen auflauern – der perfekte Höhepunkt.

Was sollten wir tun? Offen gesagt, würden unsere Soldaten uns bei einem Kampf gegen die drei nur hinderlich sein. Vielleicht war es ratsam, vorzugehen, die drei zu besiegen und erst dann die Soldaten nachzuholen.

So grübelte ich vor mich hin, als plötzlich Ost erschrocken die Luft einsog und nach oben schaute.

»Was hast du?«

»Ach …«

Verwundert starrte ich Ost an: Die Fluchmale an ihren Händen, die sie sich zugezogen hatte, als sie die Kraft aus meinem Schild des Ingrimms gezogen hatte, wurden zusehends blasser.

»Aber das …«

»Ich bin der Schutzgeist der Geisterschildkröte. Anscheinend steigen daher meine Regenerationskräfte, je näher wir dem Herzen kommen.«

»Aha? Praktisch!«

»Meine Magieregeneration ist ebenfalls gestiegen.«

Das würde uns noch außerordentlich nützlich sein.

»Mit Verlaub, soll ich zurückkehren und die Soldaten herführen?«

»Nein, wir haben das Herz noch nicht gefunden. Es steht sowieso nicht fest, dass das hier der richtige Weg ist. Gehen wir erst mal so weit wir können, dann sehen wir weiter.«

»Einverstanden.«

Wir gingen noch eine Weile, dann sahen wir rote Muskelstränge, die uns den Weg versperrten. Man musste nur den richtigen Strang durchschneiden, dann würden wir weitergehen können.

Als ich Ost ansah, schüttelte sie den Kopf. Sie schien es nicht zu wissen.

Nun, sie war ja selbst auch noch nicht im Inneren ihres Leibes gewesen.

Auch wenn man nicht wusste, wie sich der eigene Körper bewegte, konnte man sich bewegen. Oder, einfacher ausgedrückt: Auch wer nichts über die Mechanik von Mikrowellengeräten wusste, konnte Essen damit erwärmen.

Natürlich wusste sie so etwas nicht. Das hätte schon von einem außerordentlichen Detailwissen über ihren eigenen Körper gezeugt.

»Raphtalia, schneid das da mal durch.«

»Äh ... Okay.«

Raphtalia durchtrennte die roten Stränge.

Und schon öffnete sich die Wand aus Fleisch.

»Oho ... Ihr wisst ja gut Bescheid, mit Verlaub.«

»Ich besitze zwar nicht das Wissen der anderen Helden, aber diese Stränge sahen verdächtig aus ... Ich hab schon Games gezockt, in denen so was vorkam.«

»Tatsächlich?«

Wir gingen weiter und stießen bald wieder auf Muskelstränge, diesmal blaue.

Puh ... Wenn wir die durchschnitten, würde sich bestimmt der bisherige Weg verändern

»Raphtalia.«

»Ja!«

Sie durchtrennte auch diese Stränge. Vor uns öffnete sich ein neuer Weg, aber hinter uns regenerierten sich die roten Muskelstränge und versperrten den Rückweg.

Mann ... Wie nervig!

Das Durchtrennen der Stränge schien einen Alarm ausgelöst zu haben: Immunreaktionsmonster rotteten sich zusammen.

Wir bahnten uns unvermindert energisch den Weg, doch dann ...

Von jenseits eines Eingangs war lauter Herzschlag zu hören.

In der Nähe fanden wir blaue Stränge und schnitten sie durch.

Es schien aber eine doppelte Sperre zu sein: Wir sahen, wie sich der Weg vor uns schloss und der dahinter sich öffnete.

Lästig. Wir mussten also irgendwo andere Fasern durchtrennen, sonst ging es nicht weiter.

»Schildheld.«

»Was?«

Ost trat einen Schritt vor und hob die Hand.

»Überlasst das mir.«

»Was hast du vor?«

»Das seht Ihr gleich.«

Ost hielt die Hand vor die fleischige Wand, die sich gerade verschlossen hatte. Sie schien sich kurz zu verkrampfen, dann zuckte sie und gab den Weg frei.

»Oh ...«

Hätte sie das nicht gleich machen können? Aber vielleicht hatte sie diese Fähigkeit ja auch gerade eben erst erlangt.

»…?!«

Aus dem Bereich dahinter, wo ich das Herz vermutete, war ein Geräusch zu hören.

Allzu stark schien Osts Fähigkeit nicht zu sein, denn die Wand wollte sich bereits wieder schließen.

»Vorwärts!«

»Okay!«

Wir eilten auf dem Weg zum Herzen voran, solang er noch offen stand.

Nach einer Weile fanden wir weiße Muskelstränge, und als wir sie zerteilten, öffnete sich erneut ein Durchgang.

Sie schienen sich nach etwa 30 Sekunden zu regenerieren.

Ha! Man musste sie bloß angreifen …

»Schatten, ich würde dir gern die Aufgabe anvertrauen, hier den Weg offen zu halten.«

»Verstanden. Soll ich sofort damit beginnen? Mit Verlaub?«

»Nein, erst später … Wenn Glass und ihre Leute sich zeigen, ziehst du dich zurück. Im Kampf störst du nur.«

»Verstanden.«

Wir folgten weiter dem Weg, und schließlich kam ein blasses Objekt in Sicht, das seltsam fehl am Platz wirkte …

Es war eine blaue Drachensanduhr.

Sie war kleiner als die große Drachensanduhr in Melromarc.

Das war jedoch schon eigenartig, hier im Inneren der Geisterschildkröte …

»Eine … Drachensanduhr?«

»Und sie ist blau …«

»Das ist sie, mit Verlaub.«

»Das ist aber wenig Sand ...«

Da hatte Filo recht: Es war tatsächlich wenig Sand in der blauen Drachensanduhr. Sie war vielleicht zu einem Fünftel gefüllt.

»Dies ist«, Ost trat langsam auf die blaue Drachensanduhr zu, »die Energie aus den Seelen aller, die der Geisterschildkröte zum Opfer gefallen sind. Ist sie voll, dann wird jene Barriere ins Leben gerufen, die die Welt beschützen soll ... Beziehungsweise so hätte es kommen sollen.«

»...«

Aha, dann war das hier also die Energiequelle der Geisterschildkröte?

»Und? Wer steuert nun deine wahre Form? Wo ist er?«

»Wahrscheinlich in meinem innersten Kern. Diese Manifestation dient nur der Veranschaulichung. Der eigentliche Kern ist woanders.«

»Was? Das weißt du?«

»Ja. Man kann der Geisterschildkröte wohl Einhalt gebieten, indem man ihr Herz und ihren Kopf zermalmt. Und danach ...«

Das waren mal lückenhafte Informationen.

Wo ihr Kern war, wusste ich zwar nicht, aber ich musste wohl davon ausgehen, dass sich Glass dort aufhielt.

Mitten auf der Drachensanduhr stand etwas geschrieben, jedoch nicht in den Zeichen dieser Welt: Es war die mir allzu vertraute Ziffer Sieben.

Davon hatte Ost ja erzählt: Die Zahl stand für eine Gefährlichkeit der Stufe sieben.

Ich wollte vorsichtig meine Hand auf das Objekt legen, aber sie ging einfach hindurch. Offenbar konnte ich sie nicht berühren.

Die Drachensanduhr unterschied sich von denen der verschiedenen Reiche.

»Bringt nichts, sich deswegen Gedanken zu machen. Wir müssen uns erst mal Klarheit verschaffen.«

»Ja!«

»Wir können sie später untersuchen, mit Verlaub.«

»Genau. Finden wir schnellstmöglich diesen inneren Kern!«

»Ja.« Ost blickte mit entschiedener Miene auf. »Wir müssen zumindest die Kontrolle über die Geisterschildkröte zurückgewinnen, sonst sind all die Menschen umsonst gestorben.«

Wir ließen die blaue Drachensanduhr hinter uns zurück und gingen noch ein Stück weiter. Und dann entdeckten wir schließlich das Herz.

Es war mehr als sechs Meter groß und bestand aus zwei unterschiedlich gefärbten Hälften, jede mit einem Auge versehen.

»Das ist also das Herz der Geisterschildkröte?«

Glass und die anderen waren nicht hier ... Mit hoher Wahrscheinlichkeit waren sie tatsächlich bei diesem inneren Kern.

»So scheint es, mit Verlaub. Eine ausgesprochen unheilvolle Erscheinung.«

Und das sollten wir mit einem Bann belegen?

Die Augen blickten uns an. Konnte das Herz uns hören?

Es schien nicht besonders erfreut, uns zu sehen.

Und dann schossen die Augen Hochleistungslichtstrahlen auf uns ab. Sie trafen auf unsere Barriere und prallten davon ab.

»...!!«

Die Augen des Herzens weiteten sich und vibrierten, und dann tauchten von irgendwoher Gehilfen auf. Wahrscheinlich konnte das Herz immer wieder neue rufen.

Ein unangenehmer Gegner.

Die Soldaten, die den Bann wirken sollten, hatten wir oben gelassen. Wir waren im Augenblick nur hier, um die Lage zu sondieren, daher hatten wir keinen Grund ernsthaft zu kämpfen.

»Wollen wir's erst mal schwächen? Schatten, zieh dich zurück. Ost, hilf mir bitte.«

»Gut!«

»Mhm!«

»Verstanden, mit Verlaub.«

»Ich will versuchen, so gut wie irgend möglich seine Bewegungen zu stoppen.«

Raphtalia und Filo sprangen aus dem Schutzbereich und starteten Attacken gegen das Herz der Geisterschildkröte.

»Aura, Stufe zwei!«

Ich sprach meinen Unterstützungszauber auf beide, sodass all ihre Werte angehoben wurden.

»Yin-Yang-Schwert!«

»Puchi-Quick!«

Beide Attacken trafen jeweils eins der Augen.

»...!!«

Oha, jetzt wurde es wild und es bebte auch noch das ganze Gewölbe.

Dann ließ das Herz der Geisterschildkröte ein gewaltiges magisches Zeichen entstehen – irgendetwas bahnte sich an.

»Raphtalia, Filo – weg da!«

Ost musste ich nichts befehlen: Sie stand hinter mir und hielt uns die Gehilfen vom Leib.

»Verstanden.«

»Jaaa!«

Sie kamen hinter die Barriere zurück, suchten hinter mir Schutz und bereiteten ihre nächsten Attacken vor.

Das Herz der Geisterschildkröte ... schleuderte einen schwarzen Ball aus Magie auf uns.

Als ich ihn blockte, brach klirrend der Schutzschild zusammen.

Dann prallte der schwarze Ball gegen meinen Schild, und das Licht verzerrte sich.

Ich fühlte mich mit einem Mal so schwer! Das schien ein Gravitationsangriff zu sein, so einer, wie Ost ihn verwendete.

Mein Körper fühlte sich unglaublich schwer an. Aber dank meiner hohen Verteidigungskraft bekam das Herz mich auf diese Weise nicht klein.

»Haaaaaaaargh!«

Mit meinem Schild lenkte ich den Gravitationsball nach rechts ab.

Anders als draußen schien die Schildkröte keine mächtigen Elektro-Attacken auf uns abfeuern zu können. Das war unser Glück. Hitzestrahlen konnte ich mit dem Whale Magic Core Shield unschädlich machen.

Nun, eigentlich war das auch klar: Die Geisterschildkröte konnte ja nichts tun, was ihr eigenes Herz zerstörte.

Da sah ich, wie durch die Gefäße, die zum Herzen hinführten ... irgendetwas strömte ... eine Art weiße Klumpen. Sobald sie die Mitte des Herzens erreicht hatten, ergossen sie sich in den Raum.

»Shooting Star Shield!«, erneuerte ich augenblicklich die Barriere. »Raphtalia, Filo! Kriegt ihr das Herz kaputt?«

»Versuchen wir's.«

»Mhm!«

Hinter mir bereiteten beide ihre stärksten Attacken vor.

Bis dahin verteidigte ich sie, und Ost verschaffte uns Zeit, indem sie auch weiterhin die Gehilfen stoppte und Zauber auf das Herz wirkte.

Raphtalias Schwanz bauschte sich und Filo sammelte Kraft.

Dann leuchtete Raphtalias Schwert auf und Filo kreuzte die Flügel.

»Filo, kannst du Fitoria was mitteilen?«

Einen Versuch war es wert. Ich wollte meine Mutmaßung direkt in die Tat umsetzen. Fitoria, die draußen kämpfte, sollte den Kopf der Schildkröte zerquetschen, während wir uns das Herz vorknöpften.

»Hä? Äääähm ... Ja, ein bisschen geht's.«

»Okay, wir müssen das jetzt gut timen!«

»Jaaa! Fitoria ... weiß Bescheid, sagt sie!«

»Dann packen wir's. Wär schon geil, wenn wir sie so besiegen!«

Ich blickte konzentriert nach vorn.

»Riesenkraft!«

Ost bedachte sowohl Raphtalia als auch Filo mit ihrer Unterstützungsmagie.

An unserer Feuerkraft gab es nichts auszusetzen. Wenn wir die Schildkröte damit nicht töten konnten, blieb mir wohl nur noch der Schild des Ingrimms.

»Göttliches Schwert der ...«

Raphtalia beugte die Knie, dann sprang sie auf das Herz der Geisterschildkröte zu.

Filo folgte ihr dichtauf und überholte sie.

»Spiral Strike!«

Sie wurde zu einem Lichtstrahl und krachte in das Herz.

Das Herz versuchte wohl, sich gegen ihre Attacke zu wehren und erzeugte eine Barriere, die bis zur Decke reichte.

Aber Raphtalia tauchte gleich als Nächste vor ihm auf, holte weit aus und vollführte einen horizontalen Schwerthieb. Es gab ein Geräusch wie von zerspringendem Glas, und die Barriere war zerstört.

»… acht Extremitäten!«

Ein magisches Siegel wie von einem taoistischen Meister schoss aus Raphtalias Schwertspitze.

Raphtalia hatte diesen Angriff vertikal ausgeführt und versperrte mir die Sicht, aber was ich an den Rändern erkennen konnte, sah mir danach aus.

Es knallte, als Filo ein Loch in das Herz schlug.

Im selben Moment stach Raphtalia erneut mit ihrem Schwert zu und schlitzte das Herz noch einmal auf. Sofort spritzte frisches Blut heraus.

Das Herz der Geisterschildkröte machte große Augen, dann klafften die beiden Hälften auseinander.

»…!«

Plötzlich fasste sich Ost hinter mir an die Brust und verkrampfte sich, als hätte sie Schmerzen.

»Hey, geht's dir gut?!«

»J… Ja. Aber das … wird nicht so bleiben.«

»Du …«

»Wenn Ihr meine wahre Gestalt töten wollt, muss auch ich sterben.«

Sie hatte ja sowieso sterben wollen. Dennoch war sie hier … Sie war ungeheuer mutig, und unwillkürlich bewunderte ich sie dafür.

Ich hatte keine Vorstellung davon, was es einem abverlangte, sich derart auf sein Ende gefasst zu machen. Ich fragte mich, was für einen Wert es wohl für sie hatte, eine solche Welt zu beschützen. Selbst wenn sie andere dafür täuschen musste, war sie entschlossen, die vielen Menschen zu retten, das spürte ich deutlich.

Sie unterschied sich sehr von jenem dahergelaufenen Miststück von Prinzessin.

Ost täuschte andere nicht, um sich selbst einen Vorteil zu verschaffen; sie handelte selbstlos. Natürlich wurde sie als Hexe abgestempelt.

Aber es geschah alles einer besseren Zukunft zuliebe.

Selbst ihr eigenes Leben war sie zu geben bereit, um den Fortbestand der Welt zu sichern.

Sterben für diese Welt? Eher würde ich sterben!

Osts Ziel war jedoch, ihr Leben dafür zu geben …

Was für ein edles Wesen.

Wir kämpften erst seit Kurzem zusammen, aber sie hatte mich schon mehrmals gerettet. Sie hatte sich praktisch ganz in meinen Dienst gestellt, und ganz natürlich hatte ich angefangen, ihr zu vertrauen.

Die Geisterschildkröte zu besiegen, hieß, dass Ost sterben würde. Aber genau das war ihr Wunsch.

Wieder einmal bürdete mir diese Welt eine grausame Pflicht auf.

Abermals richtete ich meinen Blick auf das Herz.

»Filo!«, rief ich, als sie gerade nach ihrem Angriff wieder auf dem Boden aufkam.

»Hat Fitoria gepatzt?«

Oder hatte ich mich geirrt, und man konnte die Schildkröte nicht besiegen, indem man Herz und Kopf zugleich zerstörte?

»Sie sagt, sie hat den Kopf ordentlich zermanscht.«

»…«

Tja, nur leider war die Bestie dennoch nicht tot …

Oder … gab es noch ein anderes Herz oder so etwas? Ach ja: Ost hatte doch von einem inneren Kern gesprochen!

Mussten wir den auch zerstören?

Da hörte ich draußen einen dumpfen Schlag. War der Schildkrötenkopf also … wirklich ausgeschaltet?

Ost zufolge war die Geisterschildkröte jedoch noch nicht geschlagen.

Poch ... Poch ... Poch!

Ganz im Gegenteil: Schon begann das Herz sich zu regenerieren und in seine ursprüngliche Form zurückzukehren.

»Verflucht ... Wir ziehen uns erst mal zurück. Meine Vermutung war falsch – wir müssen wohl doch die Soldaten holen.«

»Ich habe, wenngleich vage, einen Energiefluss gespürt. Womöglich ist der Bann der Schlüssel, die Schildkröte zu besiegen.«

»Echt?«

»...«

Allzu überzeugt schien Ost selbst nicht zu sein.

Aber uns blieb eben keine andere Wahl: Wenn uns schon eine etwas effektivere Angriffsmethode einfiel, dann mussten wir sie auch ausprobieren.

»Verstanden«, sagte Raphtalia. »Komm, Filo – wir ziehen uns zurück!«

»Mhm!«

»Schatten, halte du da vorn die Stellung, wie wir's besprochen haben. Okay?«

Das würde, offen gesagt, ein ganz schön heftiger Kampf werden. Aber der Schatten nickte wie selbstverständlich.

»Sehr wohl – mit Verlaub!«

»Tut mir leid.«

»Dies ist eine Aufgabe, die ich gut erfüllen kann.«

Und so ließen wir das Herz der Geisterschildkröte vorerst hinter uns zurück.

Kapitel 12: Das Herz der Geisterschildkröte

»Seid ihr unversehrt?!«

Als wir zurückkehrten, kamen uns sofort Rishia und die Soldaten entgegengelaufen.

»Wir haben das Herz gefunden!«

»Oh!«

Unter den Soldaten brach Jubel aus.

Das Problem war aber, dass wir sie dorthin mitnehmen mussten. Sicher würde es schwierig sein, mit ihnen zusammen wie vorhin bis zum Herzen zu gelangen.

»Irgendwas passiert bei euch?«

»Während ihr weg wart, wurden wir neunmal von Monstern angegriffen. Ein paar Verletzte gab es.«

»Soldaten, ihr kommt mit uns. Ab jetzt greifen die Monster heftiger an – stellt euch drauf ein. Auch Helden können nicht alles. Ich werde zwar mein Möglichstes tun, aber versucht trotzdem, selbst auf euch aufzupassen!«

»Jawohl!«, riefen sie alle und nickten mir zu.

Und nun ... musste ich mich darauf konzentrieren, diese unerwartet schwache Truppe bis zum Herzen zu bringen.

Musste ich auch bei kommenden Wellen auf solche Leute zurückgreifen? Das würde hart!

Wie viele würden wohl sterben?

Wir führten die Soldaten den Tunnel hinab.

Unterwegs erklärte ich ihnen, dass das Herz der Geisterschildkröte über Angriffsmöglichkeiten verfügte und verschiedene Attacken gegen uns ausgeführt hatte. Ich sagte ihnen, dass ich sie mit Skills wie Shooting Star Shield, Air Strike Shield oder

Second Shield beschützen würde und sie den richtigen Moment für ihre Angriffe abpassen mussten.

»Danke, Held des Schildes – Ihr gebt alles, um mit Euren Analysen zu vermeiden, dass uns etwas passiert!«

»Schon gut ...«

Wenn ich sie verteidigen wollte, musste ich davon ausgehen, dass die Angriffskraft unseres Gegners höher sein würde als bei unserer letzten Begegnung.

Das hatte ich nur weitergeben wollen.

»Ich hab aber nicht mehr rausgekriegt, was das für weiße Klumpen waren, mit denen uns das Herz vor unserem Rückzug beschossen hat. Seid also vorsichtig.«

»Zu Befehl!«, riefen sie.

Alle Gehilfen, die uns über den Weg liefen, machten wir gemeinsam nieder: Raphtalia, Filo, Ost, Eclair, die alte Schachtel, dazu noch Rishia und die Soldaten, befehligt von der Königin.

Auch die Soldaten schluckten, als aus gewöhnlichem Fels Fleischwände wurden.

Als uns dann noch das Klopfen des Herzens entgegenhallte, marschierten sie höchst alarmiert weiter vorwärts.

Die sich öffnenden und schließenden roten und blauen Muskelstränge brachten die Gefahr mit sich, dass Soldaten isoliert wurden. Raphtalia und Filo eliminierten jedoch vor und hinter uns alle angreifenden Gehilfen, und so kamen wir ganz gut durch.

Das Problem waren die Parasitenraupen, die erschienen, wenn man die Fleischwände einriss: Wir hatten wenig Zeit zu reagieren.

Es gab ein paar Opfer und man merkte den Soldaten an, wie mentale Erschöpfung sich in ihnen breitmachte.

Schlimm war es, wenn einer der Kämpfer einem Immunsystemgehilfen zum Opfer fiel: Ich musste mit ansehen, wie sich Menschen vor meinen Augen auflösten.

Die Nervenschwächeren unter uns übergaben sich an Ort und Stelle.

»Nicht anhalten! Wer hier stehen bleibt, wird zum Futter für diese Biester! Das würden die Gefallenen nicht wollen.«

Ich passte auf, und Raphtalia und Filo mähten vorn alles nieder.

Dann erreichten wir den letzten Durchgang. Hier hatte ich den Schatten warten lassen.

»Heeey!«

Auf meinen Ruf hin öffnete sich der Pfad.

»Alles klar bei dir?«

»Andernfalls hätte ich Euch nicht öffnen können – mit Verlaub.«

»Stimmt auch wieder.«

Die konnten sich ja gut verstecken. Offenbar hatte er keine Probleme gehabt.

»Gut, als Nächstes kommt das Herz. Die Soldaten sollen bitte ihren Bann sprechen.«

»Ja«, sagte die Königin. »Aber zuerst müssen wir das Herz schwächen, sonst wird das nichts.«

Da hatte sie wohl recht.

Nun, mit Raphtalia, Filo und den anderen sollten wir eigentlich genügend Angriffskraft mitbringen. Wenn dazu noch Rishia und die Soldaten allesamt angriffen, müsste das einen starken Effekt haben.

»Außerdem dauert es nach dem Beginn des Rituals eine Weile, bis der Bann wirksam wird.«

»Solang müssen wir das Herz beschäftigen, hm?«

Schon wieder? Nicht zu ändern.

»Können die mit dem Zauber nicht schon vorher anfangen?«

»Nein ... Die Magie hat eine begrenzte Reichweite, und nachdem das Ritual begonnen hat, kann sich niemand mehr bewegen.«

Dann mussten wir wohl wieder einmal den Kopf hinhalten.

Gerade in solchen Situationen war der Schild mit seiner hohen Verteidigungskraft unbestreitbar sehr nützlich.

»Gut, dann beschütze ich also die Leute, die das Ritual vorbereiten. Die Übrigen erledigen alle Gehilfen, die auftauchen – und Raphtalia und Filo schwächen das Herz.«

»Verstanden!«

»Okaaay!«

»So sei es!«

Rishia steckte das Gesicht aus dem Kostüm.

»Und was soll ich machen?«

»Du ...«

Es fiel mir nicht leicht zu bestimmen, wie viel ich ihr zumuten konnte. Sie konnte schon mehr als die Leute vom Bündnis, aber ich musste mir mehr Sorgen um sie machen als um Raphtalia und die anderen.

Sie bewegte sich mittlerweile sehr geschmeidig, und sie freute sich auch selbst über die Leichtigkeit, mit der sie sich bewegen konnte. Aber ich wusste nicht, was sie tun würde, wenn ich sie vorschickte, und das bereitete mir Kopfzerbrechen.

»Unterstütz du uns aus der hinteren Reihe. Geh nicht nach vorn. Deine Aufgabe ist, mir Bericht zu erstatten, wenn irgendwas Unvorhergesehenes passiert.

»O... Okay ...«

Sonst gab es im Augenblick nichts zu tun.

Unterwegs sogen wieder alle erschrocken die Luft ein, als sie die blaue Drachensanduhr sahen. Sie wirkte hier doch ziemlich fehl am Platz.

Nanu? Ich hatte den Eindruck, dass in der Uhr etwas weniger Sand war.

Ach nein, das bildete ich mir sicher nur ein. Es hatte bestimmt nur eine kleine Erschütterung gegeben und der Sand war etwas in sich zusammengefallen, und darum sah es nach weniger aus.

Also, auf zur entscheidenden Schlacht!

»Das ist … das Herz der Geisterschildkröte?«, entfuhr es einem der Soldaten.

Ja, es sah schon sehr unheilvoll aus.

Das Herz entdeckte uns und stieß einen Laut aus, der an einen Kampfschrei erinnerte.

Es riss die Augen weit auf und pulsierte heftig. Es erinnerte sich wohl an uns.

Diesmal würden wir uns jedoch nicht zurückziehen, sondern es besiegen.

»Los geht's!«

»Jawooohl!«, riefen die Soldaten.

Und dann begannen die Magier unter ihnen mit der Vorbereitung des Rituals und fingen an zu murmeln.

Raphtalia und Filo rannten nach vorn und fingen an, das Herz zu attackieren.

Die übrigen Bündniskrieger zogen ihre Waffen und streckten die anrückenden Gehilfen nieder.

Alle Gehilfen, die zur Zaubereinheit vordringen wollten, beschäftigte ich mit Hate Reaction, Air Strike Shield und Second Shield. Change Shield verwendete ich ebenfalls, um Verwirrung zu stiften.

Meine SP sanken rapide, aber mit dem Skill Soul Eat meines Soul Eater Shield konnte ich mich einigermaßen durchmogeln. Die Eigenschaft SP-Regeneration (schwach) leistete auch einen kleinen Beitrag.

Das Herz der Geisterschildkröte wusste, dass es jetzt ernst wurde, und feuerte seine Hitzestrahlen auf uns ab. Dies war die Stunde des Whale Magic Core Shield.

»Herr Naofumi! Das sind zu viele Gehilfen!«

»Mhm! Es kommen immer mehr!«

Beim letzten Mal waren wir schon nach einem Angriff verschwunden. Die Kampfzeit war kurz gewesen. Daher hatte ich nicht durchdacht, wie viel Verstärkung womöglich im Laufe einer längeren Auseinandersetzung anrücken würde.

Von den Wänden, dem Boden und der Decke drängten immer mehr Gehilfen in den Raum.

Das Herz war auch kein bloßer Zuschauer und durchbohrte alles – die eigenen Gehilfen eingeschlossen – mit seinen Hitzestrahlen. Ich hatte es ungeheuer schwer mit der Verteidigung.

Das Herz hatte es auf die Zauberereinheit abgesehen, die den Bann sprach.

Was? Wollte es wieder irgendwas abfeuern?

Von den Pupillen des Herzens ausgehend entfalteten sich magische Zeichen.

War das wieder dieser Superschwerkraftzauber?!

Die Symbole begannen in hohem Tempo herumzuwirbeln.

Nein!

Ich stellte mich vor die Zauberer und hielt den Schild vor mich.

Einen Sekundenbruchteil später verschossen die Pupillen Hochleistungshitzestrahlen.

»Uah!«

Mehrere Personen standen in der Schusslinie, und es blieb nichts von ihnen zurück. Dann trafen die Strahlen auf meine Barriere, und ich wurde mehrere Schritte rückwärts gedrängt.

Ich fletschte die Zähne.

Es handelte sich um extrem breite Strahlen. In einem Game wären das Special Moves gewesen.

Bis jetzt hatten sie die durchschlagendste Wirkung.

Von der Feuerkraft her waren sie zwar immer noch schwächer als jene Partikelstrahlen, trafen sie ungünstig, konnte es dennoch schlimm ausgehen.

Es wäre lästig, wenn das Herz wie der Nachahmungstyp, dem wir zuvor begegnet waren, ewig weiterschießen konnte.

»Haaargh!«

Ich veränderte den Winkel meines Schildes und lenkte die Strahlen nach oben hin ab.

Sie fuhren in die Decke des Herzgewölbes und verbrannten sie.

Dann tropfte Blut herab.

Das musste ich ausnutzen – ich musste mit dem Körper unseres Gegners arbeiten.

Allerdings würde sich wohl bald alles wieder regenerieren, und es würde sein, als wäre nichts passiert.

»Herr Naofumi!«

»Meister, geht's dir gut?«

»Ja, kein Problem.«

Im Vergleich war die Schildkröte stärker. Die Attacken des Herzens waren auszuhalten.

»Sagt mir lieber, wie's mit eurem Bannzauber aussieht!«

»Ein Weilchen noch!«

»Okay, alle, die kämpfen können, setzen ihre besten Techniken ein und helfen dabei, es zu schwächen. Unser Ziel ist nicht, es zu besiegen. Hauptsache, die Attacken kommen schnell!«

»Okay!«

»Guuut!«

Die beiden befolgten meine Anweisung und führten ihre Attacken aus.

»Yin-Yang-Schwert!«

»Puchi-Quick!«

Das Herz der Geisterschildkröte begann zu zittern, als hätte es durch die Schüsse gegen die Decke Schaden genommen und würde Schmerzen leiden.

Wie lange dauerte das noch?

Schwächen sollten wir es, gut und schön – aber wie schwächte man ein Ungeheuer, das die Lebenskraft selbst zu sein schien?

Vorerst mussten wir uns weiter aufs Angreifen konzentrieren ... Aber ich hatte eine böse Vorahnung.

»Und wie wär's ...«

»Hiermit?«

Raphtalia und Filo durchtrennten mit kraftvollen Attacken die Adern, die mit dem Herzen verbunden waren.

»...?!«

Seine Bewegungen verlangsamten sich sichtlich.

So konnten wir gut Zeit herausschlagen, bis der Bannzauber abgeschlossen war.

»Wir sind fertig!«

»Super! Dann los!«

»Ja!«

»Wir, als Quelle deiner Macht, befehlen dir: Ergründe die Wahrheit und lege jetzt und hier der Geisterschildkröte, einer der vier Bestien des Unheils, Fesseln an!«

Wa...?!

Das Herz der Geisterschildkröte fing an, sich auf verdächtige Weise zu bewegen.

Jene weißen Klumpen zirkulierten darin, und dann flogen sie in alle Richtungen durch die Luft!

»Hochrangiger Gruppenzauber?!«

Die in alle Richtungen verstreuten weißen Klumpen sprangen uns an: zuerst die Soldaten und dann alle anderen.

Ich ließ nacheinander Shooting Star Shield, Shield Prison, Air Strike Shield und Second Shield entstehen, um die Zauberereinheit zu schützen, so gut es ging.

»Uah!«

»Aaah ...«

»Verd...«

Ich konnte jedoch nicht alle Attacken aufhalten. Ein Teil gelangte an mir vorbei und hinter mich.

Den Schild vor mich gestreckt, drehte ich mich um.

Verdammt ... Der Schaden war schlimmer als befürchtet.

»S... Seid ihr okay?«

»Verzeiht, aber es ist fehlgeschlagen ...«, sagte der Leiter der Zauberertruppe.

»Es ist noch nicht vorbei! Berichte!«

»Alle, die der Angriff getroffen hat, liegen am Boden. Im Augenblick prüfen wir noch die Lage!«

Und was war an der Front los?

Ich warf einen Blick zu Raphtalia und Filo: Sie attackierten weiterhin das Herz, waren aber außer Atem, als wären sie völlig erschöpft. Sie nutzten einen passenden Moment, um sich zurückzuziehen. Beide waren blass.

»G... Geht's euch gut?!«

»Raphtalia! Was ist passiert?«

Eclair stützte Raphtalia, und sie kamen eilig zu mir.

Filo schien es etwas besser zu gehen.

Die alte Schachtel war wohl geschickt allem ausgewichen.

»J... Ja ... Aber ... meine Magie ...«

»Mhm ... Ähm ... Es hat uns unsere Magie weggenommen.«

Mist ... Das war ganz schlecht. Hatte das Herz sie ihnen abgezogen wie zuvor mir der Kopf meine SP?

Dann kam von hinten der Lagebericht.

»Die Absaugung der Magie hat mehrere von uns getötet!«

»Lässt sich die Front halten?«

»Doch ... dank Euch, Schildheld, können wir mit Müh und Not den Bannzauber noch verwenden.«

»Ach ja?«

In solchen Situationen half es wohl, wenn man Absorptionsangriffe des Gegners unschädlich machen konnte.

Der Schaden war zwar groß, aber der Plan ließ sich weiterhin ausführen – also durften wir nicht aufgeben.

»Ich weiß, es ist hart, aber ihr müsst schnell den Bann sprechen!«

»V... Verstanden!«

Und jetzt kamen wohl wieder ...

Ja, das Herz der Geisterschildkröte bereitete sich auf weitere Hochleistungshitzestrahlen vor.

Ich rannte schnell los und riss den Schild hoch, um sie von ihrem Kurs abzulenken.

»...!«

»Aaargh ...«

Die waren ja noch kraftvoller als zuvor!

Dank des Whale Magic Core Shield konnte ich sie zwar aushalten. Dennoch war es der bisher heftigste Angriff.

Ich hatte das unangenehme Gefühl, dass meine Haut angesengt wurde und Blasen warf.

Es sah so aus, als wären die weißen Klumpen wieder zum Herzen zurückgekehrt und erhöhten nun die Leistung der Hitzestrahlen.

Der Schild konnte diese Hitze nicht völlig abhalten und ich nahm Schaden.

»Aaaaargh ...«

Die Strahlen nach oben abzulenken wäre das Beste gewesen, aber da sie so machtvoll waren, gestaltete sich das als schwierig.

Ich musste meinen Schild kontrollieren, aber es war, als wollte man in einem Orkan einen Schirm aufspannen.

Wenn ich die Hitze versehentlich in die falsche Richtung lenkte, würden Menschen sterben!

»Du ... darfst Meister nicht mit der Kraft verletzen, die du mir geklaut hast!«

Filo ging in Position, um Magie zu sammeln.

»Lasst auf keinen Fall irgendein Monster zu Filo durch!«

»O... Okay!«

»Verstanden!«

»I... In Ordnung!«

Raphtalia, Eclair, Rishia und die alte Schachtel koordinierten sich, um Filo zu beschützen und ihr die Gehilfen vom Leibe zu halten.

»Sssssssss ...«

Filo holte lange und tief Luft.

Ich spürte über meine Haut, wie die Luft zu zirkulieren begann. Die weißen Klumpen, die zum Herzen gestrebt waren, flogen nun an mir vorbei und hinter mich, als würden sie von etwas angezogen, genauer gesagt als würden sie von Filo angezogen.

Filo zog mit der Magie der Umgebung zugleich die Klumpen zu sich heran, sodass sie nicht zum Herzen zurückkehren konnten.

Endlich ließ die Leistung der Hitzestrahlen nach.

»Oho, ganz wie man es vom Monster des Heiligen erwartet!«, sagte die Oma. »Du hast dir bereits die Geheimnisse des Stils der Unvergleichlichen Veränderung zu eigen gemacht!«

War das etwa die richtige Zeit, um irgendwen zu bewundern?

»Alte Schachtel! Wenn du das auch kannst, dann mach!«

»Na schön!«

Nun fing auch die Oma an, zusammen mit Filo tief einzuatmen.

Hm? Ich hatte den Eindruck, als sähe die Haut der Oma zunehmend frischer aus. Irgendwie schien sie sich zu verjüngen!

»Gut macht ihr das, ihr beiden!«

Ich blickte mich um: Filo, dick angeschwollen, winkte mir zu.

Lag das daran, dass sie diese Klumpen eingesogen hatte?

»Hier kriegst du's wieder.«

Filo öffnete den Mund und spuckte dem Herzen irgendetwas entgegen.

Für mich sah es wie ein komprimierter Ball aus Wind aus.

Er war so verdichtet, dass man ihn sehen konnte – und dann schoss er auf das Herz zu.

»Hier kommt eine Geheimtechnik des Stils der Unvergleichlichen Veränderung: Vollmond!«

Die alte Schachtel beschrieb mit den Armen einen großen Kreis, womit sie einen Ball aus Magie erschuf. Den schleuderte sie dann mit einer Bewegung, wie man sie aus Fighting Games kennt, auf unseren Gegner.

Konkret: Unten, rechts unten, rechts und Punch auf dem Controller.

»...!!«

Das Herz der Geisterschildkröte erzeugte eine magische Barriere, um sich vor den Attacken Filos und denen der Oma zu schützen.

Auch die Gehilfen warfen sich auf die Kugel aus Wind, um das Herz zu verteidigen.

Der Ball pulverisierte sie jedoch sofort und flog ungehindert weiter. Dann stieß er mit einem lauten Knall auf die Barriere.

Die rivalisierenden Kräfte prallten aufeinander. Das verschaffte uns Zeit. Wenn wir den Bann sprechen wollten, dann jetzt.

»Okay, los!«

»Jawohl!«, riefen alle.

»Wir, als Quelle deiner Macht, befehlen dir: Ergründe die Wahrheit und lege jetzt und hier der Geisterschildkröte, einer der vier Bestien des Unheils, Fesseln an!«

Gewaltige magische Symbole entfalteten sich, als wollten sie das Herz der Geisterschildkröte umzingeln.

Das Herz hatte sich darauf konzentriert, die Attacken von Filo und der Oma zu überstehen. Nun blickte es wild drein, als der Folgeangriff kam.

»Hochrangiger kollektiver Ritualzauber ›Siegel‹!«

Die vielen einander überlagernden, magischen Symbole banden nun das Herz, das Filos Gegenangriff endlich neutralisiert hatte.

»…?!«

Poch … Poch … Po… P…

Der Puls des Herzens der Geisterschildkröte wurde schwächer und kam schließlich ganz zum Erliegen.

»Jawoll!«

Freudengeschrei brandete auf.

»Wir haben's geschafft!«

Puh … Aber die Freude würde nur kurz währen.

Ost hinter mir schien das Gleiche zu denken, und auch die Königin konnte ihre Besorgnis nicht verhehlen.

Immerhin sollte es uns genug Zeit verschafft haben, um konzentriert nach dem inneren Kern zu suchen.

»Ich will euch was wiedergeben.«

»Was?«, machte Raphtalia. »Nein, Filo, drück das nicht an mich!«

Filo hatte schleimige weiße Klumpen ausgespuckt (Geister-Affinität?) und drückte sie auf Raphtalias Haut. Daraufhin verbesserte sich zusehends ihre Gesichtsfarbe, aber sie guckte so angewidert, als wäre ihr ein Käfer in den Kragen gekrabbelt.

Das nächste Ziel schien Eclair zu sein.

»N… Nein! Mir wurde keine Magie geraubt. Gib's denen, die welche verloren haben!«

Filo ließ aber keinen Protest gelten und ließ auch sie in den Genuss des weißen Schleims kommen.

Raphtalia warf das weiße Zeug von sich und dann rannten sie wütend hinter Filo her.

»He, Filo! Glaub nicht, dass ich dir das verzeihe!«

»Genau! Das wirst du büßen!«

»Ha ha haaa!«

Puh … Irgendwie hatte das mit dem Bann wohl doch noch funktioniert.

Ost zufolge war der eigentliche Bann ja nie gebrochen worden. Hatte es denn nun … geklappt?

»Haben wir das notdürftig erst mal hingekriegt?«

»Schwer zu sagen, nicht wahr?«, murmelte die Königin, den Mund hinter dem Fächer verborgen.

Allerdings. Am finstersten blickte Ost selbst drein.

»Filo, hat Fitoria irgendwas gesagt?«

»Ähm, also … Sie sagt, die Schildkröte macht draußen auch nichts mehr.«

Also hatten wir vorerst … Erfolg gehabt. Allerdings würde er nur einen kurzen Moment andauern.

»Meister?!«

Filo blieb plötzlich stehen und ihre Augen weiteten sich.

Poch! Poch!

Das Herz der Geisterschildkröte begann abermals zu schlagen.

Die magischen Zeichen des Banns zersprangen klirrend.

Dann öffnete das Herz seine Augen weit und verschoss Hitzestrahlen.

Ich stand vorn und wehrte sie ab.

»Gibt dieses Ding denn niemals auf?«

»Mhm!«

»War's ein Fehlschlag?«

»Nein … Technisch sollte alles geklappt haben … Dennoch hat das Herz den Bann gebrochen und bewegt sich wieder.«

Scheiße!

Jetzt fiel mir nichts mehr ein. Wenn man Kopf und Herz zugleich zerstörte, regenerierten sie sich. Mit einem Bann belegen konnte man die Schildkröte auch nicht.

Nein, da musste noch etwas sein … Wir durften uns nicht geschlagen geben!

Ich musste nachdenken. Was fehlte denn noch?

Eigentlich hatten wir doch alles versucht, was die Datenlage hergab.

Wenn das immer noch nicht reichte, dann blieb nur noch herauszufinden, wo sich der innerste Kern befand, und direkt dorthin zu marschieren.

»Ost! Weißt du wirklich nicht, wo dieser Kern ist?«

»Doch … Seit vorhin der Bannzauber auf das Herz gesprochen wurde, sehe ich ein wenig klarer.«

»Was?! Wo ist er?«

»Unter diesem Herzen gibt es … noch eine Kammer. Dort findet Ihr den Kern.«

Unter dem Herzen …

»Wollen wir uns dann mal die Hitzestrahlen zunutze machen und nach unten durchbrechen?«

»Das geht nicht. Mit solchen halbherzigen Aktionen erreicht Ihr die Kernkammer nicht.«

»Und was sollen wir dann tun?«

Ost hob langsam den Arm und zeigte mit einem entschlossenen Blick auf das Herz.

»Ich habe einen Vorschlag zu machen – dem Schildhelden, seinen Gefährten und den Soldaten.«

»Sag schon!«

Sie sollte sich doch einmal in mich hineinversetzen, der die ganzen Attacken aushalten musste!

Schlimm verletzt worden war ich nicht, aber es schlauchte trotzdem!

»Zerstört den Kopf und das Herz zugleich und sprecht noch einmal den Bann … Ich denke, dann kann ich den Weg zum innersten Kern öffnen.«

»Wirklich?«

»Ja, zweifellos.«

Ein bisschen unwohl war mir dabei, aber wir durften nichts unversucht lassen.

»Okay. Filo, stimme du dich mit Fitoria ab: Versucht, Kopf und Herz gleichzeitig zu zerstören! Und du hilfst, Raphtalia!«

»Mhm!«

»Ja!«

Und jetzt zu Eclair, Rishia und der alten Schachtel.

»Eclair, Rishia und alle, die gut im Nahkampf sind: Fangt die Gehilfen ab, die das Herz schützen wollen. Alte Schachtel, du verhinderst diese Magieraubattacken!«

»Verstanden!«

»Ich geb mir Mühe!«

»Heiliger, ich werde Eurem Wunsch nachkommen!«

Und nun … der entscheidende, aber auch heikelste Punkt.

»Die Königin und die Zauberer vom Bündnis sollen noch mal den Bann vorbereiten. Aber sie müssen ihn genau im richtigen Moment auslösen.«

»Wie Ihr wünscht, Herr Iwatani …«

Alle sahen sehr erschöpft aus. Auch ich hätte eine Pause vertragen können. Schließlich hatte ich heute ununterbrochen gekämpft. Da stieß man auch mental an seine Grenzen.

Wir konnten hier aber keinen Rückzieher machen. Es wartete ein weiterer Kampf auf uns.

Es musste sein.

Raphtalia und Filo gingen in Kampfhaltung, um gut getimt ihre Spezialattacken zu starten.

Während ich weiter die Hitzestrahlen abwehrte, versuchte ich, ruhiger zu atmen, und warf einen prüfenden Blick über die Schulter.

Die Gehilfen rotteten sich zusammen, und Eclair und Rishia drängten sie zurück.

Das Herz stieß wieder seine weißen Klumpen aus, aber die bändigte die alte Schachtel.

Die Verbündeten begannen unter der Leitung der Königin abermals mit ihrem Zauber.

Das Pochen des Herzens klang unangenehm und widerlich.

Filo konzentrierte sich eine Weile. Dann riss sie die Augen auf und rief:

»Große Schwester!«

»Verstanden!«

Raphtalia hatte Magie in ihr Schwert strömen lassen. Nun sprang sie auf Filos Rücken, und die beiden galoppierten los.

»Dann machen wir eine Kombo-Technik aus dem Stegreif: Göttlicher Stoß der acht Extremitäten!«

»Spiral Strike!«

Mit ausgebreiteten Flügeln schoss Filo vorwärts, und Raphtalia stieß ihr Schwert nach vorn. Beide durchbohrten im selben Moment das Herz der Geisterschildkröte.

Eine großartige Technik – so schnell, dass selbst ich, hochgepowert wie ich war, einen Moment lang nicht folgen konnte.

Filo setzte auf dem Boden auf. Raphtalia auf ihrem Rücken wischte das Blut von ihrem Schwert und wandte sich um.

Sie hatten das Herz erwischt, und die freigesetzte Magie führte eine Explosion herbei, die es aufplatzen ließ. Die restliche Magie ging wie Schnee in der Umgebung nieder.

Es war schon ein erstaunlicher Anblick, aber das hieß nicht, dass die Geisterschildkröte tot war.

Im selben Moment, als das Herz barst, wirkten die Magier, angeführt von der Königin, ihren Bannzauber.

»Wir, als Quelle deiner Macht, befehlen dir: Ergründe die Wahrheit und lege jetzt und hier der Geisterschildkröte, einer der vier Bestien des Unheils, Fesseln an! – Hochrangiger kollektiver Ritualzauber ›Siegel‹!«

Dort, wo sich das Herz erneut rasend schnell regenerieren wollte, entfalteten sich die magischen Symbole, und die Regeneration geriet ins Stocken.

»Ost!«

»Ich, Horai Ost, befehle dem Himmel, befehle der Erde, ektomiert die Vernunft, bindet sie wieder an, lasst sie Blut spucken. Erhöre mich, meine Kraft: Eröffne den Pfad zu meinem innersten Kern!«

Ost hatte beide Hände in Richtung des Herzens ausgestreckt ... Dann schien etwas zu passieren. Direkt vor ihm öffnete sich im Boden ein quadratisches Loch. Gleich darauf materialisierten sich mit einem hohlen Geräusch Stufen.

»Ich habe Euch ... den Weg zum innersten Kern geöffnet.«

»Aha ... Dann los!«

»Wartet bitte!«

Ost stellte sich mir in den Weg.

»Was denn?«

»Da unten erwartet uns derjenige, der von der Geisterschildkröte Besitz ergriffen hat. Alle, die keine wahre Stärke besitzen, werden Euch im Kampf gegen diesen Feind nur behindern.«

»Ich verstehe, was du meinst ... Aber willst du denn, dass ich sie zurücklasse?«

»Nein. Aber, Schildheld ... Ich fürchte, Ihr werdet es Euch fortan nicht mehr erlauben können, auf die Unerfahrenen Rücksicht zu nehmen. Bitte hört auf meine Worte!«

Sie sah mich genauso an wie damals, als sie mich um Hilfe ersucht hatte. Sie wollte wahrhaftig, dass wir sie aufhielten. Wenn wir die Soldaten mitnähmen, wollte sie wohl sagen, dann würden wir uns selbst unserer Siegeschancen berauben.

Sie hatte nicht unrecht: Dieser Typ war immerhin in der Lage, solch ein Ungeheuer zu manipulieren. Was würde wohl geschehen, wenn wir zu einem solchen Kampf Personen mitnahmen, die es schon gegen gewöhnliche Gehilfen schwer hatten?

»Na schön.«

»Schildheld?!«, riefen die Verbündeten erschrocken.

»Alle Soldaten ziehen sich zurück und warten an einer Stelle, wo keine Gegner mehr sind. Und es eskortieren sie …«

Raphtalia und Filo waren meine wichtigsten Kämpferinnen, die konnte ich nicht entbehren. Ost würde wohl auf jeden Fall mitkommen wollen.

Sollte ich dann Eclair, Rishia und die alte Schachtel den Soldaten als Aufpasser mitschicken?

»Herr Iwatani!« Die Königin trat einen Schritt vor. »Überlasst das alles nur mir. Ihr und Eure Gruppe müsst Eurer Mission den Vorrang geben, die Geisterschildkröte so schnell wie möglich aufzuhalten. Für alle anderen Aufgaben braucht Ihr nicht auch noch Kräfte abzustellen.«

»Na gut.«

Ehrlich gesagt hätte ich Rishia schon lieber bei ihr gelassen. Aber dank des Filo-Kostüms konnte sie sich recht gut bewegen. Sie hatte auch ein wenig vom Stil der Unvergleichlichen Veränderung begriffen und zeigte manchmal ganz schöne Attacken.

Hm, es wäre wohl schon gefährlich, wenn wir uns zu sehr aufspalteten.

»Okay, Leute: Wir trennen uns hier!«

»So sei es!«

Während das Herz sich langsam regenerierte, teilten wir uns in zwei Gruppen auf, und zogen los.

Kapitel 13: Der Drahtzieher

Bereits seit ungefähr zehn Minuten stiegen wir durch einen finsteren und langen Fleischtunnel die Treppe hinab.

Endlich kamen wir unten an, und nachdem wir noch ein wenig weitergegangen waren, sahen wir einen Lichtschein vor uns.

Was war das? Ich hatte das eigenartige Gefühl, dass mein Schild einen Pulsschlag hatte.

Ich warf einen Blick zu Ost hinüber: Sie schaute unverwandt nach vorn, ruhig ... als hätte sie einen Entschluss gefasst.

Dort vorn würden wir den Rädelsführer besiegen und den Kern zerstören müssen, sonst würde die Geisterschildkröte ihre Aktivität nie einstellen. Und dann, wenn die Bestie starb, würde Ost ... sicher ebenfalls sterben.

Alle Anwesenden spürten das irgendwie. Es herrschte Schweigen.

Ich gab mir selbst eine Ohrfeige, um mich aufzurütteln. Jetzt mussten wir uns allein auf unser Vorhaben konzentrieren.

»Hört mal: Was auch passiert, bleibt stark!«

»Ja!«

»Jaaa! Ich geb mein Bestes!«

»Ojeee ... Ich kehre auf jeden Fall lebendig zurück!«

»Genau!«, sagte Eclair. »Es ist an der Zeit, die Früchte des Trainings zu ernten!«

»So ist es!«, sagte die alte Schachtel.

Ost war einen Schritt vorgetreten. Nun nickte sie.

»Es ist an der Zeit, mich aufzuhalten! Held des Schildes und seine Gefährten – gehen wir!«

»Los!«

Auf mein Signal rannten wir alle los.

Und dann hatten wir freie Sicht auf die Kammer, in der sich der Kern befand.

Sie war größer, als ich erwartet hatte. Die Wände schienen aus einem lebendigen … aber soliden, mysteriösen Material zu bestehen. Ein ganz eigenartiges Gefühl: als hätte Marmor einen Pulsschlag bekommen.

Ich sah mich in dem Gewölbe um und … mir stockte der Atem.

»Wa…?«

Zuerst fiel mein Blick auf ein Objekt, das im Zentrum des Raumes schwebte – mutmaßlich der Kern.

Ein Kristall aus geheimnisvoll grünem Material drehte sich gemächlich in der Luft.

Dies war also der Kern der Geisterschildkröte … Und die Farbe dieses Lichts war dann wohl ein Zusammenspiel der vielen Seelen, die sie bis jetzt gefordert hatte?

Aber meine Aufmerksamkeit wanderte zu einer Stelle hinter dem Kern.

Denn dort … sah ich die drei vermissten Helden. Sie waren hinter Wänden aus einem durchscheinenden, kristallinen Material eingeschlossen.

»Uh …«

»Argh …«

»Gnnn …«

Die drei Helden schienen nicht bei Bewusstsein zu sein. Sie machten gepeinigte Gesichter und stöhnten.

»Aber was …?«

»Herr Itsuki!«

Rishia wollte zu ihm laufen, doch da kam plötzlich etwas herangeflogen und traf sie am Kopf.

»Autsch!«

War das ... ein Bogen Papier?

Das Papier knisterte, schlug Funken und schleuderte Rishia zurück.

»Dass ihr es tatsächlich geschafft habt ... Undenkbar war es nicht, aber ... Gut gekämpft!«

Diese Stimme ... Ich hatte das Gefühl, sie schon einmal gehört zu haben – damals, als ich nach den Jungs gesucht hatte.

Ich blickte in die Richtung, aus der sie kam, und sah vor dem mysteriösen grünen Objekt einen Mann stehen.

Er hatte etwa meine Größe. Seine langen, ungekämmten Haare waren weiß ... vielleicht auch silbern, denn es lag ein schwacher Glanz darauf.

Seine Haut war bleich. Ich fand, dass er ein ziemlich fein geschnittenes Gesicht hatte. Mein erster Eindruck war dennoch, dass er niemand war, mit dem ich Freundschaft schließen wollte.

Es lag an seinen Augen. Er hatte die ... trüben Augen eines toten Fisches. Und ihn umgab eine düstere, bösartige Aura.

Er war zweifellos ein Typ, den man lieber nicht in seinen Freundeskreis einführen wollte.

Jemand, der nur an sich selbst dachte, der wie ein Wasserfall plapperte, wenn er sich mit einem Gesprächsthema auskannte, und in Schweigen verfiel, wenn nicht ... Jemand, der sich für schlau hielt, für besser als andere. So jemand war das.

Typen, die nichts als Hochmut kannten, tendierten dazu, so ein Gesicht, so einen Ausdruck in den Augen zu haben.

Er hatte sich einen Mantel übergeworfen und wirkte wie ein Forscher.

Um die Brust hatte er sich einen Gurt geschnallt, in dem Reagenzgläser steckten, als wären es Patronen ... Ich wusste nicht, wie man so jemanden bezeichnen sollte, aber ich fand, das war ziemlich exakt die Aufmachung eines Alchemisten.

Obwohl mir, wenn man mich gefragt hätte, wie ein Alchemist denn nun eigentlich aussah, auch nur einfiele, was ich in irgendwelchen Animes gesehen hatte.

Die Lederhandschuhe, die Schuhe ... Ich bekam den Eindruck, dass er sinnlos Zeit auf seinen Look verschwendete.

Ich hatte zwar in dieser Welt die Arzneikunde erlernt, aber über Alchemie wusste ich noch nichts.

Immerhin hatte ich von einem Altwarenhändler gehört, dass es diese Disziplin gab.

Ich wusste nicht, woran es lag, aber ... Ich hatte das Gefühl, dass der Typ vor mir genau so einer war.

Abgesehen von seinem bösen Blick fiel mir noch das Buch in seiner Hand auf. In das Deckblatt war ein Kristall eingelassen, der mir bekannt vorkam ... Er löste bei mir ein überaus ungutes Gefühl aus.

»Als ihr das erste Mal der Geisterschildkröte den Kopf abgeschlagen habt, habe ich einen Schreck gekriegt, aber dass ihr dann den Weg hierher nicht gefunden habt und einfach wieder abgezogen seid ... Zum Wiehern! Dämlicher Schildheld.«

»...«

Er wollte mich wohl provozieren, aber ich blickte ihn nur ruhig an.

Ich hatte mich zwar noch nicht eingehend mit ihm unterhalten, aber ein ehrlicher Mensch war er auf keinen Fall.

»Willkommen im Innersten der Geisterschildkröte. Wie gefällt's euch hier?«

»Herr Itsukiii!«, schrie Rishia, die sich mittlerweile wieder aufgerappelt hatte.

»Ach, meint sie einen von denen? Ich hatte damit gerechnet, dass die vier heiligen Helden hier irgendwann einsteigen würden. Aber ich war eeecht entsetzt, wie schwach sie sind. Solche Deppen nennt ihr in eurer Welt Helden?«

»Was machen die drei hier?«

»Ach, das weißt du wohl nicht?«

Ich warf einen Blick zu den dreien hinüber.

Ihre Waffen strahlten ein mattes Licht ab. Es sah so aus, als würden die Jungs sich gegen irgendetwas wehren.

Oh nein ... Hieß das etwa ...

»Klaust du ihnen ihre Energie?«

»Richtige Frage! Du magst blöd sein, bist aber immer noch der Stärkste von euch, Schildheld! Hä hä hä hä!«

Dreckig lachende Feinde konnte ich überhaupt nicht ab.

Nun, von seiner Warte aus waren wir wohl einfältig: Wir hatten die Geisterschildkröte besiegt und sie dann einfach links liegen lassen, sodass sie noch weit mehr Schaden hatte anrichten können.

Woher hatte ich das wissen sollen? Ich kannte mich in dieser Welt nicht aus und wusste somit auch nicht, wie man diese Bestie endgültig besiegte.

Außerdem war ich doch wohl der Held des Schildes, der nur verteidigen konnte!

»Die drei haben sich echt unfassbar blamiert, als ich sie gefangen hab. Der Schwertheld hat einfach weitergekämpft, als seine Gefährten schon tot waren! Wie ein Wildschwein! Und der Held der Lanze? Der hat seine Mädels um Unterstützung gebeten – aber die sind einfach ausgerissen! Erst jagt er mich so hartnäckig und dann lässt er sich so mir nichts, dir nichts einsacken! Zuletzt der Bogenheld: Es schien wenig Eintracht zwischen ihm und seinen Gefährten zu herrschen. Sobald ich ihn am Wickel hatte, sind auch seine Mitstreiter alle weggerannt!«

Ein Gegner, der die ganze Zeit wiehernd lachte ... Aber nun wusste ich immerhin, warum wir nichts mehr von ihnen gehört hatten, nachdem sie gegen die Geisterschildkröte verloren hatten: Weil dieser Typ sie seitdem hier gefangen hielt.

Daher waren sie also wie vom Erdboden verschluckt gewesen.

Nun war auch klar, wieso die Geisterschildkröte jenes Power-up durchlaufen hatte.

Sie hatte den Heldenwaffen die Kraft entzogen und war auf diese Weise stärker geworden.

Schließlich schlummerten in diesen Waffen ungeheure Kräfte.

Und dass ich ihre Attacken hatte frontal abwehren können, nachdem sie die Kräfte der drei in sich aufgenommen hatte, lag nur daran, dass auch ich eine Heldenwaffe besaß.

»Wie könnt Ihr so etwas tun?«, brüllte Eclair und machte einen Schritt auf ihn zu. »Und was bezweckt Ihr damit?«

Sie hatte recht. Ich konnte mir ebenfalls keinen Grund für sein Verhalten vorstellen.

Der Amoklauf der Geisterschildkröte sollte doch eigentlich der Welt dienen. Die Menschen hatten darunter zu leiden, aber dafür wurde die Welt gerettet ... So sollte es doch sein. Nun hatte dieser Typ aber die Geisterschildkröte unter seine Kontrolle gebracht und vergrößerte grundlos die Zahl der Opfer.

»Ach, was kümmert das euch Bewohner einer untergehenden Welt?«

»Heißt das, wir kriegen keine Antwort?«, fragte ich.

Er gackerte dümmlich und nickte.

Was es uns kümmerte? Erst richtete er ein solches Chaos an, und dann fragte er sich, warum die Leute sich daran störten?

Fabelhafte Logik!

Aber es brachte nichts, wenn ich mich hier meinem Zorn hingab.

›Bewohner einer untergehenden Welt‹. Diese distanzierte Formulierung ließ mich nicht los.

»Aber ich hab schon gestaunt, als du da so ewig am Bein der Schildkröte gehangen hast. Ich hab mich gefragt, was du damit bezweckst. Und dann schleppst du auch noch so ein Ungeheuer an!«

Auf den Wänden der Kammer konnte man sehen, was die Geisterschildkröte draußen erblickte.

Zu sehen war Fitoria, die noch immer tapfer gegen die vielen Köpfe kämpfte.

Ich hatte schon mit einem allein Schwierigkeiten gehabt. Fitoria war wirklich stark.

Unser Feind hatte recht: ›Ungeheuer‹ war ein passender Ausdruck. Wir konnten von Glück sagen, dass sie unsere Verbündete war.

Aber ich glaubte, selbst dem Ungeheuer Fitoria mittlerweile Erschöpfung anzusehen.

Sie leistete dort draußen, was sie konnte. Wir mussten es hier ebenfalls tun.

»Wegen des Vogels da kann ich keine Energie sammeln. Das ist echt lästig, Mann!« Er schlug eine Seite in seinem Buch auf und starrte mich dabei an. »Aber es ist eine schöne Gelegenheit: Wenn ich den stärksten der … vier heiligen Helden einfangen kann, müsste ich dieser Lage eigentlich entkommen können. Deswegen hab ich euch laufen lassen. Und du bist hergekommen – braver Junge, braver Junge! Hä hä hä hä hä hä!«

Was gab es da so dreckig zu lachen? Unangenehmer Typ.

Hatte der einen Dachschaden?

Sein selbstgefälliges Gerede passte jedenfalls dazu.

»Dieses Verhalten werde ich nicht länger dulden«, sagte Ost.

»Ah, du ... Wow! Dass du als Schutztier dieser Welt so was kannst ... Deswegen hast du's so problemlos hergeschafft. Ständig wehrst du dich. Könntest doch auch einfach mal hören!«

»Wenn ein Schutztier seine eigentliche Aufgabe nicht erfüllen kann, ist seine Existenz nichts mehr wert! Deshalb habe ich den Träger des geweihten Schildes um Hilfe ersucht. Dies ist das Schicksalsband zwischen der Geisterschildkröte und dem Geist des Schildes!«

»Ach, darum hatten die Attacken der Gehilfen so wenig Wirkung auf dich, Held des Schildes? Ich hab mich schon gewundert, dass du so übertrieben viel aushältst.«

Wovon redeten die da überhaupt?

Was für eine Verbindung sollte denn zwischen der Geisterschildkröte und dem Schild bestehen?

Nun, es stimmte schon: Sie waren beide für ihre hohe Verteidigungskraft bekannt.

»Tja, eigentlich wollte ich euch noch ein bisschen schwächen, ehe ich euch einlade ... Aber das ist wohl nicht zu ändern. Deine hübsche Gefährtin hast du ja auch mitgebracht. Keine Sorge: Die kriegt 'ne Gehirnwäsche, und dann nehme ich sie als Souvenir mit oder so ...«

Er blätterte in seinem Buch: Die Seiten tanzten durch die Luft und flogen auf mich zu.

»Stirb!«

Zur Verteidigung ließ ich einen Shooting Star Shield entstehen. Der zersprang jedoch sofort – offenbar war die Angriffskraft unseres Gegners unerwartet hoch.

»Haaa!«

»Hepp!«

Raphtalia und Filo reagierten und fingen die flatternden Seiten ab.

In dieser Halle hatten wir eigentlich genug Platz, aber Filo orientierte sich an unserem Gegner und wechselte in ihre Menschenform. Es sprühten jedoch nur Funken, und sie konnte die Papiere nicht gänzlich stoppen. Dennoch war es ihr gelungen, die Wucht des Angriffs zu verringern. Ich nahm keinerlei Schaden.

»Ha!«

»Achooo!«

Eclair stieß mit ihrem Schwert zu, um die Zettel aus der Luft zu holen, und die alte Schachtel versuchte es mit einem Roundhouse-Kick.

Eine Seite konnten die beiden aber nicht parieren. Rishia setzte nach und bremste sie, so gut sie konnte.

»Schildheld!«

Ost begann zu zaubern.

»Oho, ihr gebt euch aber Mühe, den Helden zu schützen! Hey, sag mal, ist dir das nicht peinlich?«

Ich spürte Wut in mir aufkeimen, aber was sollte schon dabei herauskommen, wenn ich mich auf diese Stichelei einließ?

Ich musste davon ausgehen, dass ihm unsere Strategie nicht schmeckte und er mich daher provozierte.

»Ich zeig dir mal, wie der Schildheld angreift.«

Viele sahen auf mich herab, weil ich nur verteidigen konnte – aber ich würde ihm schon zeigen, dass direkten Schaden verursachen nicht die einzige Form des Angreifens war.

»Raphtalia, Filo! Kümmert euch nicht um mich – greift ihn an!«

»Okay!«

»Machen wiiir!«

Und jetzt ein gemeiner Trick, den ich in der Vergangenheit schon gegen L'Arc angewandt hatte.

»Air Strike Shield! Second Shield!«

Ich ließ im Rücken meines Gegners einen Schild entstehen und gleich danach einen vor ihm. So konnte er sich weder nach hinten noch nach vorn bewegen und war leichter zu treffen.

»Ups ... Mist!«

Seiner Miene war anzusehen, wie unangenehm ihm mein Angriff war. Raphtalias und Filos Attacken wehrte er mithilfe seiner Buchseiten ab.

Wie lange würde er mit der Herangehensweise wohl durchhalten?

Ehrlich gesagt fand ich diese Angriffsmethode äußerst praktisch.

Die überall herumflatternden Seiten zeigten sich wandlungsfähig und vermochten es, Angriff und Verteidigung zu kombinieren.

Es war jedoch nicht anzunehmen, dass er Raphtalias und Filos Angriffe völlig unbeschadet überstehen würde.

»Haaa!«

»Hiah!«

Mein Air Strike Shield wurde von einer übrig gebliebenen Seite getroffen und brach zusammen.

»Bedauerlich. Third Shield!«

Sofort ließ ich einen neuen Schild erscheinen, der den Typen behinderte. Er kompensierte den verlorenen Schild und unterstützte Raphtalias und Filos Angriffe von den Seiten.

Falls er versuchte, nach oben zu springen, um zu entkommen, würde ich ihn mit einem Shield Prison aufhalten.

Es machte mir einen Riesenspaß, dass ich ihn derart in die Bredouille brachte. Ich hatte den Eindruck, dass die Taktik ganz gut zu mir passte.

Andere zu behindern, passte gut zu mir ... Ich hatte wohl doch einen miesen Charakter. Nicht, dass ich vorgehabt hätte, etwas daran zu ändern.

»Hmpf! Ich weiß schon, wie viele Schilde du erzeugen kannst! Nur drei ... ganz schön jämmerlich!«

Noch ein bisschen, dann würden ihn die Attacken der Mädchen treffen.

Er schien jedoch noch vorher meine Blockade direkt durchbrechen zu wollen. Um mich in meinem Stolz zu kränken.

Bestimmt hatte er mich beobachtet, mithilfe der Geisterschildkröte oder ihrer Gehilfen. Sollte ich ihm dann vielleicht mal einen Skill zeigen, den er noch nicht kannte?

»Change Shield!«

Wie wäre es zum Beispiel mit dem?

Diesmal entschied ich mich für den Whale Magic Core Shield. Dessen Konterfunktion war Hitzestrahlschild (mittel).

Da er mit seinen Buchseiten angegriffen hatte, würde der Konter wohl ihn selbst als Ziel auswählen. Und der Hitzestrahl würde ihn aus nächster Nähe erwischen!

Oho? Es schien tatsächlich, als würden auch Fernattacken die Konterfunktion triggern. Praktisch!

Der Hitzestrahl traf unseren Gegner mit voller Wucht.

»Wa...?!«

Er schnalzte mit der Zunge und starrte mich grimmig an. Im selben Moment rissen seine Seiten, und Raphtalias und Filos Attacken trafen ihr Ziel. Sie prallten jedoch an einer Art transparenten Membran ab.

»Ich kann nicht glauben, dass ich so früh schon auf die Schutzwand zurückgreifen muss.«

»Das ist ...«

Ost unterbrach ihren Zauberspruch.

»Die ganze Zeit versuchst du schon, die Kontrolle zurückzugewinnen – aber das wird nichts! Buchstil, 1. Kapitel: Feuervogel!«

Mehrere Seiten ballten sich zusammen, nahmen die Form eines brennenden Vogels an und flogen auf Ost zu.

»Pass auf!«

Ich sprang sofort vor sie und wehrte die Attacke ab.

Uff ... Die hatte es aber in sich!

Trotz meines Whale Magic Core Shield mit seiner Wasser-Affinität nahm ich noch ein wenig Schaden. Aber dieser Kerl ... war schließlich der Drahtzieher hinter der Geisterschildkröten-Katastrophe. Selbstverständlich war er stark.

Trotzdem hatte ich noch die Oberhand.

Aber was war das eigentlich für eine Barriere gewesen, an der die Attacken der Mädchen abgeprallt waren?

Als ich in Osts Richtung sah, wandte sie ganz kurz den Blick vom Kampfgeschehen ab.

Ich drehte mich um, um zu sehen, wohin sie schaute.

Ich hatte schon mit weiteren Feinden gerechnet, aber ... dem war nicht so.

Ah, nun verstand ich. War dies die ganze Zeit schon Osts Ziel gewesen?

»Er ... nutzt die Energie der Geisterschildkröte, um eine Verteidigungsmembran zu erzeugen. Um sie zu durchdringen, ist beträchtliche Verteidigungskraft vonnöten.«

»Gut, na dann, Raphtalia und Filo ...«

»Hoppla! Glaubst du etwa, ich lass das zu? Du Dummkopf kennst wohl nur den einen Trick und musst ihn immer wieder anwenden?«

Er streckte seine Hände vor sich aus. Der Kern der Geisterschildkröte begann zu leuchten und die eingeschlossenen drei Helden stöhnten qualvoll.

Plötzlich traten aus der Wand zehn Gehilfen hervor, alle in Ganzkörperrüstung.

Gehilfe der Geisterschildkröte (Typ Leibwächter)

Oha … Das sah aber nach einem wahnsinnig starken Gehilfentyp aus!

Aus den Schatten ihrer Visiere starrten sie mich mit leuchtenden Augen an.

Jeder schien eine andere Waffe mit sich zu führen.

Schwert, Lanze, Bogen … Uaaah, man sah auf einen Blick, woher die ihre Kraft bezogen!

Mit klirrenden Schritten kamen die Gehilfen näher.

»Ihr braucht bestimmt Zeit, um eure Techniken anzuwenden, oder? Dann werde ich euch diese Zeit wohl lieber nicht lassen!«

»Um ihnen die Zeit zu verschaffen …«

»… müssen dann wohl wir…«

»Ojeeee!«

Eclair, die Oma und Rishia traten den Gehilfen entgegen. Eclair und Rishia kümmerten sich um einen, die Oma nahm es mit zweien gleichzeitig auf – aber damit waren sie ausgelastet. Kurz bevor Rishia Eclair zur Last fallen konnte, unterstützte Ost sie, sodass sie doch noch mit ihrem Gegner fertigwurden.

Die übrigen sechs drangen auf uns ein. Waren wir ihnen gewachsen?

Ich wehrte den Angriff eines Leibwächters mit meinem Schild ab. Es knallte und ich spürte einen heftigen Stoß.

Die Attacken ... waren aushaltbar, aber ich vermutete, dass die Leibwächter genug Angriffskraft besaßen, um mich zu verwunden. Sie waren die Elite unter den Gehilfen der Geisterschildkröte.

Hm? Im Hintergrund standen zwei Leibwächter mit Bogen. Sie zielten auf mich und schossen schließlich Blitze auf mich ab.

Oha! Rasch wechselte ich zum Soul Eater Shield und wehrte sie ab.

Ich musste es nur richtig timen. Ansonsten war in dieser Situation der Whale Magic Core Shield besser ... Ich musste beim Abwehren aufpassen.

Unser Feind bemerkte meine Hektik und fing an, hämisch zu lachen.

»Hä hä hä hä hä! Wie lange hältst du das durch? Jetzt zerbrecht euch mal schön den Kopf! Ab jetzt wird's lustig!«

Verflixt ... Wir waren in der Unterzahl!

Dann kamen auch noch diese Buchseiten angeflattert und störten Raphtalia und Filo in ihrer Konzentration.

In der Lage konnten sie kaum ihre stärksten Techniken einsetzen. Halbgare Angriffe würden uns aber nicht weiterhelfen.

Allein auf unsere Level konnten wir uns hier nicht mehr verlassen. Das hieß aber nicht, dass wir nicht irgendwie Kontra geben konnten.

Eine Möglichkeit war, mit meinem Schild des Ingrimms alles abzufackeln. Wenn sich Raphtalia und die anderen zur Treppe zurückzogen, würde das wohl irgendwie gehen.

Ich hatte diesen Schild jedoch schon im Kampf gegen die Geisterschildkröte angewandt. Damit rechnete unser Gegner bestimmt. Die Wahrscheinlichkeit war also hoch, dass er sich irgendwie davor schützte. Und hinter ihm waren die Jungs.

Sie sahen ziemlich geschwächt aus. Wenn sie von dem Fluchfeuer erfasst würden, konnte es sie das Leben kosten. Blöd, dass er diese Geiseln hatte.

Ich konnte auch versuchen, ihn mithilfe des Skills Blood Sacrifice zu erledigen.

Die Probleme dabei: Ich musste den Gegner unbedingt erwischen und die Attacke knockte mich selbst aus.

Das wäre das Ende.

Ich konnte auch unsere Verteidigung mit Shield Prison festigen, Shooting Star Shield anwenden und einen Sturmangriff durchführen. Allerdings hatte unser Gegner meinen Schutzschirm mit seiner hohen Angriffskraft spielend leicht zerschlagen.

Offen gesagt erschien es mir fraglich, ob wir den Mädchen die nötige Zeit verschaffen konnten, ihre stärksten Techniken anzuwenden. Wie sollten wir seine mächtige Defensive durchbrechen?

Sollte Ost wieder meinem Schild des Ingrimms den angestauten Zorn absaugen und ihn für einen Angriffszauber nutzen?

Auch das vorzubereiten, würde Zeit in Anspruch nehmen.

Vielleicht war das dennoch etwas realistischer. War das die bessere Lösung?

Allerdings hatte Ost schon genug damit zu tun, Rishia und Eclair beizustehen. Wenn ich Raphtalia und Filo sagte, dass sie das übernehmen sollten, würde er meinen Plan durchschauen.

Als ich Ost gerade einen Blick zuwerfen wollte, bekam unser Gegner das mit und hörte auf zu lachen.

»Oh, passt lieber auf, dass ihr keinen Scheiß macht. Oder ist euch egal, was aus den heiligen Helden wird?«

»Verflucht … Sind die … stark!«

Eclair und die alte Schachtel gerieten allmählich unter Druck.

Rishia hatte alle Hände voll damit zu tun, sich selbst zu verteidigen … und unser Feind hatte die Helden als Geiseln. In dieser Lage konnten wir nicht normal kämpfen, oder?

Das war gar nicht gut. So würde sich unsere Situation nur verschlechtern.

Ehe wir hier nach und nach erledigt wurden, musste ich wohl doch den Schild des Ingrimms …

Ich hatte gerade innerlich den Entschluss gefasst, da …

»Großes Himmelsrad!«

Ein strahlendes Wagenrad schoss an meinen Augen vorbei.

Gleich darauf kam ein leuchtender Pfeil geflogen.

»Kreiseltanzform: Knacken des Schildkrötenpanzers!«

Und gleich der nächste Schlag: Ein gewaltiger funkelnder Feuerball kam auf mich zugeflogen.

Sofort stieß ich meinen Schild nach vorn, aber das Feuer schien mich nicht zu verbrennen.

So einen Angriff hatte ich doch schon einmal abbekommen …

Das Feuer verbrannte mich nicht, griff aber auf die Leibwächter über. Brennend wälzten sie sich am Boden.

Ich blickte in die Richtung, aus der der Angriff gekommen war.

Da standen die drei: L'Arc, Glass und Therese.

Kapitel 14: Befreiung

Scheiße ... In unserer Bedrängnis bekamen wir es jetzt mit noch mehr Feinden zu tun?!

Ich hatte im Traum nicht daran gedacht, dass man uns so in die Zange nehmen könnte.

Oder hatten sie das etwa geplant und genau getimt?

Hatten sie uns in diese Notlage gelockt, um uns den Kampf möglichst schwer zu machen? Ganz schön weit vorausgedacht!

Konnte es nicht sogar sein, dass Glass' und L'Arcs Doppelgänger uns extra angegriffen hatten, um die Originale zu beschützen? Ausgeschlossen war es nicht.

»Du ...«

Meine Gefährten wurden noch wachsamer.

Verdammt ... In dieser Situation konnten wir nicht einmal fliehen.

Sollte ich uns wegteleportieren?

Als ich mich jedoch konzentrierte ... verkündete mir ein Icon, dass ich den Skill hier nicht benutzen konnte.

»Haaa!«

L'Arc machte einen Satz auf mich zu.

Erst würde ich seinen Angriff blocken und ihm dann Raphtalia und Filo auf den Hals hetzen. Mit dem Gedanken riss ich meinen Schild hoch.

Doch L'Arc ... ließ seine Sense auf einen der Leibwächter heruntersausen, der in meiner Nähe stand.

»Alles klar bei euch, Bubi?«

»Hä?«

Mit ruhigen Schritten, als würde sie tanzen, kam Glass näher.

Währenddessen ließ Therese mehrere Lagen Feuerbälle auf die Gehilfen niedergehen.

»L'Arc ... Gehörst du gar nicht zu dem da?«

Ich hatte geglaubt, sie seien seine Gefährten. L'Arc stellte sich jedoch vor mich, Auge in Auge mit unserem Feind, und richtete seine Waffe auf ihn.

»He ... Du weißt wohl nicht, was du machen und was lieber lassen solltest, oder?«

»Wovon redest du? Ihr vernichtet diese Welt doch eh. Ist doch wohl meine Sache, was ich mache, oder?«

»Na ja ... Letzten Endes kommt's vielleicht so weit ... Aber es gibt auch etwas, das wir beschützen müssen. Die Vasallenwaffen weinen schon!«

L'Arcs Sense fing an, klingend zu vibrieren.

Glass' Fächer ebenso.

»Als Träger einer Vasallenwaffe hast du dich in Sachen eingemischt, die dich nichts angehen. Und so werden wir nun dich, Kyo Ethnina, Träger des Buches, im Team mit Naofumi, dem wir aus gewissen Gründen feindlich gegenüberstehen, zum Schweigen bringen!«

Glass klappte ihren Fächer schwungvoll auf, bewegte sich vor mich, als würde sie tanzen, und blieb dort stehen.

»Hä? W... Was ist denn jetzt kaputt?«

Diese plötzliche Kehrtwende machte uns sprachlos. Wir kamen nicht mehr mit.

Dieser Typ – Kyo? –, der die Geisterschildkröte unter seine Kontrolle gebracht hatte ... war auch für Glass und die anderen ein Feind? Weil er etwas getan hatte, was er nicht durfte?

»Genau so ist es. Bubi, du hast erst mal Pause.«

»Beantworte erst meine Frage!«

»Hab ich doch, Bubi! Wir kämpfen vorerst mit dir zusammen, hab ich gesagt.«

»Du kannst einfach nicht erklären, L'Arc!«, schaltete sich Therese ein. »Naofumi, hör gut zu. Euer Gegner stammt aus unserer Welt. Er ist der Träger des Buches, einer Vasallenwaffe. Unsere Vasallenwaffen haben uns befohlen, ihn zu bestrafen. Er ist unser Feind.«

»Es bleibt keine Zeit, alles in Ruhe zu erklären«, knüpfte Glass an. »Nur so viel sei gesagt: Ein Schutztier unter seine Kontrolle zu bringen … so etwas Barbarisches darf man nicht tun, auch nicht in einer anderen Welt. Daher bitten wir euch heute widerwillig um eure Kooperation.«

Hatte dann nach unserer Begegnung in den Höhlengängen Kyo jene Doppelgänger-Gehilfen gelenkt, um Missverständnisse zwischen uns hervorzurufen?

Die drei hatten sich eigentlich nicht feindselig verhalten. Hatte ich mir das also doch nicht eingebildet? Hatten sie ihre Skills wirklich auf die Gehilfen abgefeuert, die uns ans Leder gewollt hatten statt auf uns?

»Ich hätte gern noch ein bisschen Zeit rausgeschlagen«, sagte Kyo ärgerlich. »Aber dann seid ihr alle unerwartet früh hier aufgekreuzt.«

»Ja, deinetwegen sind wir in alle möglichen Schwierigkeiten geraten«, sagte Therese. »Du hast uns absichtlich von Naofumi getrennt, damit es zu Zwietracht kommt und wir keine Verhandlungen führen konnten, oder?«

»Du denkst wohl, das verrat ich euch einfach?«

»Diese Antwort fassen wir dann mal als ein Ja auf.«

Kyo knirschte wütend mit den Zähnen.

Er schien ein ziemlicher Querkopf zu sein. Sagte, er würde nicht auf Fragen antworten, posaunte dann aber im unpassendsten Moment etwas heraus, das ihn auffliegen ließ. Und tat, als wäre er so schlau! Mit dem konnte ich echt nichts anfangen.

Jedenfalls schien er wirklich mit den dreien verfeindet zu sein.

»Ja, nachdem wir von Bubi getrennt worden waren, wurde es echt anstrengend. Alles ist eingestürzt und wir sind an einer ganz blöden Stelle runtergefallen ...«

Ich hatte nicht die Nerven, auf L'Arcs Gejammer einzugehen.

Kyo zog ärgerlich die Unterlippe hoch. Dann rief er eine große Zahl von Leibwächtergehilfen herbei.

Jedes Mal stöhnten die drei Helden gequält auf. Ihre Gesichter wurden immer blasser.

Das war gefährlich. Wenn das so weiterging, würden sie noch sterben.

Anscheinend wollten L'Arc und die anderen mit uns kooperieren, aber die Zahl unserer Gegner wuchs immer schneller.

»Los geht's!« L'Arc mähte mit einem Sensenschwinger zwei Leibwächter nieder. »Autsch ... Die sind aber robust!«

»Was albert ihr hier rum? Ihr seid doch wohl stärker!«

Besonders L'Arc besaß eine Angriffskraft, mit der er selbst mir im Nahkampf gefährlich werden konnte.

Raphtalia konnte es mit zwei Gegnern gleichzeitig aufnehmen. Aber L'Arc sollte Schwierigkeiten damit haben?

Tat er nur so, als wäre er unser Verbündeter?

»Ach, Bubi, du weißt das wohl nicht?! So stark sind wir nur während einer Welle. Ich bin im Augenblick nur ein Level-75-Vasallenwaffenträger.«

»Was sagst du da?!«

Die Vasallenwaffen, eine Art Heldenwaffen ... Wenn gerade keine Welle stattfand, waren die drei also schwächer?

Sie selbst konnten natürlich viel erzählen. Ob es stimmte, wusste ich nicht.

»Außerdem entspricht selbst die Stärke der kleinen Madame umgerechnet nur Level 40.«

»L'Arc! Wie kannst du denen nur so etwas erzählen?«

Ah, jetzt hatte er Glass wütend gemacht.

Ihre panzerbrechende Technik war dennoch höchst effektiv: Sie hatte einen der Leibwächtergehilfen damit erledigt.

»Das liegt jedenfalls daran, dass wir noch nicht so lange hier sind.«

»L'Arc!«

»Ach, lass mich in Ruhe! Wir haben keine Chance, wenn er uns nicht hilft, also muss es eben sein!«

»Glass!«, warnte Therese. »Pass auf!«

Glass wirbelte herum und blockte mit dem Fächer die Attacke eines Leibwächters.

Ja, sie schien es wirklich ein bisschen schwerer zu haben als bei unserem letzten Kampf.

Sie waren noch nicht so lange hier?

Sprach er von der Zeit, die sie bisher in dieser Welt verbracht hatten?

Das hieß also, die drei waren gar nicht so stark. Dennoch hatten sie uns ihre Unterstützung angeboten. Und sie kamen genau im richtigen Moment. Ich schickte L'Arc eine Gruppeneinladung.

»Danke, Bubi! He, kleine Madame, nimm du auch an!«

L'Arc hatte sofort angenommen und mit Glass und Therese eine Party gebildet.

»Seid ihr auf dem Weg hierher unseren Soldaten begegnet?«

»Klar, sind wir das! Aber Fräulein Raphtalia war ja nicht dabei, daher konnte Therese sie täuschen.«

Aha. Sie hatten sich also unter die Soldaten gemischt und waren nicht bemerkt worden.

Dann hatten sie sich nur unauffällig absetzen und die Treppe beim Geisterschildkrötenherz hinuntersteigen müssen.

Das Herz musste sich längst regeneriert haben. Deswegen waren die Königin und ihre Leute wohl aus der Kammer verschwunden.

»Okay, jetzt bin ich informiert. Shooting Star Shield!«

Die Barriere würde sicher sofort wieder zerstört werden. Aber eine Funktion erfüllte sie im Moment trotzdem: Sie würde die Attacke unseres Gegners einen Moment lang abwehren. So würde eine kleine Chance entstehen, die unsere Mitstreiter zum Angreifen nutzen konnten.

»Huaaargh!«

L'Arc führte einen brutalen Schlag mit seiner Sense aus und mähte einen erstarrten Leibwächter nieder.

»Achooo!«

Die alte Schachtel rammte einen der Gehilfen mit der Schulter, und er flog davon – sie hatte wohl seine Verteidigungskraft gegen ihn gewendet.

»Hepp!«

»Haaa!«

Raphtalia stieß mit dem Schwert zu und Eclair gab dem Monster den Rest.

»Hooo!«

Filo legte ihr ganzes Gewicht in einen Krallenhieb gegen einen Gehilfen. Sie schlugen sich allesamt wacker.

»Okay, Raphtalia, Filo, dann …«

Sie erahnten die kommende Anweisung bereits, zogen sich ein Stück zurück und begannen, ihre Kraft zu sammeln, aber …

»So viel Zeit lass ich euch wohl kaum!«

Lose Seiten begannen herumzuwirbeln, und Kyo schleuderte eine Chemikalie, während er etwas murmelte.

Um uns her wurde das grüne Licht immer heller.

Ich hörte ein sirrendes ... unangenehmes Geräusch wie das Flattern unzähliger Insektenflügel.

»Erweiterter Buchstil, 6. Kapitel: Aktivierung!«

Es klapperte, und die Leibwächter wurden wieder zum Leben erweckt. Nur waren sie diesmal noch schneller und schwerer.

»Pass auf!«

L'Arc stieß Glass beiseite und blockte die Attacke eines Leibwächters.

»L'Arc ...«

»Verdammt ... Die sind noch stärker als gerade!«

Sofort drangen drei weitere Gehilfen auf ihn ein.

»Air Strike Shield!«

Ich erzeugte einen Schild, um die drei zu schützen.

»Vielen Dank, Naofumi.«

»Danke, Bubi!«

»Bedankt euch später!«

Es mussten immer noch viele verteidigt werden.

Eclair und alle, die bei ihr standen, deckte ich mit dem Second Shield.

Ost und Therese ... standen hinten und kamen vorerst zurecht.

Doch da schoss ein Gehilfe aus der hinteren Reihe einen Pfeil auf sie.

Sie hätten der Attacke wohl ausweichen können, aber vorsichtshalber spannte ich den Third Shield auf.

War die Abkühlzeit des Shooting Star Shield denn immer noch nicht vorbei?

Raphtalia und Filo mussten sich konzentrieren und konnten sich nicht schützen. Dann musste ich mich wohl vor sie stellen.

Währenddessen flatterten überall Buchseiten herum. Der Kampf in dieser engen Kammer wurde allmählich chaotisch.

Wenn man irgendwelche starken Techniken anwandte, war es gut möglich, dass die eigenen Gefährten ebenfalls verletzt wurden.

Therese hatte ja diese praktischen Zauber, die zwischen Freund und Feind unterscheiden konnten. Aber damit allein war das Problem noch lange nicht gelöst. Wir mussten auch einen Rückzug in Erwägung ziehen. Aber die drei Helden waren in kritischer Verfassung. Eine Flucht war aus verschiedenen Gründen gefährlich.

»Na, dann kommt mal her und zeigt, was ihr könnt. Falls ihr was könnt!

Kyo kicherte und starrte mich dabei unverwandt an.

Wir waren in der Unterzahl. Unser Gegner hatte kaum Schaden genommen und bezog zudem seine Energie von der Geisterschildkröte selbst und von den drei Helden. Kyo aufzuhalten, indem wir den Kern zerstörten, war schwierig: Er wurde gut verteidigt, und wir gelangten nicht zu ihm.

Der Kern wurde gut verteidigt …

»L'Arc!«

Er drehte sich zu mir um. Unsere Blicke trafen sich. Ich hob den Schild, deutete mit dem Finger auf ihn und schaute dann zu Kyo hin.

L'Arc begriff und nickte.

»Dir ist jedes Mittel recht, was, Bubi? Aber ich bin einverstanden!«

Ich rannte los und blieb vor L'Arc stehen.

Er trat einen Schritt zurück, Licht spiegelte sich an der Spitze seiner Sense und er nutzte mich als Sprungbrett.

»Haaargh!«

Fast wie ein Weitspringer legte er ein gutes Stück zurück, gelangte jedoch nicht bis zum Kern – ja, nicht einmal Kyo erreichte er.

Kyo gackerte und brachte seine Leibwächter dazu, in Stellung zu gehen: Sie sollten L'Arc an der Stelle empfangen, an der er aufkommen würde. Ihn umzingeln und alle zugleich angreifen.

»Shield Prison!«

Ich schuf L'Arc mit meinem Schildkäfig eine Standfläche. Er stieß sich davon ab und schlug in einem weiten Bogen mit seiner Sense nach Kyo.

Es knackte, und Kyos Schutzwall zersprang.

L'Arc konnte Kyos hohe Verteidigung ausnutzen und gegen ihn verwenden – der perfekte Anwendungsfall für seine Technik!

»Jetzt!«

Auf mein Zeichen hin gingen nun die beiden Zauberinnen zum Angriff über.

Natürlich ließen auch sie nicht locker.

»Pyroxen-Explosionssturm!«

»Ich, die … Geisterschildkröte, als Quelle deiner Macht, befehle dir: Ergründe das Wesen der gesamten Schöpfung und lass meine Macht hervortreten! – Gravitationsfeld! Superschwerkraft!«

Osts Gravitationsgeschoss flog auf Kyo zu. Es schien eine noch größere Macht als bisher zu haben.

Aber … Wie hatte sie sich gerade genannt?

Sollte Ost etwa …

»Grrrr!«

Kyo schützte sich mit mehreren Buchseiten gegen Thereses und Osts Zauber, so wie ich es immer mit meinen magischen Schilden machte.

»Huaaah!«

Unterdessen schwang L'Arc seine Sense einmal im Kreis und hieb damit nach Kyo. Der fletschte die Zähne und streckte die Hände vor sich aus: Magie knisterte, und irgendwie wehrte er den Angriff ab.

Sofort drangen die Gehilfen auf L'Arc ein, wie um ihren Befehlshaber zu schützen.

Aber so leicht war L'Arc nicht beizukommen.

Er wusste, wann er aufhören musste, und machte einen großen Satz zurück.

»Du hast ja richtig was drauf! Ziehst plötzlich so eine Technik aus dem Ärmel …«

»Meine Barriere ist mir oft genug zerschossen worden«, sagte ich. »Als Schildheld verstehe ich natürlich was von den Schwächen solcher Schutzschirme.«

»Pah! Wen interessiert das? Schwing hier keine Reden. Und was hältst du hiervon?«

Kyo hob die Hände und mehrere Schutzbarrieren entfalteten sich um ihn.

Als L'Arc und Glass das sahen, klappten ihnen die Münder auf.

»Kriegt ihr so viele Barrieren auch kaputt? Na?«

»Alte Schachtel.«

»Hier bin ich.«

»Raphtalia, brich das Aufladen ab und mach die kleinen Fische fertig! Um die Barriere soll sich die Oma kümmern.«

»Ah, verstehe!«, sagte Raphtalia. »Filo, mach du für uns beide weiter!«

Die alte Schachtel löste sich aus der Formation und rannte auf die Gegner zu.

»Was soll jetzt der Quatsch …?«

»Achooo!«

Sie nutzte die Leibwächter als Sprungbretter und hüpfte wie ein Flummi auf den Schutzwall zu. Aber selbst die Oma konnte nicht allem ausweichen, konnte aufgehalten werden.

»Air Strike Shield! Second Shield!«

Wie zuvor schon bei L'Arc erschuf ich Schilde – mal zum Verteidigen, mal als Trittfläche – und bahnte ihr damit einen Weg zu Kyo.

L'Arc mähte die Gehilfen nieder, die ihm auf die Pelle rückten – dann holte er aus, um nach Kyo zu schlagen.

»Los jetzt!«

»Achooo!«

Wieder und wieder, ohne Luft zu holen, setzte die alte Schachtel ihrerseits jene Technik ein, mit der sie sich die hohe Verteidigung des Gegners zunutze machen konnte. Sie zerstieß die Barrieren, eine nach der anderen.

»W… Was? Wer kann denn so was?«

»Sag bloß, das hast du nicht kommen sehen?«, provozierte nun ich ihn. »Die Möglichkeit ist dir wohl nicht mal in den Sinn gekommen, was?«

Er starrte mich so böse an, als stünde er vor dem Mörder seiner Eltern. Mit seinem Ego war es ja nicht weit her, wenn er wegen so etwas gleich überschnappte. Hätte er erlebt, was ich durchgemacht hatte, seit ich in diese fremde Welt gelangt war, ihm wäre sicher eine Ader im Kopf geplatzt.

»Achooo!«

Damit fiel die letzte Barriere, und L'Arcs Sense traf ihr Ziel.

»Filo!«

»Mhm!«

Ich hatte mich geirrt: Die herumflatternden Seiten hatten im letzten Moment die Angriffe der alten Schachtel und von L'Arc abgelenkt.

»Buchstil, 5. Kapitel: Kettenbrecher!«

Plötzlich ging von Kyo eine Schockwelle aus. L'Arc und die Oma wurden durch die Luft geschleudert und krachten gegen die Wand.

Das Timing … war schlecht gewesen. Aber Filo hatte weiter ihren Angriff aufgeladen.

»Spiral Strike!«

Wie ein Pfeil durchstieß sie die Leibwächter und schoss auf Kyo zu. Sie streifte ihn, flog an ihm vorbei … und in seiner Flanke klaffte ein Loch.

»Mensch, klasse, Fräulein Filo!«, rief L'Arc.

»Geschaaafft!«

Filo machte eine Siegespose, aber ich blieb wachsam.

Erst sah es so aus, als würde Kyo in sich zusammensacken, aber dann knirschte es im Fleisch an der Seite seines Körpers, und er war wieder geheilt – als wäre nie etwas passiert.

»Hätte ja nicht gedacht, dass mich irgendwer von euch verletzen könnte.«

War er etwa ein Dämon?

Nun ja … Es war eben eine fremde Welt, in der es Heilmagie gab. Solang man nicht tot war, konnte man vielleicht selbst die schlimmsten Fleischwunden noch heilen. Dann mussten wir ihn das nächste Mal eben so treffen, dass er sofort starb: in die Brust oder den Kopf.

»Das ist ja richtig lustig: Da steh ich doch tatsächlich einem Genie gegenüber, das selbst mich überraschen kann! Aber ich bin noch weit schlauer als du und weiß auf alles eine Antwort!«

Ein Talent hatte er auf jeden Fall: Er konnte einem mächtig auf die Nerven gehen.

Bei dem Angriff gerade hätte er ruhig draufgehen können! Dann wäre der Sieg unser gewesen.

»Gewinn du erst mal.« Ich setzte ein Siegerlächeln auf, um ihn zu provozieren. »Dann kannst du weiter Sprüche klopfen.«

Wenn man solche Typen ignorierte, fühlten die sich noch bestätigt und gackerten blöde rum. Aber abgeben konnte man sich auch nicht mit ihnen, dann gingen sie einem nur weiter auf die Nerven. Man musste ihre Schwachstelle finden – erst dann hielten sie die Klappe.

»Aber genug der Spielchen. Mehr Energie kann ich anscheinend eh nicht absaugen, also sollte ich hier vielleicht Schluss machen.«

Immer noch so von oben herab … Mussten wir erst noch sein Ass im Ärmel unschädlich machen? Konnten wir ihn dann zum Schweigen bringen?

Kyo erzeugte ein weiteres Mal eine Reihe von Schutzschilden, dann hielt er die Hand an den Kern.

Ich hatte plötzlich das Gefühl, als würde die Luft vibrieren. Verflucht … Was war das jetzt wieder?

»Uh …«

»Hiah!«

»Uff …«

Die meisten meiner Gefährten wurden plötzlich zu Boden gedrückt.

Ich selbst stand mit Müh und Not noch aufrecht … War das ein Gravitationsangriff?

»Shooting Star Shield!«

Der Schutzschild entfaltete sich zwar, brach aber sofort wieder zusammen.

»Zwecklos! Das ist ein Gravitationsfeld mit Angriffswirkung. Ich nutze die Energie der Geisterschildkröte, um den Angriff noch zu verstärken. In dem Feld können sich nur noch wenige bewegen.

Ich blickte mich um und sah, dass ein paar noch standen.

Ost, Glass, die Oma ... Und Rishia hielt sich gerade so noch in der Hocke.

Alle anderen klebten am Boden und konnten nicht mehr aufstehen.

Wir befanden uns in einem Gravitationsfeld, dem nicht einmal Raphtalia oder Filo trotzen konnten.

Wie erwartet schienen die Leibwächter nicht beeinträchtigt zu sein, und auch Kyo, der ihnen Anweisungen erteilte, war offenbar nicht von den Einschränkungen betroffen.

»Es ... ist noch nicht vorbei!«, knurrte Glass, als die Gehilfen anrückten, um ihr den Garaus zu machen.

Und jetzt richteten alle, die noch kämpfen konnten, ihre Waffen auf die Gegner, um ihre Gefährten zu verteidigen.

Ich stand vor Raphtalia und den anderen und beschützte sie.

Die alte Schachtel war bei L'Arc und Filo ... Ost bei Therese, Rishia und Eclair.

»Schildheld!«

Ost erschuf mit Magie eine Art geschützten Raum.

Therese, Rishia und Eclair, die sich darin befanden, richteten sich auf.

Ich half Raphtalia hoch und zog mich eilig mit ihr in den Schutzraum zurück.

»D... Danke.«

Als Kyo das sah, grinste er gelassen.

»Wie lange könnt ihr wohl noch Widerstand leisten?«

Ost ächzte. Sie wurde zusehends blasser.

Das war eine heikle Situation.

Niemand konnte in einem permanenten Gravitationsfeld aktiv bleiben.

Selbst die Oma und Glass nicht.

Hm? Glass trank gerade etwas, das nach Seelenheilwasser aussah.

Mir fiel wieder ein, wie sie damals so ungeheuer stark geworden war, nachdem L'Arc sie mit Seelenheilwasser besprengt hatte.

Das passte nicht zu dem, was L'Arc gesagt hatte: dass sie nur etwa Level 40 sei. Aber offenbar hatte sie einfach kontinuierlich in geboostetem Zustand gekämpft.

Ich ließ mir von meinem Schild ein Seelenheilwasser ausgeben und warf es ihr zu.

Ich hatte noch Zutaten dafür im Schild, aber leider nicht die Zeit, mehr herzustellen.

»Hab Dank.«

Das Seelenheilwasser half ihr sichtlich, sie bewegte sich plötzlich viel flüssiger. Mit einer tänzerischen Drehung, den Fächer erhoben, trat sie nach vorn.

Als hätte sie nun wieder dieselbe schiere Kampfkraft wie damals auf Cal Mira, zerschlug sie mit Gewalt die Barrieren und mähte dabei noch Gehilfen nieder.

»Oho ... Der Spirit strengt sich aber an ... Komm, gib alles, na los!«

Angriff für Angriff näherte sie sich Kyo, aber jeder fiel ein wenig träger aus. Sie wurde langsamer.

»Tja, mehr geht wohl nicht. Ihr Spirits habt einfach keine Ausdauer.«

Spirits ... Nannte er Glass etwa einen Geist?

»Es ... ist noch nicht ... vorbei!«

Sie klappte den Fächer auf, wollte wohl ihre Spezialtechnik einsetzen, den umgekehrten Schneeblütenmond.

Was nun? Konnten wir denn gar nichts tun?

Plötzlich legte Ost ihre Hand auf meinen Schild und lehnte sich gegen mich.

»Bitte leiht uns Eure Kraft … Jene Kraft, die ihr als Held des Schildes mit Eurer Magie allen verleihen könnt … Macht uns stark, auf dass wir uns auch innerhalb des Schwerefeldes bewegen … und die Barrieren zerstören können …«

Wie rau ihre Stimme klang.

Das waren nicht mehr die Laute eines Menschen … Ihre Worte schienen bis in meine Seele zu dringen.

Sofort fiel mir mein Zauber Aura, Stufe zwei, ein.

»Nein«, sagte sie, »damit allein überstehen wir das hier nicht.«

»A… Aber …«

»Ruhig … Stellt Euch vor, wie Ihr aus dem Zauber, den Ihr Euch eingeprägt habt, einen mächtigeren Zauber spinnt.«

Was verlangte sie nur von mir? Doch ehe ich etwas sagen konnte, sprach sie weiter.

»In dem Schild, den Ihr benutzt, schlummert die Kraft der magischen Unterstützung. Ich glaube, es ist nicht schwer. Konzentriert Euch … Ich werde Euch helfen.«

Sprach sie vom Whale Magic Core Shield?

Sicher, der hatte die Sonderfunktion Magieunterstützung, aber von deren Sinn hatte ich nur eine unklare Vorstellung. Vielleicht verstärkte er Heilmagie und andere Unterstützungsmagie? Etwas in der Art.

Ost schien jedoch die volle Bedeutung dieser Sonderfunktion zu kennen. Oder vielleicht konnte sie auch meine Fähigkeiten irgendwie sehen?

»Ich, Horai Ost, befehle dem Himmel, befehle der Erde, ektomiert die Vernunft, bindet sie wieder an, lasst sie Blut spucken. Erhöre mich, meine Kraft …«

Während sie ihren Zauber sprach, spürte selbst ich, wie die Kräfte in der Umgebung gebündelt wurden.

Was geschah hier?

Ich wusste, dass dies Osts individuelle Form der Magie war, aber … ich spürte außerdem, wie … irgendetwas anderes in mich hineinströmte.

»Das ist der Zauber, den ich Euch hatte lehren wollen, falls Zeit gewesen wäre … Ich glaube, Ihr werdet ihn schon bald allein sprechen können, aber merkt Euch schon einmal diese Empfindung.«

Wortlos nickte ich.

Gerade versuchte Ost, das mächtigste Mittel, das uns zur Verfügung stand, über mich als Medium zu wirken. Darauf musste ich mich dann wohl einlassen.

In meinem Geist … tauchte so etwas wie ein Puzzle auf. Eine Reihe von Faktoren, flüchtig und nicht näher bestimmt, die man zusammensetzen musste. Abhängig von der Kombination würde sich die Wirkung des Zaubers verändern, immerhin so viel verstand ich.

Im Augenblick gab es wenig Formen, die ich bilden konnte.

Ost wählte einfach die richtigen Elemente aus und verband sie fließend miteinander.

Als ich damit herumprobierte, verblasste plötzlich alles … Doch dann kehrte es wieder zurück.

Wahrscheinlich bedeutet dieses Verschwinden normalerweise, dass der Zauber gescheitert war. Ost machte die Formveränderung mit Gewalt rückgängig und brachte den Zauber zu Ende.

Die Prozedur war so kompliziert, dass ich mir dumm vorkam.

Wenn ich in einer Schlacht versuchte, so etwas zu zaubern, dann würde ich mittendrin umgebracht. Man musste eine ungeheure Konzentration aufbringen, sonst gelang es nicht.

Ferner spürte ich, wie dieser Zauber mir … sämtliche Magie und alle SP raubte. Und ich spürte, dass selbst Ost viel Energie entzogen wurde.

Eigentlich musste man beim Zaubern doch nur irgendwelche feststehenden Sprüche aufsagen und dann seine magische Energie einsetzen.

Genau bedacht war der schwierige Teil nicht das Erlernen des Zauberns gewesen – sondern das Erlernen der Schrift. Die Magie selbst war eigentlich einfach zu wirken gewesen.

Aber … War das hier überhaupt Magie? Die Magie, die ich bisher verwendet hatte, hatte er dem Erlernen einer Sprache geglichen: Man übte irgendwelche Sinnsprüche ein, die man dann aufsagte. Das hier hingegen … fühlte sich eher wie Mathematik an.

Bei einem Zahlenrätsel ermittelte man mithilfe von Formeln den Wert einer Variablen. Das hier war ganz ähnlich.

Schließlich … war das Puzzle zusammengesetzt und der Zauber nahm Gestalt an.

Wie von selbst kamen die Worte aus meinem Mund.

»Ich, der Held des Schildes, borge mir die Kräfte der Geisterschildkröte, befehle dem Himmel, befehle der Erde, ektomiert die Vernunft, bindet sie wieder an, lasst sie Blut spucken. Erhöre mich, oh Kraft des Drachenpulses: Verbinde dich mit meiner Magie und den Heldenkräften. Der Held des Schildes, als Quelle deiner Macht, befiehlt dir: Gib ihnen alles! – All Liberation Aura!«

Der Wirkungsbereich bezog sich auf alle Verbündeten?!

Was war Liberation? War nicht Stufe drei die höchste?!

Sofort breitete sich die Magie aus, und ich verbrauchte meine Magie und meine SP komplett.

Kurz wurde mir schwarz vor Augen, aber Ost schien es noch

schlechter zu gehen: Sie sah aus, als würde sie jeden Moment zusammenbrechen.

»Alles in Ordnung?«

»J... Ja ... Mir geht es gut ... Ich kann mich halten.«

Sie straffte sich, doch als ich sie ansah, hatte ich das Gefühl, als ob etwas nicht stimmte.

Dem Herzen der Schildkröte nahe zu sein, mochte ja ihre Regeneration beschleunigen, aber konnte sie sich wirklich so verausgaben, ohne Schaden zu nehmen?

Und bei ihrem vorigen Zauber, da meinte ich, hätte sie sich selbst nicht Ost genannt, sondern Geisterschildkröte.

War sie etwa in Wahrheit ... Doch in dem Moment gab es vor meinen Augen eine dramatische Entwicklung.

»Haaa!«

Glass war plötzlich dreimal so schnell wie eben noch – machtvoll schlug sie mit ihrem Fächer nach Kyo.

L'Arc und Filo – gerade hatten sie noch bäuchlings auf dem Boden gelegen und die alte Schachtel hatte sie mit Ach und Krach beschützt – sprangen mit einem Mal auf und blickten sich verwundert um.

»Was ist hier überhaupt ...«

»Was soll das?!«, flippte Kyo aus. »Habt ihr immer noch nicht genug? Jetzt reicht's mir aber mit dem Scheiß!«

Ich konnte es zwar selbst nicht glauben. Aber von *dem* wollte ich gar nichts hören!

»Los! Greift schnell an! Jetzt müsstet Ihr Euch auch im Superschwerkraftfeld frei bewegen können!«

Um mich her nickten alle, dann sprangen sie los.

Nur Rishia schaute noch verwirrt um sich und startete mit Verspätung.

»Unglaublich«, sagte Therese. »So stark ist meine Magie geworden?«

Die Leibwächter waren abermals auferstanden, als wollten sie das bis in alle Ewigkeit tun. Thereses Magie verbrannte sie zu schwarzer Kohle und Raphtalias Schwert schnitt durch ihre Leiber wie durch Butter.

Nun, da alle Gehilfen aus dem Weg geräumt waren, trieben wir Kyo in die Enge.

»So, nun geht es zu Ende!«

Glass an der Spitze, dann L'Arc, Raphtalia, Filo und alle Gefährten hoben ihre Waffen zum tödlichen Stoß.

Sollte ich auch mitmachen? Es war schon ein eigenartiges Bild.

»Haaaaa!«

Ich wusste nicht, wer den Schrei ausgestoßen hatte, aber alle, die angreifen konnten, machten sich ans Werk.

Da fing Kyo abermals an zu lachen. Und dann bildete sich um ihn herum eine Barriere, die meinem Shooting Star Shield ähnelte.

Wie hartnäckig er einen Joker nach dem anderen ausspielte!

»Eigentlich hatte ich das hier erst machen wollen, nachdem alles andere erledigt ist. Aber gut, dann will ich euch mal meine wahre Stärke zeigen. Seid dankbar!«

Als Kyo die Hand hob, ballte sich vor dieser irgendeine Art von Energie zusammen. Die gleiche Energie quoll aus dem Kern der Geisterschildkröte hervor.

»Vergiss es! Alle angreifen – jetzt!«

Wir mussten schließlich nicht tatenlos zusehen, wie er seine Karten aufdeckte. Sofort fingen alle an, Kyos Schutzschild zu attackieren.

Doch so oft er auch zusammenbrach, er bildete sich stets im selben Moment neu.

»Gnnn … Uh …«

Überdies fiel allen auf, dass Ost jedes Mal, wenn die Barriere zusammenbrach, gequält aufstöhnte.

»Hä? Ach, das habt ihr nicht gewusst? Die Gelegenheit ist ganz gut, daher bring ich die da jetzt auch mal unter meine Kontrolle.«

Er hatte es kaum gesagt, da wickelte sich plötzlich so etwas wie eine Schnur aus Licht um Osts Füße. Kyo ließ sie in der Luft baumeln und zog sie hinter seine Barriere.

Die sofort noch stärker wurde!

Alle schlugen auf sie ein, um Ost zu befreien.

Jedes Mal unterdrückte diese ein Stöhnen und zuckte zusammen.

»Ost!«

»Sagt mal, wisst ihr überhaupt, wer das ist?«

»Was?«

Kyo nickte einfach nur, als wäre ihm nun alles klar.

»Dämlicher Schildheld! Du musst doch zumindest eine vage Ahnung gehabt haben! Na, wer ist das?«

Nun …

Wahrscheinlich hatte Ost selbst nicht gewusst, wer sie war, bis sie sich dem Herz genähert hatte.

Dass wir es bis hierher geschafft hatten, verdankten wir ihren Hinweisen. Auch dass wir, seit wir in die Geisterschildkröte eingedrungen waren, das Blatt hatten wenden können, war ihrer Hilfe zuzuschreiben.

»Ja … Ich bin … Mein wahrer Name, meine Gestalt … Ich bin die Geisterschildkröte selbst … Meine Seele hat eine menschliche Verkörperung erfahren.«

»Aber …« Raphtalia konnte ihre Verblüffung nicht länger verbergen. »Dann wart Ihr ja die ganze Zeit …«

»Wenn die Geisterschildkröte stirbt, dann sterbe auch ich, daran hat sich nichts geändert. Vergeht deswegen nicht in Trauer!«

Sie unterdrückte ihr Leid, sagte Raphtalia, Filo, Rishia und allen anderen mit einem Lächeln im Gesicht, dass sie sich nichts daraus machen sollten. Und da ließen alle die Waffen sinken.

»Na, das passt mir gut. Dann klau ich ihr mal gleich die Kraft, die in ihr fließt.«

»Gnnn … Uh …«

Die Schnur aus Licht saugte Ost die Energie aus.

In Kyos Hand bildete sich etwas heraus: blau und durchsichtig, als wäre Wasser darin.

Diese Farbe … Das Ding erstrahlte in derselben Farbe wie die blaue Drachensanduhr.

»Irre schön, oder? Das ist die Energie, die ich mithilfe der Geisterschildkröte gesammelt habe. Und die …«

Die Energie wurde halb durchsichtig und verschmolz mit Kyo.

Ich spürte, wie die Luft anfing zu vibrieren.

Was war das?

Nun … Ich hatte Ähnliches schon in Manga oder Videospielen gesehen.

Meist war dies der Moment, da der Gegner ein atemberaubendes Power-up erfuhr.

Kapitel 15: Die Seele der Geisterschildkröte

»Hierdurch werde ich waaahnsinnig stark!«

Kyo trat aus seiner Barriere und kam langsam auf uns zu, umwirbelt von magischer Energie. Er verschwamm kurz und tauchte einen Wimpernschlag später direkt vor mir wieder auf.

Sofort riss ich meinen Schild hoch.

Seiten aus Kyos Buch prasselten darauf ein.

Ich konnte die Wucht nicht ganz abfangen und wurde heftig zurückgestoßen.

Das war knapp gewesen. Nur mit Müh und Not hatte ich mich auf den Beinen halten können.

»Huiii ... Das erste Kapitel der ersten Form ist jetzt so mächtig? Wahnsinn!«

Gut gelaunt blickte sich Kyo um. Alle richteten ihre Waffen auf ihn.

»Na schön, ich amüsiere mich ein bisschen mit euch.«

Kyo ließ Seiten herumflattern und beschoss einen großen Bereich damit.

Das reichte bereits: Die anderen konnten nicht einmal mehr ausweichen und wurden fortgeschleudert.

Noch hatten wir nicht verloren ... Aber es war leider eine Tatsache: Kyo war durch sein Power-up so mächtig geworden, dass er meinen Unterstützungszauber damit praktisch negierte.

»Hach, wie erquickend ... So macht das Kämpfen Spaß! Sonst spiel ich nur, aber sobald ich Ernst mache, überrenne ich euch einfach. Ist doch super, oder? Hä hä hä hä hä!«

»Schildheld!«, sprach Ost mich an.

»Er verleibt sich über den Kern die Energie ein, die die

Geisterschildkröte gesammelt hat, um die Barriere zu errichten. Schnell, schnell, vernichtet den Kern – dann können wir ihn schwächen!«

Ah, so war das also?

»Ach, tatsächlich?«, sagte Kyo gelangweilt. »Wenn sich da mal nichts machen lässt. Ihr habt doch wohl nicht vergessen, dass ich Geiseln habe, oder? Nicht, dass ich sie bräuchte, um euren Plan zu vereiteln.«

Er zeigte erst auf Ost und dann auf die drei Helden.

»Verdammt!«

»Wie niederträchtig …«

Dann deutete Kyo jedoch auf Glass und ihre Mitstreiter. Seine Miene verfinsterte sich.

»Na ja, bei euch wirkt das wohl nicht.«

»…«

Glass und L'Arc blieben stehen, wo sie waren, und blickten Kyo nur angewidert an.

»Nanu? Ach, ihr könnt sie wohl nicht umbringen, wenn es kein fairer Kampf ist? Wie schwach! Mensch, ich hab ja ein Mordsglück!«

Was für ein Schleimbeutel.

Es elektrisierte ihn geradezu, die Schwäche der drei herausgefunden zu haben. Was gab es da schon wieder so dreckig zu lachen?

Aber ich würde sie nicht im Stich lassen, auch wenn sie es bei mir getan hatten.

»Du Feigling!«

Der grelle Aufschrei einer einzelnen Anklägerin.

»Was?«

Kyo starrte sie missfällig an.

»Helden in geschwächtem Zustand als Geiseln zu nehmen ... So etwas ist unverzeihlich!«

Rishia ...

»Ach, bist du nicht die, die gerade nichts gerissen hat und nur albern herumgehampelt ist? Und du willst mich kritisieren?«

»Ja. Ich ... mag nicht stark sein, aber das setzt mich trotzdem nicht ins Unrecht!«

Sie klappte den Kopf ihres Kostüms zurück und starrte Kyo an.

In ihrem Blick ... lag nichts mehr von jener Armseligkeit – ein starker Wille brannte darin.

»Gut gekläfft für so einen Schwächling.«

»Hast du mal darüber nachgedacht, wie das für Ost gewesen sein muss, hierher zu kommen? Wir alle kämpfen darum, noch ein Morgen zu erleben – aber das ist dir wohl egal! Nach allem, was mein ... mein Herr Itsuki mich über Gerechtigkeit gelehrt hat ... werde ich das nicht dulden!«

»Was für 'ne Gerechtigkeit? So 'n Scheiß! Ihr Schwächlinge seid die Bösen, und ich bin der Gute.«

Um Rishia herum stieg irgendetwas auf.

Sie hatte wie Filo und die alte Schachtel ihr Qi gesammelt. Nun schien es überzufließen.

»Ey, du nervst. Dich leg ich als Erste um.«

Blitzartig verschoss Kyo eine seiner Seiten in ihre Richtung.

Ich wollte vor sie springen, um sie zu decken, konnte aber mit Kyos Tempo nicht mithalten.

Verflucht! Kyos Attacke würde sie umbringen!

Das hatte ich zumindest gedacht, doch ...

Rishia ... lehnte sich zurück und entging dem Geschoss um Haaresbreite. Dann funkelte sie Kyo an.

»Was?«

»Es hat keinen Sinn, sich mit der flüchtigen Energie zu brüsten, die man irgendjemandem gestohlen hat. So hart und schnell deine Attacken auch sein mögen, sie entspringen nicht deiner eigenen Kraft und sind daher auch nicht dein Verdienst!«

Rishias Finger schlossen sich fester um den Griff ihres Schwertes.

»So ein kleiner Fisch wie du will mir naseweise Vorträge halten? Aäääääätzend!«

Abermals warf Kyo mit Seiten um sich. Es waren noch weit mehr als beim Mal davor!

Es flog ein solcher Sturm aus Papier auf Rishia zu, dass ich nicht sicher war, ob ich ihm hätte standhalten können.

Dennoch entging sie den Seiten ... Nein, sie fing sie mit ihrem Schwert ab – und Stück für Stück rückte sie näher zu Kyo vor.

»Im Gegensatz zu Eclairs, Raphtalias oder Filos Angriffen steckt hinter den deinen keinerlei Raffinesse. Es ist alles ein bloßer Kraftakt.«

»Schnauze!«

Rishia hatte Kyos Schwachpunkt erwischt. Eine blaue Ader trat auf seiner Stirn hervor. Er riss die Augen weit auf und drehte durch.

Wahnsinn ... Ich konnte Kyos Angriffen kaum mit den Blicken folgen, aber Rishia parierte sie alle. Dabei hatte sie doch nur so niedrige Werte ... Zeigte sich hier das Mysterium des Stils der Unvergleichlichen Veränderung?

Der Oma zufolge hatte Rishia ja ein großes Talent ... Und nun schien es aufgeblüht zu sein. In dieser Situation war es ganz so, als wäre sie die Protagonistin und hätte soeben ihre wahre Macht entdeckt.

»Kannst du dem hier ausweichen? Kapitel des Höllenfeuers!«

Kyo erzeugte mit seinem Skill eine heftig lodernde Flamme. Sie nahm die Gestalt eines Dämons an und schoss auf Rishia zu.

»Stirb!«

Rishia schwang ihr Schwert und schlug den Feuerdämon mit einem Hieb entzwei.

Gleich darauf kam von hinten eine ... Frau aus Eis geflogen, aber Rishia durchbohrte sie mit dem Griff ihres Schwertes.

»W... Was soll das ...?!«

»Du rühmst dich sicher für deine vielen Kriegslisten, aber eigentlich versuchst du nur, deinen Gegner auszutricksen. Ich muss dir nur in die Augen sehen und weiß, was du vorhast.«

»Willst du damit etwa sagen, ich sei simpel gestrickt? Pass bloß auf!«

Wie wild feuerte er weitere Skills ab.

Ihm war das Blut in den Kopf gestiegen und er dachte nicht mehr daran, seine Geiseln zu benutzen. War das ... unsere Rettung?

Rishia parierte sämtliche Attacken.

Wir alle hatten keine Sonne mehr gesehen, seit Kyo so stark geworden war. Sie hingegen schlug sich hervorragend.

Abermals breitete sich ein Grinsen auf Kyos Gesicht aus.

»Ah, ich hab mir ja gründlich dein Tempo aufzwingen lassen. Aber jetzt hältst du still. Ich hab nämlich Geiseln! Außerdem hab ich mich nur auf die Schnelle hochgepowert. Gib mir genug Zeit, und ich werde ungleich stärker!«

»Jetzt kommst du wieder mit deinen Geiseln, weil du mit bloßer Gewalt nicht weiterkommst?«, fragte Rishia kühl.

Ich erkannte sie nicht wieder. Diese Willensstärke ... Dies musste die eigentliche Rishia sein.

»Ich mag ... keinen so starken Willen wie Herr Naofumi besitzen und mich nicht so berufen fühlen, wie Herr Itsuki. Auch bin ich nicht so freundlich wie Herr Motoyasu ... oder so gelassen wie Herr Ren.«

Oh nein ... Da lag sie falsch.

Für andere zu kämpfen, ohne etwas dafür zu bekommen – weil sie selbst gerettet worden war –, das zeugte von größerem Willen als dem eines Helden. Zumindest dachte sie mehr wie ein Held als ich.

Sie schlug sich doch gerade wirklich wacker!

Sie trat Kyo mit dem unbeugsamen Willen entgegen, ihn zu bezwingen – auch wenn es sie das Leben kostete. Sie kämpfte mit Leib und Seele.

War das Osts Einfluss, die, ohne zu zögern bereit war, ihr eigenes Leben zu opfern?

Man hätte es sich einfach machen und sagen können, das sei alles. Aber nein: Die nötige Entschlossenheit, die kam aus ihr selbst. Man spürte ihren Kampfgeist überdeutlich. Rishias Zorn über dieses Unrecht hatte die Löwin in ihr geweckt.

Aber mit der Analyse wurde ich ihr nicht gerecht.

Ich glaubte ja eigentlich nicht an solche altbackenen, hirnrissigen Ideen – nach dem Motto: Wo ein Wille ist, da ist auch ein Weg.

Rishia hatte ungewöhnlich niedrige Werte, daran war nicht zu rütteln. Dennoch hatte die alte Schachtel gesagt, sie sei talentiert. Rückblickend schien die Szene, die sich gerade vor unseren Augen abspielte, der Beweis dafür zu sein.

»Ich bin nicht so stark wie Raphtalia und auch nicht so unerschrocken und unschuldig wie Filo. Ich verfüge nicht über Eclairs Schwertkönnen, und ganz sicher habe ich nicht die Erfahrung meiner Lehrmeisterin.«

»Jaja, ich hab genug von deinem Opferstolz. Sei so nett und mach ’nen Abgang, sonst murkse ich die Helden ab!«

In Rishias Hand sammelte sich Licht und nahm die Form eines Schwertes an.

»Aber dich, das spüre ich, dich kann ich besiegen!«

Ihrer Stimme war ihr starker Wille anzuhören.

Und dann schleuderte sie ihr Schwert aus Licht in Richtung der gefangenen Helden.

Es verletzte sie nicht, hüllte sie nur in ein zartes Leuchten – und schließlich zersprang der Kristall, der sie gefangen hielt.

»Wa…? Scheiße … Du hast meine Geiseln befreit!«

»Und damit bist nur noch du allein übrig! Haaaa!«

Sie hob ihr Schwert hoch über den Kopf und schlug damit nach Kyo.

Er riss sein Buch hoch und blockte den Hieb.

Funken sprühten, als die Waffen aufeinanderprallten.

»Du Winzling spielst dich hier als Heldin auf? Kipp endlich aus den Latschen und mach hier keinen Terz!«

Er ging auf Abstand zu Rishia und ließ erneut so etwas wie einen Schutzschirm entstehen.

Er hob ihn wohl immer nur kurz auf, wenn er angreifen wollte.

»Wenn hier jemand aufgeben sollte, dann du!«, rief L’Arc und stellte sich schützend vor die Helden. »Geiseln hast du schließlich auch nicht mehr!«

Kyo blickte ihn jedoch nur gelassen an und zog dabei einen Mundwinkel nach oben.

»Diese Welt geht eh unter, also will ich ihre Kraft noch effektiv einsetzen. Schlimm, dass du diesen großartigen Gedanken nicht begreifst!«

»Red keinen Scheiß! Was wir tun können und was nicht,

bestimmen immer noch die Vasallenwaffen!«

L'Arc starrte Kyo an. Noch nie hatte er so wütend geklungen.

»Ach so? Na, ich bin jedenfalls nicht der Sklave meiner Vasallenwaffe! Warum sollte ich mir von einer bloßen Waffe Vorschriften machen lassen?«

Verflucht ... Was ich in dieser Situation tun konnte, war begrenzt.

Solang Liberation Aura wirkte, könnte ich zum Schild des Ingrimms wechseln und Blood Sacrifice verwenden, um den Kern zu vernichten, so wie Ost es sich gewünscht hatte.

Aber wenn es schiefging, war ich aus dem Rennen. Ich hatte jedoch im Augenblick ... keine andere Möglichkeit, unseren Feind zu besiegen.

Ich wusste weder ein noch aus. Es grenzte an ein Wunder, dass wir überhaupt so weit gekommen waren.

Während die anderen sich stritten, hielt ich unbemerkt die Hand über meinen Schild, um ihn zu verwandeln – aber er stieß mich zurück.

»Nein ... Mit diesem Schild darfst du den Kern nicht zerschlagen.«

...?!

Ich hatte gerade jemanden sprechen gehört.

Als ich zu der Besitzerin jener sanften Stimme hinsah, die sich unter Schmerzenslauten an mich wandte, war ihr Gesichtsausdruck ebenso flehend wie damals, als wir uns zum ersten Mal begegnet waren.

»Nun ... ist die Zeit gekommen, da meine Kraft im geweihten Schild Gestalt annimmt.«

Es rauschte und mein Schild verwandelte sich.

Bedingungen erfüllt für: Spirit Tortoise Heart Shield

Mir wurden die Details eines Schildes angezeigt.

Ich erkannte, dass er die bisher besten Werte hatte. Außerdem … war er schon auf ein gewisses Minimalniveau entwickelt.

Spirit Tortoise Heart Shield (erwacht) 80/80 AT
Fähigkeit freigeschaltet … Ausrüstungsbonus: Schutz des Drachenpulses
Sonderfunktion: Schwerefeld, C Seelenerholung, C Magieraub, Gravitationsschuss, Lebenskraftsteigerung, Magieverteidigung (stark), Blitzresistenz, SP-Absorption unwirksam, Magieunterstützung, Zauber-Support
Spezialsonderfunktion: Energy Blast 100 %
Meisterschaft: 100

Von der Form her ähnelte der Schild ziemlich dem Whale Magic Core Shield, aber die Spezifikationen waren mir unbegreiflich. Meine Unterstützungsmagie wurde positiv beeinflusst und der Schild brachte einen mehr als doppelt so hohen Werteanstieg wie die vorigen Schilde.

»Ich flehe Euch an … Tötet mich …«

Energy Blast leuchtete auf. Das hieß wohl, ich sollte diese Funktion benutzen.

Aber … wenn ich diesen Skill losließ …

Vor meinem inneren Auge zogen die Erlebnisse des Tages vorbei. Tatsächlich kämpfte Ost noch nicht einmal einen Tag lang mit uns. Dass es sich dennoch so anfühlte, als wäre sie schon lange dabei, musste damit zusammenhängen, dass es so erbitterte Kämpfe gewesen waren.

»Was zögert Ihr noch? Bitte …«

»Aber … das bedeutet …«

»Eigentlich hat sich an meiner Bestimmung nichts geändert: Ihr Helden, die ihr nichts wisst über die wahre Natur der Geisterschildkröte, bloß welche Rolle sie spielt, erschlagt mich einfach. Ich erfülle meine Aufgabe und vergehe … Dies ist die Beziehung zwischen uns!«

Das wusste ich. Zumindest rational war es mir klar. Dennoch zitterten meine Hände.

Die getöteten Feinde, die des Sprechens fähig gewesen waren, konnte ich an einer Hand abzählen. Ach was, es war nur der Heilige Vater gewesen.

Und der … hatte zwar gesprochen, aber Verständnis hatte ich für ihn nicht aufbringen können. Er war die Art Schurke gewesen, die man letztendlich eben umbringen musste.

Ich hatte mich davon überzeugen können, dass es Notwehr gewesen war, sodass es sich nicht mehr so sehr wie Mord angefühlt hatte. Selbst wenn es ein bewusster Akt gewesen wäre: Bei so einem Gegner hatte ich keine Gewissensbisse.

Wenn ich nun jedoch diesen Energy Blast abfeuerte, dann würde die Geisterschildkröte … würde Ost sterben.

Ja, der Welt und den Menschen zuliebe.

Dennoch … Es widerstrebte mir gefühlsmäßig und instinktiv, eine Gefährtin umzubringen, die bis hierhin an unserer Seite gekämpft hatte.

»Dass Ihr so empfindet … soll mir genügen. Träger des geweihten Schildes … Schildheld, bitte … helft mir, meine Pflicht zu erfüllen.«

»Haderst du denn nicht … mit deinem Schicksal?«

Die Menschen hassten sie, wünschten sich ihren Tod. Sie existierte nur, damit ein Held, die Verkörperung des Guten, sie erschlug. Wie traurig.

»Ich hege … keinerlei Groll. Wenn sich nur alles Leben auf dieser Welt an mir nährt und überlebt!«

Dieses Sentiment der Selbstaufopferung … wollte ich eigentlich gar nicht verstehen.

Wie nur? Wie konnte man derart bereit sein zu sterben, ohne jeden Zweifel?

Mir, der ich verleumdet, enteignet und fortgejagt worden war und die Welt dafür verflucht hatte, widerstrebte es, Osts Hingabe nachzuempfinden.

»Nein … Ihr als Schildheld müsstet mich verstehen. Sonst würdet Ihr nicht, um alle zu beschützen, so viel Zeit dafür aufwenden, mich aufzuhalten.«

Plötzlich musste ich an jene Zeit zurückdenken, als Raphtalia an mich geglaubt hatte.

Ja … Die, die an mich glaubten, die wollte ich beschützen. Solche Gedanken waren mir durchaus gekommen. Wenn ich dies nun auf die ganze Welt ausweitete … dann konnte ich doch begreifen, was Ost gesagt hatte.

»Nun … Ich weiß, dies ist sehr hart für Euch … Aber es ist die letzte Möglichkeit, die mir noch bleibt.«

»Was machst du da, Mann?«

Kyo hatte aufgemerkt und sandte mir nun eine seiner Buchseiten entgegen.

Sie prallte gegen meinen erhobenen Schild.

Mit solchen Angriffen konnte mich Kyo nicht überrumpeln.

»Hm? Du fliegst ja gar nicht mehr weg! Na ja, dann mach ich beim nächsten Mal Ernst.«

»Das lasse ich nicht zu!«, rief Rishia. »Nach allem, was mich Herr Itsuki über Gerechtigkeit gelehrt hat … werde ich dich hiermit nicht davonkommen lassen!«

Und damit schleuderte sie ihr Schwert nach ihm.

»Träum weiter! Es geht gar nicht, dass du diese solide Schutzwand durchbrichst. Die hier ist weit elastischer als die, die du durchstoßen hast. Sie ist unzerstörbar, dafür hab ich gesorgt!«

Mit einer Haltung, die von äußerster Geringschätzung zeugte, warf Kyo Rishias Schwert eine seiner Seiten entgegen.

Das Schwert durchschlug sie jedoch einfach, fuhr in die Barriere – und drang weiter vorwärts.

»Wa... Aber ... Scheiße, wie schnell!«

Rishias Schwert durchdrang die Barriere und fuhr Kyo mit einem scharfen Geräusch in die Brust.

»Argh ... Duuuuuuuu!«

Jetzt! Ich musste ... Und da sah ich, dass Ost mir friedlich zunickte.

Ich hatte den Eindruck, dass alles in Zeitlupe ablief. Was sich gerade abspielte, wussten wohl nur Ost und ich.

Ich hielt den Schild vor mich und visualisierte den Energy Blast. Aus dem Schild streckten sich vier strahlende Beine, welche ihn stützten, während sich vorne ein Gewehrlauf bildete, der sein Ziel anvisierte. Dann ballte sich im Zentrum meines Schildes Energie und formte einen Blitzstrahl, ähnlich dem, den die Geisterschildkröte verschossen hatte.

Mit einem Klacken verlängerte sich das Rohr, und die Ständer stellten sich flügelförmig Ständer auf. Eine kreuzförmige und eine quadratische Markierung zitterten in meinem Sichtfeld und versuchten, das Ziel zu erfassen.

Na los! Erfüll Ost ... ihren Wunsch!

Ich hatte den Gedanken kaum gefasst, da schoss ein Hochleistungsenergiestoß aus meinem Schild hervor.

Alles löste sich in blendend weißes Licht auf.

»Ey! Lass das!«

Kyo sprang nach vorn, um den Kern der Geisterschildkröte zu verteidigen, aber die Wucht des Strahls war zu groß, und er wurde davongeschleudert.

»Uoooooh!«

Dennoch kam er auf mich zu gerannt und griff mich an.

Aber die Barriere, die er erzeugt hatte, um die Schildkröte kontrollieren und steuern zu können ... die schützte nun plötzlich mich und hielt ihn von mir fern.

»Was?! In so einem Moment behinderst du mich? Neeeeeeeeeein!«

Dieser Schild barg in sich die Kraft der Geisterschildkröte. Und Ost, ihre Seele, wollte mich beschützen.

Mit diesem Schild würde Kyo mir also, solang ich mich in der Geisterschildkröte befand, kein Haar krümmen können. Und mit der Kraft dieses Schildes zerstörte ich nun den Kern der Geisterschildkröte. Denn dies war Osts Wunsch. Und ich ... wollte ihn wahr werden lassen!

»Gnnn ...«

Der Blitzstrahl wurde immer stärker, und wiederholt umzuckten mich Entladungen.

Es knackte, und in der Barriere, die den Kern umgab, bildete sich ein Riss. Er verbreiterte sich, bis der Strahl hindurchdrang und die Barriere dahinter traf. Mehrmals wiederholte sich der Prozess.

Schließlich traf der Strahl den Kern der Geisterschildkröte, und es erklang ein schrilles Geräusch.

Er ist zersprungen.

Eine Weile lang raubte mir das Gleißen die Sicht. Schließlich blinzelte ich mehrmals und konnte wieder etwas erkennen.

Ich hörte jemanden keuchen.

Jenseits der Stelle, an der eben noch der Kern geschwebt hatte … sah ich Sonnenlicht von draußen hereinscheinen.

Wie mächtig der Strahl gewesen sein musste …

Ich hatte den Eindruck … als wäre jedes Geräusch in der Umgebung verstummt.

Tatsächlich war auch jener Schirm, über den Kyo das Geschehen in der Außenwelt verfolgt hatte, verschwunden.

Rauchschwaden quollen aus meinem Schild. Der Lauf und die vier Beine, die ihn gestützt hatten, wurden zu Licht, zersprangen und verschwanden.

Alle Anwesenden hatten sich anscheinend hingeworfen und waren der Druckwelle entgangen.

»Herr Naofumi …«

»Bubi …«

Ich wandte mich meinen Gefährten zu und gab mich ganz normal.

»Gut, kümmern wir uns um den nächsten.«

Unser Feind war immer noch hier. Ich durfte nicht erwarten, schon gewonnen zu haben.

»Wie kannst du es wagen …«

Ja … Natürlich hatten wir den Verursacher des Desasters noch nicht unschädlich gemacht.

»… meinen Plan zu vereiteln? Ausgerechnet du, der dämliche Schildheld!«

»Wer dämlich ist, bestimmst nicht du.«

»Ganz genau!«

Rishia war als Erste bei mir angelangt, einen Ball aus Magie in ihrer Hand. Ihr Schlagabtausch mit Kyo, direkt nach seinem Power-up, ihr Critical Hit … Wie stark ihre Emotionen sie gemacht hatten! Hatte sie sich das Mysterium des Stils der Unvergleichlichen Veränderung bereits erschlossen?

Es war unnatürlich, wie schnell sie sich bewegte.

»Und jetzt«, sagte Rishia, »lasst ihn uns rasch besiegen!«

Sofort gingen Raphtalia, Filo, Eclair, die alte Schachtel ... L'Arc, Glass und Therese wieder in Kampfstellung.

Und hinter mir ... stand Ost, in Licht gehüllt.

»Pah!« Kyo begriff, dass wir ihn in die Enge getrieben hatten. Er machte ein Gesicht, als hätte er gerade auf eine Made gebissen. »Ihr müsst euch alle zusammenrotten, um eine Chance gegen mich zu haben. Und da erwartet ihr, dass ich ernsthaft gegen euch kämpfe? Absurd! Nun, es ist wohl der passende Moment.«

»Du kämpfst, auch wenns dir nicht passt«, sagte ich. »Was du getan hast ... Dafür wirst du mit dem Leben bezahlen!«

»Ha, ich hab mein Ziel doch längst erreicht! Man muss wissen, wann es an der Zeit ist zu gehen.«

In Kyos Hand sammelte sich schwaches Licht.

Was?! War das nicht die Energie der Geisterschildkröte?

Ich sah zu Ost hin: Sie streckte eine Hand aus, erreichte ihn jedoch nicht.

»Oh.«

Glass und Eclair sprangen auf Kyo zu, doch der war noch ein klein wenig schneller als sie.

»Ihr habt wohl geglaubt, wenn ihr den Kern zerstört, würde sich die Energie einfach verflüchtigen? Da muss ich euch enttäuschen! Das hier habe ich selbst entworfen – natürlich fließt die Energie nicht einfach in die Welt ab! Hä hä hä hä!«

Die Energie der Geisterschildkröte schwebte federleicht von Kyos Hand empor, leuchtete schwach ... und erzeugte ein Gravitationsloch, durch das sich die Luft verzerrte.

»Na dann – tschüss!«

Kyo sprang in das Loch und begann zu verblassen. Doch ehe er ganz verschwand ... zeigte er noch auf Rishia und mich.

»Ihr habt euch mir widersetzt, und dafür bringe ich euch um – ihr werdet schon sehen!«

Was für ein egozentrisches, ätzendes Arschloch!

»Halt!«

Ich wollte ihm nachsetzen, aber Kyo war nicht mehr zu sehen.

Ich hatte jedoch nicht vor, ihn so einfach davonkommen zu lassen. Das wäre ja der Gipfel der Torheit: einfach zuzulassen, dass der Feind entkam und Zeit hatte, noch stärker zu werden!

Als ich jedoch die Hand nach dem Loch ausstreckte, wurde sie einfach zurückgeschlagen.

Verbot: Das Eindringen in andere Welten ist den vier Heiligen verboten.

Andere ... In andere Welten eindringen?

Stand dieses Loch in Verbindung zu einem Ort außerhalb dieser Welt?

»Herr Naofumi!«, riefen Raphtalia und Rishia zugleich, als sie sahen, dass ich Kyo hinterherspringen wollte.

Ich blickte mich um: Ost war durchscheinend geworden und sah so aus, als könnte sie jeden Moment verschwinden.

Dennoch ... schien sie nicht verbittert zu sein.

»Hey ... Hm, ach ja ...«

Der Kern war zerstört. Es war Osts Bestimmung, sich nun aufzulösen, denn sie stand mit der Geisterschildkröte in Verbindung ... Nein, sie selbst war die Geisterschildkröte. Das hatte sie mir gesagt, ehe ich den Energy Blast auf den Kern abgeschossen hatte.

Dies war nicht die Zeit für Reue.

Aber gab es nicht noch etwas zu sagen? Ich hatte die Pflicht, mich das zu fragen.

Glass, L'Arc und Therese gingen an mir vorbei, ihre Waffen und Hände nach dem Loch ausgestreckt, in das Kyo geflohen war.

»Wir werden prüfen, wohin er verschwunden ist – wartet bitte!«

»Okay ...«

Sie wollten anscheinend das Loch untersuchen, in das ich hatte springen wollen.

Nun, immerhin waren sie über Wellenrisse hierhergelangt – wohl auch L'Arc. Dann konnte ich ihnen das wohl ruhig überlassen ...

Epilog: Horai Ost

Ich richtete meinen Blick wieder auf Ost.

Sie verblasste immer mehr, wie eine Fata Morgana, ein Abglanz, doch irgendwie wirkte sie zufrieden.

»Ich danke Euch, Schildheld ... Endlich habt Ihr meinen Wunsch erfüllt und mich besiegt.«

»Nichts zu danken. So was gehört als Held zu meinen Aufgaben.«

In Wahrheit bedauerte ich es jedoch. Hätte ich nicht irgendetwas besser machen können? Immer wieder erschien das Wort »hätte« in meinem Geist.

»Hi hi hi ... Das dachte ich mir ... Obwohl wir uns erst seit Kurzem kennen.«

»Klappe.«

»Herr Naofumi, wenigstens in solchen Momenten könntest du ...«

»Hast ja recht ... Ja, seit wir uns kennengelernt haben, ist nicht so viel Zeit vergangen. Trotzdem gehörst du zu den wenigen Gefährten, denen ich vertrauen kann.«

»Ich bin ... Eure Gefährtin? Hi hi, nachdem Ihr mich zerstört habt, bin ich Eure Gefährtin?«

»Ja, du gehörst zu uns. Auch wenn du die Geisterschildkröte, dieses mysteriöse Ungeheuer bist.«

Die ganze Zeit über hatte Ost mich enthusiastisch unterstützt. Es tat mir leid, sie zu verlieren – nicht bloß wegen ihrer Kampfkraft. So sehr hatte ich bereits Vertrauen zu ihr gefasst.

Verdammt noch mal ... Immer wenn ich jemandem vertraute, entpuppte er sich als Feind. Warum nur?

»Was passiert mit der Schildkrötenfrau?«

»Ganz ruhig, Filo«, sagte Raphtalia. »Ost ist endlich von ihrer Pflicht entbunden. Jetzt müssen wir ihr Lebewohl sagen.«

Filo hatte offenbar begriffen, was die kummervolle Stimmung bedeutete, und Raphtalia wollte sie trösten.

Nachdem Filo sich damals von Melty hatte trennen müssen, würde sie ihre Gefühle womöglich nicht beherrschen können, wenn sie nun auch noch eine Verbündete sterben sah.

»Echt?«

»Ja ...«

»Wo will sie denn hin?«

»Ich gehe nirgendwohin ... Ich bin doch ein Teil dieser Welt.«

»Echt?«

Ost lächelte, während sie Filo diese gnädige Lüge erzählte.

Aber vielleicht war es auch gar keine Lüge.

Sie war die Geisterschildkröte, eins der vier Wundertiere, und sie forderte zahllose Opfer, um einen Schutzschirm zu erschaffen, auf dass die Welt länger lebe ... Also konnte man wohl schon sagen, dass sie ein Teil der Welt war.

Gleichsam hatte sie die vielen Opfer gefordert, um ihr eigenes Leben zu verlängern.

»Bitte richte der Königin der Filolials meinen Dank aus. Ihretwegen konnte viel Leid abgewendet werden.«

»Mach iiich.«

Als Nächstes blickte Ost Rishia an.

»Ich danke Euch ... Weil Ihr so wachsam wart, konnte mein Kern zerstört werden. Dass wir es geschafft haben, ist auch Euer Verdienst – und der der Königin von Melromarc.«

Da war natürlich etwas dran.

Die Königin und Rishia hatten gemerkt, dass der Urheber des Unglücks die Geisterschildkröte gewesen war. In aller Ruhe waren sie das viele Material durchgegangen und hatten mich mit ihrem Wissen auf verschiedene Weise unterstützt.

Und dann noch Rishias letzte Tat.

Wenn es darauf ankam, konnte man sich auf sie verlassen.

»Ojeee ...«

»Bitte schaut nicht so traurig drein. Ihr habt den Helden einen großen Dienst erwiesen. Eure Entschlossenheit ... hat uns diesen Ausweg eröffnet.«

»Aber ... Ich konnte kaum etwas für Euch oder diesen Ort tun! Ich wäre so gern ... stärker. Dann könnte ich ...«

Ich spürte, wie sehr sie ihre eigene Hilflosigkeit bedauerte, mehr noch als damals, als Itsuki ihr den Laufpass gegeben hatte.

Wäre sie stärker gewesen, wäre es dann womöglich nicht so weit gekommen? Hätte alles anders ausgehen können?

Jene Reue, die einem auf Schritt und Tritt folgte ... Die musste man überwinden, dann kam man weiter, richtig?

Ach, so ein Blödsinn. Ich reihte nur sinnlos Wörter aneinander.

Hatten wir etwas aus alledem gelernt? Dann würde Ost doch auf gewisse Art weiterleben, oder nicht?

Aber wir konnten Geschehenes nicht ungeschehen machen. Es blieb nur, nach vorn zu schauen.

Dennoch würde ich nie vergessen, was passiert war, würde mich ein Leben lang fragen, ob wir nicht irgendetwas hätten besser machen können.

Da hatte mir Ost, beziehungsweise die Geisterschildkröte, ja ein schönes Andenken hinterlassen!

Ja, es blieb mir wohl nichts anderes übrig, als mit solchen Gedanken meine Gewissensbisse zu verdrängen.

»Schon gut, ich bin zufrieden. Eigentlich bin ich doch die Antithese der Helden: auf die Verteidigung der Welt ausgerichtet, und somit ein Feind der Bewohner dieser Welt. Also betrauert bitte nicht meinen Tod.«

Da verlangte sie zu viel. Wie musste man auch drauf sein, keine Trauer zu empfinden, wenn man jemanden sterben sah?

»Außerdem solltet Ihr, statt Euch um mich zu sorgen, lieber rasch nachsehen, wie es den anderen Helden …«

»A… Ach ja! Herr Itsuki!«

»Ich komme mit«, sagte Eclair.

»Und ich werde euch helfen!«, sagte die alte Schachtel.

Angeführt von Rishia, liefen die drei davon, um nach den Jungs zu sehen, die am Boden lagen.

Damit hatte Ost geschickt von ihrem eigenen Tod abgelenkt.

Als ich sie ansah, rang sie sich ein Lächeln ab. Äußerlich wirkte sie wie eine Hexe, aber innerlich war sie überaus heldenhaft. Das hätte sie ruhig mal besser in Einklang bringen können!

»Zum Glück«, hörte ich Rishia sagen. »Er atmet noch.«

»Ja, die Helden leben, befinden sich aber in einer äußerst kritischen Verfassung«, sagte Eclair. »Wenn wir sie nicht schnellstens von hier fortbringen, setzen wir ihr Leben aufs Spiel!«

»Ich lenke mein Qi in sie, um ihre Heilung zu unterstützen«, sagte die alte Schachtel.

Gut, die drei kümmerten sich also um die Helden. Wir konnten nur hoffen, dass sie nicht in Lebensgefahr schwebten … Aber sie waren ja hartnäckige Burschen. Die würden schon wieder.

»Ost … Wenn du nicht willst, dass irgendwer deinetwegen trauert, hättest du gemeiner zu den Menschen sein sollen, mehr fiese Bemerkungen machen oder so. Hast du dir nicht überlegt, was wird, wenn du mal nicht mehr bist?«

»Wenn ich mich so verhalten hätte, Schildheld … Naofumi … hättet Ihr mir dann vertraut?«

Uff … Da hatte sie den Finger in die Wunde gelegt.

Hätte ihr Charakter ihrem Äußeren entsprochen, hätte sie schurkisch gelacht und im Befehlston gesprochen, dann hätte ich sie zweifellos hängen lassen und mich verdrückt.

»Man kann wohl nicht alles haben«, seufzte ich.

»Herr Naofumi, rede doch bitte nicht so einen Unsinn!«

Jetzt war Raphtalia wütend auf mich. Aber vielleicht war es wirklich grausam, den Charakter einer Sterbenden zu kritisieren.

»Der Typ ist uns entkommen …«

»Ja.« Ost nickte. »Das ist der einzige Wermutstropfen.«

»Als ich ihm vorhin folgen wollte, hat mich das Loch abgestoßen. Weißt du irgendwas darüber?«

»Die vier Heiligen sind die Beschützer dieser Welt … In andere Welten einzudringen, beißt sich mit dieser Rolle. Vielmehr ist dies wohl die Aufgabe der Besitzer der Vasallenwaffen.«

Der Sinn der Vasallenwaffen war der Einfall in andere Welten? Das hatte sich zuvor aber ganz anders angehört!

Waren diese Vasallenwaffen nicht dazu da, den vier Heiligen zur Seite zu stehen?

»Ost, wir haben nicht mehr viel Zeit, oder?«

»So ist es … Daher … Ich weiß, ich verlange Unmögliches, aber würdet Ihr ihn bitte verfolgen?«

»Falls wir das überhaupt können. Dich ärgert's wohl auch, dass er es sich gut gehen lässt, nachdem er dich so ausgenutzt hat?«

»Hi hi hi, Eure Wortwahl ist furchtbar, aber Ihr seid ein gutmütiger Mensch.«

»Ja«, stimmte Raphtalia aus irgendeinem Grund zu. »Das ist er wirklich.«

»Wenn es Euch gelingt, die gestohlene Energie zurückzugewinnen … könnt Ihr wahrscheinlich eine Barriere errichten, um Zeit bis zur nächsten Welle zu gewinnen.«

»Das geht?«

»Ja. Ursprünglich habe ja ich diese Energie erschaffen. Wenn Ihr sie im geweihten Schild sammelt, müsste es Euch möglich sein.«

Mein Spirit Tortoise Heart Shield reagierte.

Aha, wenn es mir gelang, die Energie zurückzuerobern, dann konnte ich also die Barriere errichten, so wie die Geisterschildkröte es ursprünglich beabsichtigt hatte?

»Der Tank war noch nicht voll, daher weiß ich nicht, wie lange sich die Welle hinauszögern lässt, aber es müsste gehen.«

»Das wäre nicht verkehrt ...«

»Noch eins: Wenn ich nicht mehr bin, fällt der Bann, der auf dem nächsten der vier Geister liegt – des Phönix.«

»Tatsächlich?«

»Ja. Auch er dient dem Schutz der Welt, ist jedoch mächtiger als ich ... Ich weiß nicht, ob Ihr ihm gewachsen seid, so ausgezehrt wie die anderen Helden sind.«

Ach du Scheiße.

Wenn wir schon bald gegen so ein Viech kämpfen mussten ... Der Energy Blast meines neuen Schildes war zwar schon klasse, aber ich wusste nicht, ob er sich mehrmals hintereinander abfeuern ließ.

»Daher will ich versuchen zu erreichen, dass der Phönix von meinem Dahinscheiden nichts mitbekommt. So kann ich Euch wenigstens etwas Zeit verschaffen.

»Echt? Mann, wir zehren ja wirklich bis zum Ende von deinen Kräften ...«

»Nein ... Die Schuld liegt allein bei mir, weil man sich meiner so einfach bemächtigen konnte.«

»Jedenfalls müssen wir erst mal die Energie zurückholen. Und so schlagen wir also mehr Zeit raus?«

Ost nickte und berührte meinen Schild.

»Die Geisterschildkröte erbittet eine Ausnahme … Der Schildheld soll die Erlaubnis bekommen, in andere Welten überzutreten …«

In meinem Gesichtsfeld, beleuchtet durch meinen Schild, erschien ein Icon.

Sondergenehmigung:
Den heiligen Helden wird unter gewissen Bedingungen das Eindringen in andere Welten gestattet.

»Damit müsstet Ihr ihn verfolgen können.«

»Gut, dann will ich deiner Bitte nachkommen. Dieser Spaßvogel soll seine Strafe erhalten.«

»Bubi!«, rief L'Arc. »Sieht so aus, als führe dieses Tor in unsere Welt!«

»Ach ja?«

»Wir werden den Burschen jetzt verfolgen. Und die Energie, die er dem Schutztier dieser Welt geraubt hat, kriegt ihr auf jeden Fall zurück!«

»Nur so können wir es wieder gutmachen«, sagte Glass. »Bitte geduldet euch.«

Aber …

»Wartet, wir kommen mit!«, rief ich. »Heißt nicht, dass ich euch nicht traue, aber ich will euch nicht die ganze Arbeit überlassen.«

Um ehrlich zu sein, hielt ich die drei für ganz schön stark.

Sie mochten unsere Feinde sein, aber nach allem, was wir bisher zusammen durchgemacht hatten, glaubte ich, sie einschätzen zu können. Es war aber unklar, ob sie unserem Feind allein gewachsen waren. Daher wollte ich sie lieber begleiten und die Energie aus eigener Kraft zurückholen.

Mehr konnte ich für Ost nicht tun, die in dieser Welt so lange als das Böse hatte wirken müssen.

»Ehrlich gesagt: Ich kann diesen Typ – seine Haltung, sein Verhalten, seine Art zu denken – überhaupt nicht leiden. Die Verbrechen, die er zu seinem Vergnügen in dieser Welt begangen hat, soll er mit dem Leben bezahlen. Nebenbei bringen wir zu Ende, was du nicht mehr geschafft hast: Wir versorgen die Welt mit deiner Energie und verschaffen uns mehr Zeit bis zur nächsten Welle.«

»Ich danke Euch von ganzem Herzen.«

Ost hatte meine Hand berührt, doch nun verschwand diese Empfindung mit einem Mal. Als ich zu ihr hinsah, war ihre untere Hälfte bereits zu Licht geworden. Ihre Zeit … schien abgelaufen.

»Ost!«, rief Raphtalia.

Als Rishia sie hörte, drehte sie sich um und kam zu uns gelaufen.

»Ost! Ojeee … Aber …«

Es war so gut wie vorbei. Doch immer noch lächelte Ost zufrieden.

»Es ist vielleicht ungehörig, aber … Ich bin auch ein wenig froh.«

»Weil du … verschwindest?«

»Das nicht … Alles Leben auf der Welt verachtet, verflucht und hasst mich und wünscht mir den Tod, daher ist es nur richtig, dass ich sterbe … Aber ein paar Menschen gibt es doch, die mich betrauern. Das … macht mich glücklich. Obwohl ich es nicht verdient habe.«

Plötzlich liefen Ost Tränen über die Wangen.

Auch mir verschwamm ein wenig die Sicht. Sicher war das nur die Erschöpfung …

Filo begriff irgendwie, was das alles bedeutete: Auch sie wischte sich Tränen aus den Augen.

»Ich habe meine Belohnung bekommen. Was für eine grausame, frevelhafte Existenz ich war … So viele Leben sind mir zum Opfer gefallen. Und doch gibt es Menschen, die meinetwegen weinen … Und ich kann …«

Es war nunmehr bloß noch ein Lichtfunke von Ost übrig … und ihre Stimme verklang bereits.

»Wenn es … ein Danach gibt, dann will ich … mit Euch allen … zusammen …«

Und damit verschwand sie. Nicht einmal ein Leichnam blieb von ihr zurück.

Und so kam all das Unheil, das die Geisterschildkröte verursacht hatte, zu einem Ende.

Durch die Auslöschung von Osts Seele, dem Herzen der Geisterschildkröte …

»…«

Ich konnte nicht mehr tun, als mir schweigend anzusehen, wie durch das Loch, das mein Energy Blast geschlagen hatte, das Sonnenlicht hereinströmte.

Was für eine furchtbare Welt, die nichts als Opfer forderte.

Um sie vor den Wellen zu retten, beschworen ihre Bewohner Helden herbei, die sie dann fortlaufend in die Schlacht schickten.

Nur um die Welt ein wenig länger vor den Wellen zu schützen, mussten Lebewesen überall auf der Welt der Geisterschildkröte geopfert werden.

Um diese grausame Methode loszuwerden, uns eine Galgenfrist zu verschaffen, hatten wir die Geisterschildkröte umbringen müssen.

Sie selbst hatte sich gewünscht, dass wir sie aufhalten mögen.

Wollten die Helden die Welt retten, so mussten sie sich entscheiden: Opferten sie sich selbst und die Geisterschildkröte oder das Leben überall auf der Welt?

Eine der beiden Möglichkeiten musste es sein ... Sonst ließ sich die Welt nicht retten.

Man wollte sich widersetzen. Protestieren. Dennoch war diese Wahl unumgänglich.

Ich sollte mich selbst opfern, womöglich sterben? Nein, danke!

Ich wollte allerdings auch nicht, dass andere ihr Leben lassen mussten.

Nun, manche sahen es als selbstverständlich an, dass die Helden für sie kämpften. Sie verkrochen sich an einem friedlichen Ort und überließen anderen die ganze Arbeit – die Rettung ihres Lebens. Was aus solchen Arschgeigen wurde, war mir schnuppe.

Jedoch hatten sowohl die Geisterschildkröte als auch wir, die wir es mit ihr aufgenommen hatten, etwas beschützen wollen: sie die Welt und wir die Menschen, die uns etwas bedeuteten.

Das durfte man nicht vergessen.

»Bubi!«

»Das Tor in unsere Welt schließt sich! Schnell!«

»Wir müssen die Helden schnell ins Krankenhaus bringen!«, rief Eclair im selben Moment. »Wir spielen mit ihrem Leben!«

Was ich ... Was wir tun mussten, war ...

»Ich verfolge Kyo! Eclair, Rishia, alte Schachtel: Bringt die Helden schnell ins Krankenhaus.«

»Verstanden!«, rief Eclair. »Ich werde der Königin von Eurem Entschluss berichten.«

»Sag ihr auch, dass es mir leidtut, sie mit den Aufräumarbeiten allein zu lassen.«

»In Ordnung. Herr Iwatani, kommt aber unbedingt wohlbehalten zurück!«

»Klaro. Ach ja: Seid so nett und kümmert euch auch um Kiru.«

»Machen wir! Ehe Ihr zurückkehrt, habe ich ihm beigebracht, vernünftig zu kämpfen.«

Damit war alles geklärt. Ich warf Raphtalia und Filo einen Blick zu.

»Herr Naofumi ... Gehen wir?«

»Jupp. Du kommst also auch mit?«

»Aber ja! Ich begleite dich überallhin!«

»Ich auch! Die arme Schildkrötenfrau ... Dafür verpass ich dem Büchermann einen Tritt!«

Das hörte ich gern.

»Super! Dann beginnen wir die Operation!«

»Warte bitte!«, meldete Rishia einsamen Protest an.

»Bitte ... nimm mich auch mit!«

»Eigentlich wollte ich dich bitten, dich um Itsuki zu kümmern ...«

»Ja, ich würde schon gern bleiben und ihm beistehen«, sagte Rishia. »Und vielleicht kann ich auch nicht viel beitragen ... Aber nach allem, was Herr Itsuki mich über Gerechtigkeit gelehrt hat, kann ich nicht einfach zusehen, wie ein solches Unrecht geschieht!«

Es stand zu befürchten, dass ihre Gefühle ihre Stärke beeinträchtigen würden. Wenn sie es aber selbst so dringend wollte, sah ich keinen Grund, ihr die Bitte abzuschlagen.

»Um der Gerechtigkeit willen, an die ich glaube ... möchte ich getrennt von Herrn Itsuki diesem Schurken folgen!«

Rishia barg eine große Kraft in sich. Dieser Kraft wegen hatten wir diesmal unserer Notlage entkommen können.

Ja, vielleicht ergab es Sinn, sie mitzunehmen.

Ich hatte ihr ja ohnehin versprochen, sie stark zu machen.

Wenn ihr dies half, ihre eigene innere Stärke zu finden, dann wollte ich sie gern darin unterstützen.

»Na schön. Rishia, du kommst auch mit.«

»Okay!«

»Du lässt einen ja ewig warten«, meckerte L'Arc. »Wenn ihr mitwollt, dann hopp, hopp!«

»Ich komm ja schon ... Okay, Leute, los geht's!«

Und so begann unsere Verfolgungsjagd, um die Energie der Geisterschildkröte zurückzuerobern, an der Seite von L'Arc und seinen Mitstreiterinnen.

Jenseits dieses Lochs lag die Heimatwelt der drei.

Was würde uns dort wohl erwarten? Was waren die Wellen? Und was war jene andere Welt überhaupt?

Im Augenblick wussten wir überhaupt nichts.

Aber wir kannten den Namen des Feindes, den wir niederwerfen mussten.

Wir kannten sein Gesicht. Seine Stimme. Seine Absichten.

Alles andere würde sich finden.

Wir würden ihn aufspüren und umbringen.

Wenngleich dies mir als Held des Schildes vielleicht nicht möglich war.

Aber ich war ja nicht allein.

Wenn nicht ich meine Faust erheben konnte, so konnten es meine Gefährten. Und ich würde sie beschützen.

Ich würde die Energie zurückbekommen. Alles, was er der Geisterschildkröte ... Ost, meiner Gefährtin, gestohlen hatte

Und so traten wir durch das Tor zwischen den Welten, um zurückzuholen, was man uns gestohlen hatte!

»Werter Naofumi Iwatani, herzensguter Träger des geweihten Schildes …«

Außerhalb der leeren Hülle der Geisterschildkröte schwebte Osts lichtgewordener Wille.

»Ich bitte Euch: Rettet alles Leben auf dieser Welt … so wie Ihr auch mich gerettet habt.«

Die Königin der Filolials folgte jener Erscheinung mit ihren Blicken.

Aus einem kleinen Riss in eine andere Welt wurde ein Lichtstrahl, der davonschoss.

Fitoria legte die Hände zusammen wie zum Gebet und sah ihm nach, zusammen mit der Seele der Geisterschildkröte.

»Held des Schildes, ich wünsche dir viel Glück an jenem fernen Ort …«

»Habt Dank … werter Naofumi, Held des Schildes. Wenn ich irgend kann, will ich Euch in dieser Welt beschützen. Mein Wille wird euch begleiten … Gemeinsam …«

The Rising of the Shield Hero

Die Geisterschildkröte regt sich wieder

Extrakapitel:
Auf der Suche nach Seelenheilwasser

»Das nennt sich also Seelenheilwasser?«

»So ist es.«

Ich fragte gerade L'Arc zu jenem Mittel aus, mit dem er mich besprüht und das so eine dramatische Wirkung entfaltet hatte.

»Kleine Madame.«

»Unglaublich … Ich war ja erst einmal schockiert, als du aufgebrochen bist, um die Welt unseres Feindes kennenzulernen … aber dass man dort so etwas bekommen kann, ist schon beachtlich.«

Seelenheilwasser. Dieses erstaunliche Präparat ist in der Lage, meine Fähigkeiten auf geradezu erschreckende Weise zu erhöhen.

Selbst das hatte jedoch nicht gereicht, Naofumi zu besiegen, einen der vier heiligen Helden jener feindlichen Welt. Was wäre wohl passiert, wenn ich Naofumi und seine Freunde ohne L'Arc und Therese an meiner Seite angegriffen hätte?

Ich hätte womöglich verloren.

Den beiden zufolge war Naofumi der Held des Schildes und seine Aufgabe die Verteidigung.

Seiner Natur entsprechend sei seine Schwäche das Angreifen, hatten sie gesagt, aber …

Einmal angenommen, ich würde nicht Naofumi, sondern einem der anderen vier Helden gegenübertreten, konnte ich dann gewinnen?

Mein Blick fiel auf meinen Fächer.

Dies war eine der Vasallenwaffen, die dazu dienten, die Welt zu beschützen.

Es waren spezielle Waffen, die sich weiterentwickelten, wenn man sie Monster oder Materialien absorbieren ließ. Zudem konnte man mit ihnen Monster in andere Stoffe transformieren.

Ein Held, der früher einmal in unsere Welt beschworen worden sein soll, hatte dies wohl als »Drop« bezeichnet.

In der Stadt, die uns als Stützpunkt diente, hielten wir gerade eine Besprechung ab. Ihr Zweck war, die letzte Begegnung auszuwerten.

Zuerst war erstaunlich gewesen, wie rapide sich Naofumi seit unserem ersten Zusammentreffen verbessert hatte.

Jene Wellen zwischen unseren Welten ... Naofumi zufolge waren seit der letzten erst zwei Wochen vergangen gewesen. Aber ein derart verblüffendes Wachstum in so wenigen Tagen?

Bei unserem ersten Kampf war Naofumi als Einziger so stark gewesen, wie man es von einem Helden erwartete.

Leistungsfähig war er gewesen, durchaus, aber nicht so sehr, dass es einen in Bewunderungsstürme versetzt hätte.

Am meisten hatte mich seine mentale Stärke beeindruckt: Er hatte jenen unheilvollen verfluchten Schild verwendet, ohne sich selbst dabei zu verlieren.

Die Annahme, dass seine Kraft sicher allein auf dieser verfluchten Waffe beruhe, hatte mich nachlässig gemacht, hatte mich glauben lassen, ich könnte ihn beim nächsten Mal ganz sicher erledigen. Dann hatte ich jedoch seine wahre Stärke erkannt.

Er war bereit gewesen, die Flucht zu ergreifen, als er erkannt hatte, dass er nicht gewinnen konnte ... Auch dies hatte uns veranlasst, ihn zu unterschätzen. Er mochte ja ein unangenehmer Gegner sein, aber wir würden schon mit ihm zurechtkommen, hatten wir gedacht.

Er hatte jedoch bloß zwei kurze Wochen gebraucht – und wir hatten ihm diese Zeit auch noch gegeben! Nun wussten wir, wie überaus naiv wir gewesen waren.

Ja, Naofumi hatte eine erstaunliche Stärke erlangt, ganz wie es sich für einen der vier heiligen Helden jener Welt gehörte. Gut möglich, dass beim nächsten Mal wir ins Hintertreffen geraten würden.

Ich hatte zwar noch einen Trumpf im Ärmel gehabt, aber L'Arc hatte mich aufgehalten, und so hatte auch dieser Kampf mit einem Abbruch geendet.

»Na, sag ich doch«, sagte L'Arc selbstzufrieden und rollte ein Fläschchen Seelenheilwasser zwischen den Händen. »Bei uns gibt's das ja nicht, darum hab ich ganz schön gestaunt.«

»Aber gut, dass du diesen Effekt bemerkt hast!«

»Ja, wir beiden hatten ja schon darüber gesprochen, stimmt's? Dass es nur drei Möglichkeiten gibt, Seelenkraft zurückzugewinnen: natürliche Regeneration, Absorption oder jemand von derselben Art teilt mit einem.«

»Ja, aber ...«

»Und als durch diesen Absorptionsangriff deine Seelenkraft gesunken ist, wusste ich: Die Energie von Spirits entspricht dieser Seelenkraft.«

L'Arc hatte mit mir gekämpft. Daher wusste er, was es mit meiner Energie auf sich hatte.

Seelenkraft ... Wer nicht von einer Vasallenwaffe auserwählt war, verstand das sicher nicht ... Für mich verwendete die Vasallenwaffe offenbar eine andere Bezeichnung.

Für menschliche Träger von Vasallenwaffen war die Seelenkraft sicher identisch mit dem, was für mich Energie war.

»Logisch habe ich es verstanden. Aber es hat sich doch ein großes Problem gezeigt, nicht?«

»Ach, du meinst bestimmt, dass die Energie langsam abfließt, wenn sie die Obergrenze überschreitet?«

»Genau.«

Ja, ich konnte auf eine erstaunliche Steigerung meiner Kampfkraft setzen.

Ich war ein Geistmensch, auch Spirit genannt. Bei uns stand die Energie in direkter Verbindung mit unserer Stärke.

Anders als bei Menschen und verwandten Wesen richtete sich bei uns die Stärke nicht nach dem Level. Eher beruhte sie auf etwas wie Ausdauer: Wenn wir Energie einbüßten, ging das mit einer Schwächung einher … In kurzen Kämpfen konnte meine Art eine herausragende Stärke entfalten. Aber anders als bei den Menschenarten, deren Level stieg, wenn sie Monster besiegten, bekamen wir nur ein klein wenig Energie zurück. Kämpften wir offensiv gegen Monster, gerieten wir Spirits rasch in die roten Zahlen.

Dafür … regenerierte sich mit jeder Sekunde unsere Energie um einen bestimmten Betrag, ohne dass wir etwas dafür tun mussten.

Um stärker zu werden, mussten wir diese Energie einsetzen und unsere Fähigkeiten steigern … Aber damit würden wir uns ein andermal auseinandersetzen. Denn so viel sollten L'Arc und Therese wohl begriffen haben.

In enger Beziehung zu meiner Stärke steht meine Kapazität.

Dies bezeichnet die maximale Menge an Energie, die ich im Voraus aufladen kann.

Eine Erhöhung dieser Kapazität ist jedoch nicht so einfach zu erreichen. Dank meiner Vasallenwaffe konnte ich meine Kapazität zwar weiter erhöhen als andere meiner Art … aber selbst ich würde Zeit brauchen, um über meine gegenwärtige Stärke hinauszuwachsen.

»Der Anteil an Energie, den ich durch das Seelenheilwasser dazubekomme, überschreitet meine Kapazität bei Weitem, daher kann ich nur für eine kurze Zeit daran festhalten.«

Würde es mir länger gelingen, dann könnte ich vielleicht gegen Naofumi siegen.

Aber ich musste ehrlich zu mir selbst sein.

So stark, wie Naofumi jetzt war, war ich ihm nicht gewachsen.

Selbst wenn ich beim nächsten Mal meine Geheimwaffe einsetzte, im Austausch für mein Leben, ich glaubte nicht, dass ich gewinnen konnte.

»Also, wenn wir deine Kapazität irgendwie gesteigert bekommen, dann kannst du gewinnen?«

»Logisch betrachtet müsste es so sein.«

Mein Vasallenwaffengefährte L'Arc sprach immer salopp daher. Er mochte durchaus die Absicht haben, ernsthaft für unsere Welt zu kämpfen, aber ihm fehlte der Antrieb – wofür ich ihm jedes Mal eine Standpauke hielt, wenn wir uns sahen.

L'Arcs Gedanken waren durch und durch idealistisch.

Bis zur Welle blieb nur wenig Zeit, und es hatte wenig Sinn, jetzt noch zu leveln, wie die Menschen das nannten. Wenn ich von meinen Mitstreitern Monster oder Material bekam, konnte ich zwar meine Werte steigern, aber wie sollte ich meine Kapazitätsgrenze überwinden?

»Na, dann nutzen wir wieder die Welle, um die Welten zu wechseln.«

»Was sagst du da?«

»Wirklich, kleine Madame, du bist viel zu ernsthaft und unflexibel!«

Was fiel ihm denn ein?

»Wer ist hier bitte unflexibel?«

»Fräulein Kizuna wäre schockiert, wenn sie das sähe. Entspann dich mal ein bisschen, mach dich locker!«

»W... Wie gemein, Kizunas Namen in den Mund zu nehmen!«

Kizuna war eine enge Freundin.

Sie hatte davon gesprochen, dass sie unsere Welt retten wolle. Darum hatte ich angefangen, so liebevoll über ebendiese Welt zu denken. Aber Kizuna war niemand, der in den Wellen kämpfen konnte. Außerdem ... hatte ich nicht den geringsten Hinweis darauf, wo sie sich gerade aufhielt.

»Du guckst immer so lustig, wenn man Fräulein Kizuna erwähnt.«

»Dass du einen immer aufziehen musst!«

»Ach, von meiner Warte aus seid ihr einfach beide junge Damen.«

»Noch ein Wort und ich fasse das als Respektlosigkeit auf!«, drohte ich ihm, den Fächer auf ihn gerichtet.

»Beruhige dich, kleine Madame.«

»Sag, haben wir nicht genug damit zu tun, uns auf die Wellen vorzubereiten? Woher sollen wir die Zeit nehmen, uns in anderen Welten herumzutreiben?«

»Stimmt zwar, aber ... Hast du's nicht bemerkt? Da drüben ...«

L'Arc teilte eine gewisse Information mit mir.

Zugleich wies er mich auf eine Möglichkeit meiner Vasallenwaffe hin.

Was wir in dieser Welt an Monstern und Materialien sammeln konnten, war begrenzt.

Damit mussten wir uns wohl abfinden. Immerhin war alles auf der Welt begrenzt, selbst die Zahl der Monster oder Materialien, so unendlich sie auch erscheinen mochte. Die fremde Welt jedoch war unerforschtes Gebiet ... Dort schlummerten noch allerlei ungeahnte Möglichkeiten: Monster, Materialien, Arzneimittel ... Und noch etwas, und dies war höchst erstaunlich: Wenn man dort drüben hochlevelte und es kam eine Welle ...

dann ergänzten sich die Errungenschaften, die man in beiden Welten gesammelt hatte.

Sprich: Unsere Level in den beiden Welten wurden addiert.

»Und deswegen glaube ich, wär es doch ganz gut, wenn wir drüben ein bisschen stärker werden. Dann kommen wir besser zurecht, wenn wir das nächste Mal Naofumi und seinen Freunden begegnen.«

»Also ...«

Das war sicher keine schlechte Idee. Wir waren ja bei unseren Kämpfen gegen die andere Welt noch keinem der anderen heiligen Helden begegnet. Wenn es uns aber nicht half, den Sieg zu erringen ... dann wäre es letztendlich vergeudete Zeit.

Was sollten wir mit Stärke, die einer zeitlichen Begrenzung unterlag?

War es nicht sinnvoller, wenn wir die wenige verbleibende Zeit nutzten, um unsere Stärke in unserer eigenen Welt voranzubringen?

Fragen über Fragen.

»Außerdem ... hast du es doch bestimmt auch bemerkt, oder, kleine Madame? Unser Feind ist nicht dumm. Der schickt die vier Helden bei den Wellen nicht einfach so an die vorderste Front. Ist der Sinn der Vasallenwaffen nicht gerade, einzumarschieren, ehe die Welle kommt, und die Gegner zu erledigen?«

Da hatte er recht ... Die vier Helden ausschließlich während der Wellen umbringen zu wollen, war äußerst schwierig. Wenn wir aber bei der Wahl der Mittel nicht wählerisch waren, dann konnten wir auch hinüberwechseln und dann den letzten Träger einer heiligen Waffe eben erst erledigen, wenn die nächste Welle kam.

»Naofumi hab ich drüben zwar kennengelernt, aber über die anderen Helden weiß ich praktisch gar nichts.«

»Wohl wahr ... Vielleicht ist dies nicht die richtige Situation, anständig und fair zu spielen.«

Aber ... Wie hätte mich Kizuna wohl angesehen, wenn sie von meinem Entschluss erfahren hätte?

L'Arc hingegen ließ sich durch nichts erschüttern. Es waren erst zwei Tage vergangen, seit wir gegen Naofumi gekämpft hatten.

»Na dann: Wenn die nächste Welle in Naofumis Welt ansteht, sollten wir schnell rüber!«

»Ach ... Na schön.«

Ich glaube, ich hatte tief geseufzt.

»Wo ist überhaupt Therese?«

»Meinst du nicht, sie ist auf ihrem Zimmer?«

»Ach, sie schläft wohl noch? Wir müssen mal die Hufe schwingen, sonst verpassen wir noch die Welle!«

Und so gingen wir gemeinsam Therese abholen.

»Hach ...«

Auf dem Zimmer schloss Therese ihre Finger fest um ihren Armreif.

»Na, Therese, wie geht's?«

»Ach ja ...«

Geistesabwesend hielt sie den Armreif vor sich.

Hatte sie L'Arc gar nicht gehört, oder kam es mir nur so vor?

»He, du!«

»Ach ... Wie wunderbar ... Dass ich etwas so Schönes bekommen durfte.«

Zärtlich strich sie über das eingelassene Juwel, als wäre sie neidisch.

Das gehörte zu den Besonderheiten von Thereses Art.

Während unserer Rückreise hatte sie immer wieder stolz von

diesem großartigen Armreif geredet, den sie sich in der fremden Welt hatte machen lassen.

Sie wandte eine charakteristische Magie an, bei der es darum ging, die den Edelsteinen innewohnende Kraft zu manifestieren. Und mit diesem Stein als Medium sollte der Armreif etwas Besonderes sein. Nur fragte man sich, warum sie ihn dann nicht im Kampf gegen Naofumi eingesetzt hatte.

»So schön …«

»Therese!«

»Huch?! L'Arc! Wann bist du denn ins Zimmer gekommen?«

»Wann …? Ich hab dich schon mehrmals angesprochen, aber du hast nicht reagiert!«

Therese … hatte den Armreif erschrocken hinter ihrem Rücken versteckt, als hätte man einen Teenager beim Betrachten erotischer Bilder erwischt. Dieses Verhalten war mir zu fremd, um es zu verstehen. War ihr das denn so peinlich?

»A… Ach so. Doch, ich hab euch gehört. Was gibt es denn?«

»Bist du sicher? Aber dass dir Bubis Armreif so gut gefällt …«

»Aber das ist doch selbstverständlich, L'Arc! Verstehst du das denn nicht? Wie dieses Juwel vor Freude überströmt!«

»Ich versteh nur, dass das Ding ordentlich Bums hat.«

»L'Arc, du ungehobelter Klotz!«, sagte Therese ärgerlich und verpasste ihm einen Schlag in die Magengrube.

»Uff!«

Ein prächtiger Haken! Davon konnte ich noch etwas lernen.

»Wenn du so etwas Ausgezeichnetes in die Hände bekommen hast, warum hast du es dann nicht gegen unsere Gegner eingesetzt?«

Thereses Zauberei bediente sich der Kraft der Juwelen. Wenn sie nun also ein derart mächtiges Medium besaß, warum nutzte sie es nicht?

»Dieser kleine Schatz leiht mir seine Kraft nicht, wenn es gegen Naofumi geht ...«

Ich seufzte.

»Au ...« L'Arc stand gekrümmt da und hielt sich den Bauch. »Mensch, Therese! Du hast dich überhaupt nicht zurückgehalten.«

Die beiden verstanden sich wunderbar, aber manchmal knallte es auch zwischen ihnen.

Vielleicht war auch das Ausdruck ihrer engen Verbindung, aber in vielerlei Hinsicht blieb es mir ein Rätsel.

»Und warum leiht dir dieses Juwel seine Kraft nicht, wenn es gegen Naofumi geht?«, fragte ich.

Da blickte mich Therese tieftraurig an.

Was hatte sie wohl? Hatte ich etwas Garstiges gesagt?

»Aber begreifst du das denn nicht? Versetz dich doch bitte mal in meinen kleinen Schatz hinein: Du wirst aufgehoben, geschleift, bis du strahlst und blinkst, dein Schöpfer ist für dich wie ein Gott ... Und dann sollst du deine Kraft zur Verfügung stellen, um ihn umzubringen?«

»Ich verstehe schon irgendwie, was du meinst, aber ...«

Naofumi hatte den Armreif gemacht, daher würde dieser Armreif nicht helfen, ihn zu besiegen.

»Wenn es darum ginge, Naofumi zu retten: Ja, dann, glaube ich, würde der kleine Schatz Himmel und Hölle in Bewegung setzen – und wenn es sein Ende bedeutete!«

Während sie sprach, rieb sie ihre Wange an dem Edelstein.

»Therese«, knurrte L'Arc. »Lass das doch!«

»Dann mach mir doch etwas noch Herrlicheres, als Herr Naofumi für mich gemacht hat.«

»Verflixt, Bubi ... Da hast du mir ja hohe Hürden aufgestellt. Bringst einfach Finsternis in mein Leben ...«

»Und was wolltet ihr nun von mir?«

»Ja, deswegen ...«

Wir erzählten ihr, dass wir die Welle nutzen wollten, um in die andere Welt einzufallen.

»Ich verstehe. Brechen wir dann auf?«

Therese schien gewillt, uns zu helfen. Das freute mich schon einmal.

»Nun, wenn es gut läuft, kommen wir einfach so hinüber, nicht?«

So beschlossen wir also, abgestimmt auf die nächste Welle hinüberzuwechseln.

Wir hatten Glück, dass diese Welle uns mit Naofumis Welt verband.

»Kleine Madame, ich nehme an, das ist dir klar, aber: Wenn wir am Zielort auf kämpfende Personen treffen, müssen wir sie links liegen lassen.«

»Das weiß ich doch.«

Wir überwanden den Riss und blickten uns um.

In der Ferne ... sah ich ein riesiges Monster gegen die Monster aus der Welle kämpfen: Es ähnelte dem Vogelmonster, das Naofumi immer begleitet hatte. Nun schien es sich uns mit erstaunlicher Geschwindigkeit zu nähern.

»Beeilen wir uns!«

»Jepp! Hilf du auch, Therese.«

»Ja.«

Mit Thereses Hilfe brachten wir den Weltenwechsel vergleichsweise sicher hinter uns.

Wir konnten beobachten, wie sich im Hintergrund bereits der violette Wellenriss schloss. Da fiel mir auf, dass wir ein Problem hatten.

»Oh … Unsere Ausrüstungsboni sind wir nun los, oder?«

Meine Werte waren ebenfalls ziemlich gesunken.

Das hatte uns L'Arc ja erklärt. Es musste mit dem Übertritt zwischen den Welten zusammenhängen.

»Ja, scheint so. Kleine Madame, du solltest wohl das hier tragen, auch wenns nicht deinem Geschmack entspricht.«

Und damit ließ er seine Sense eine Rüstung ausgeben.

Kizuna hatte so etwas einmal als Lederrüstung im westlichen Stil bezeichnet. Nun, es musste wohl sein. Immer noch besser, als Sachen zu tragen, die keinen Effekt hatten.

Ich zog meinen Kimono aus und schlüpfte in die Rüstung.

»Uah … Glass …«

»Das steht dir ja gar nicht.«

Ich wurde ärgerlich und trat L'Arc gegen das Schienbein.

»Autsch! Was soll das?«

»Na, von wem hab ich denn die Rüstung?«

»Was soll ich machen? Ich hab nichts anderes.«

»Wenn du etwas an deiner Frisur änderst, sieht es ein bisschen stimmiger aus.«

Und damit band mir Therese das Haar zu zwei Zöpfen hoch.

»Hmmm … Die kleine Madame hat zwar ein mädchenhaftes Gesicht, aber das hier scheint dann doch nicht zu ihrem Alter zu passen … Wie gewollt und nicht gekonnt.«

Ich verpasste ihm noch einen Tritt.

»Autsch! Werd doch nicht immer gleich gewalttätig!«

»Sei froh, dass ich dich nicht mit dem Fächer geschlagen habe.«

»Na ja«, sagte Therese, »man gewöhnt sich bestimmt daran. Los, gehen wir!«

»Unbedingt. Ach, L'Arc, zeig du uns den Weg, ja?«

»Klärchen. Aber erst mal brauch ich was zu futtern.«

Und so hatte unsere Reise in Naofumis Welt ihren Anfang genommen.

Einige Tage waren vergangen.

»Also, das hier ist mal lecker!«

»Ja, diese roten Nudeln schmecken wirklich gut – die lokale Spezialität, Napolata.«

»Hm ... Wenn man es sich mal überlegt, machen wir eigentlich nichts anderes als in allen Städten die Leckereien zu probieren!«

Therese hatte sich so etwas wie süßes Bohnenmus am Stiel gekauft. Ihr fiel etwas davon herunter.

»Jetzt wo du es sagst ... Tatsächlich!«

»Aber wir haben auch alle möglichen Sachen und Geld gesammelt!«, gab L'Arc zu bedenken.

»Das stimmt zwar, aber ... deswegen sind wir doch nicht hier!«

Unsere Ziele waren: stärker werden und Seelenheilwasser auftreiben. Wenn wir an die Rezeptur kämen und die Zutaten beschafften, würde uns das beim nächsten Kampf gewaltig helfen.

»Aber, aber, jetzt mach dir mal keine Sorgen, Kleine Madame! Das ist alles ein Initiationsritus, um stärker zu werden!«

»Tatsächlich?«

Das bezweifelte ich doch sehr.

Wir hatten zwar gegen alle möglichen Monster gekämpft, die es in unserer Welt nicht gab, aber ...

»Du machst dir immer so viele Sorgen. Das wird schon!«

»Ich werde meine Bedenken nicht ganz los.«

»Jetzt hör doch mal ... Oh? Kleine Madame. Du brauchst wohl langsam 'ne neue Garderobe ...«

L'Arc, wankelmütig wie eh und je, schaute zur Tür eines Waffengeschäfts hinein.

Meine Vasallenwaffe war der Fächer … In den Waffenläden dieser Welt schien es keine Fächer als Waffen zu geben. Nun, es wahr wohl auch eine eigenartige Waffe. Brachte wohl nichts, sich deswegen Gedanken zu machen.

»Was denn? Führen die hier etwa Kimonos?«

Sie hatten zwar welche, aber die brachten sehr wenig.

Ich hätte mir vielleicht etwas speziell auf mich Zugeschnittenes anfertigen lassen können, aber so viel Zeit hatten wir nicht.

Im Waffengeschäft wies mich L'Arc schon wieder auf eine Rüstung hin. Sie war von der Qualität und den Werten her besser als die, die er mir zuvor gegeben hatte, aber das Design entsprach überhaupt nicht meinem Geschmack!

»Ich denke mal, du brauchst was, wenn wir vorhaben, weiter gegen Monster zu kämpfen.«

»Schon gut!«

Ich ergab mich in mein Schicksal und kaufte mir von meinem Reisegeld die Rüstung. Nun war jedoch Therese plötzlich irgendwohin verschwunden.

Als wir draußen nach ihr suchten, sahen wir sie vor einem Schmuckgeschäft stehen.

»Herzlich willkommen! Was kann ich für Euch tun?«

»Äh … Nun … Also …«

»Wie wäre es denn mit dieser Halskette aus Miraka-Erz? Es heißt, damit bekomme man mehr Erfahrungspunkte. Die sind draußen auf dem Cal-Mira-Archipel gerade der große Renner!«

»Ein Renner? Auf Cal Mira?«, sagte L'Arc. »Da waren wir doch gerade. Davon hab ich dort aber nichts gehört.«

»Der Held des Schildes soll diesen Artikel empfohlen haben … Und gerade ist er ausgesprochen beliebt.«

Als ich ›Held des Schildes‹ hörte, ballte sich unwillkürlich meine Hand zur Faust.

Genau … Wenn wir sinnlos herumliefen, konnte es sein, dass wir Naofumi begegneten.

Wir mussten vorsichtig sein. Immerhin war ich hier absolut nicht auf bekanntem Terrain und nicht allzu stark.

»Thereeese …«, rief L'Arc nach seiner Gefährtin, die gerade dabei war, sich in dem Geschäft umzusehen. »Und? Hast du ein Schnäppchen gefunden?«

Therese schüttelte enttäuscht den Kopf.

»Wie erwartet haben sie nichts auf dem Niveau meines Armreifs …«

Wie sehr hing sie nur an diesem Armreif, den Naofumi für sie gemacht hatte?

»L'Arc, du solltest wirklich langsam an deinem Kunsthandwerksgeschick arbeiten!«

»Mensch, solche fummeligen Sachen liegen mir doch nicht! Irgendwann kauf ich dir schon was, was deinen Kennerblick zufriedenstellt.«

»Wenn du so redest, nimmt Naofumi dir Therese irgendwann noch weg.«

»Ach, Quatsch. Was redest du nur, kleine Madame … Ha ha!«

Ich seufzte. Aus irgendeinem Grund übermannte mich gerade ein Gefühl der Vergeblichkeit.

»Überhaupt, Glass, sollten wir wohl lieber aufpassen. Wir kommen demnächst in die Gegend, in der wir beim letzten Mal waren. Da kann's gut sein, dass wir Naofumi über den Weg laufen.«

»Das weiß ich selbst.«

»Lasst uns vorsichtshalber lieber Tarnmagie verwenden.«

Therese hielt die Hand über ihr Juwel und begann zu murmeln. So sahen wir sehr anders aus und würden hoffentlich nicht auffliegen.

L'Arc ging in ein nahes Wirtshaus, um Informationen einzuholen.

»Ich dachte erst, wir gehen vielleicht zum Hochleveln noch mal nach Cal Mira. Aber die Aktivierung da soll wohl so gut wie vorbei sein.«

»Nicht zu ändern. Dann müssen wir eben nach und nach Materialien sammeln.«

»So sieht's wohl aus. Dafür gehen wir in eine Region, wo die Monster die Zutaten für Seelenheilwasser abwerfen.«

Und so gingen wir also weiterhin vergnügt Monster besiegen.

Bei einem fanden wir auch das Rezept für Seelenheilwasser, was vielversprechend war.

Das Problem: Was für Waffen besaßen die anderen drei heiligen Helden überhaupt?

Bisher kannten wir nur den Held des Schildes. Sein voller Name war Naofumi Iwatani.

Von den anderen Helden hörten wir alles Mögliche.

Sie führten angeblich Schwert, Lanze und Bogen – ganz andere Waffen als die Krieger unserer Welt.

Eigentlich schon eher primitive Waffen, oder?

Ich meinte mich jedoch zu erinnern, dass bei meinem ersten Kampf gegen Naofumi ein paar Abenteurer, die sich als Helden ausgegeben hatten, mit solchen Waffen gekämpft hatten. Sie waren so schwach gewesen, daher hatte ich sie für Hochstapler gehalten. Nur wo steckten dann die echten Helden?

Auch beim letzten Kampf, zusammen mit L'Arc, waren diese Hochstapler wieder dabei gewesen. Aber es war wahrscheinlich zu optimistisch von mir, davon auszugehen, dass alle Helden abgesehen von Naofumi nichts auf dem Kasten hatten.

Angenommen, es hatte sich bei ihnen um die echten gehandelt: Naofumi wäre doch kaum so grausam gewesen, sie an die vorderste Front mitzunehmen, so schwach, wie die waren.

»So … Das hier ist … das Königreich Melromarc, richtig?«

Unterwegs waren wir mehrmals Fledermausmonstern mit Schildkrötenpanzern begegnet.

Diese Monster waren offenbar auch in dieser Welt beheimatet, man sah sie jedoch eher selten.

»Jupp. Wir gehen nicht nach Cal Mira, aber dafür gibt's in dieser Gegend Monster, die die Zutaten für Seelenheilwasser abwerfen. Legen wir los!«

Dies war das Reich, in dem Naofumi sich aufhielt. Es unterschied sich in vielem von unserer Welt. Die Schrift, die Kultur, die Denkweise … Praktisch alles war anders. Selbst die alkoholischen Getränke …

In den Flüssen schwammen andere Fische. Kizuna hätte sich über diese neuen Angelplätze gefreut.

Das alles würde einen wunderbaren Reisebericht abgeben.

»Übrigens sollen sich nicht nur Naofumi und seine Leute, sondern auch die anderen Helden in diesem Reich aufhalten – perfekt, um mehr über sie zu erfahren!«

»Ja … Wenn wir schon einmal hier sind, sollten wir auch über sie Informationen einholen.«

Wir reisten also nach Melromarc und mehrere Tage verstrichen.

Gerade gingen wir durch eine Art Urwald. An den Pflanzen hingen rote Früchte. Ob man die essen konnte?

»Die Monster in der Gegend geben auch gutes Material ab.«

Ehrlich gesagt zogen wir schon sehr lange umher, um die Zutaten für das Seelenheilwasser zu finden. Allmählich kamen mir Zweifel an L'Arcs Einschätzung.

In letzter Zeit mussten wir uns auch immer öfter mit rätselhaften Schildkrötenfledermäusen herumschlagen.

Diese Monster warfen keine Zutaten für das Seelenheilwasser ab.

»Wirklich?«

»Immer so argwöhnisch! Na ja, vielleicht sollten wir lieber irgendwohin gehen, wo die Monster ein bisschen stärker sind.«

Als Spirit hatte ich nicht viel davon, irgendwelche starken Monster zu besiegen. Da ich meine Materialien von L'Arc und Therese bekam, machte das für mich wenig Sinn.

»Aber dauert es nicht zu lange, stärker zu werden? Wir haben keine Zeit zu verschwenden!«

»Das geht schon in Ordnung«, sagte Therese. »Wir helfen dir schon. Also strengen wir uns doch ruhig bis zur nächsten Welle noch ordentlich an.«

»Na gut ...«

Offenbar war ich die Einzige, die sich Sorgen wegen der Zukunft machte ...

Von meiner Warte aus schienen die beiden nicht genug Biss zu haben.

»Kleine Madame, wenn du dich so unter Druck setzt, erschöpft dich das nur.«

»Mich erschöpft hier etwas ganz anderes!«

»Wenn du immer so ärgerlich bist, endest du noch wie Naofumi.«

Was wollte er damit bitte sagen? Aber da musste ich plötzlich an sein muffeliges Gesicht denken ... Gut, so wollte ich tatsächlich nicht enden.

Und so gingen weitere Tage ins Land, während derer wir verschiedene Monster jagten, stärker wurden und Materialien sammelten. Irgendwann spürte ich meine Vasallenwaffe vibrieren. Dann bekam ich angezeigt, dass ein Schutztier im Begriff sei zu erwachen.

»Es scheint ... als würde sich ein Schutztier dieser Welt in Bewegung setzen.«

»Sieht so aus. Dann müssen sich die Leute dieser Welt entscheiden, ob sie's erschlagen oder den Schutzschirm bauen lassen.«

»Wir müssen ja nicht unbedingt hierbleiben ...«

Ja ... Nun würden die Wellen dieser Welt erst einmal verzögert. In unserer Welt hingegen würden sie weiterhin stattfinden.

In unserem Gesichtsfeld wurde die Zeit bis zur nächsten Welle angezeigt. Daran würde sich nichts ändern, unabhängig davon, welche Wahl die Menschen hier trafen. Wir waren noch nicht in Zeitnot, aber ...

Und so besiegten wir weiter diese besonderen Monster, die Gehilfen der Geisterschildkröte.

»Wie auch immer ... Wir sollten uns darüber freuen, dass ein Kampf gegen Naofumi und seine Kameraden erst einmal unwahrscheinlicher geworden ist.«

Wenn dieses Schutztier, die Geisterschildkröte, seine Barriere errichtete, gäbe es keinen Grund mehr zum Kämpfen. Und auch wenn sie sie erschlugen, würde es eine Weile nicht zum Kampf kommen.

Naofumi war zu einer Bedrohung geworden. Ein wenig Zeit zu schinden, bis wir wieder gegen ihn antreten mussten, kam uns gelegen, daran hatte sich nichts geändert. Wenngleich wir die Zeit nutzen mussten, um stärker zu werden.

Könnten wir ein ähnliches Mittel wie das Seelenheilwasser in unserer Welt herstellen, so würde uns das einen Vorteil im

Kampf verschaffen. Also beschlossen wir, dem Vormarsch der Geisterschildkröte keine große Aufmerksamkeit zu schenken. Allerdings war noch nicht viel Zeit vergangen, da hörten wir, dass der Held des Schildes die Geisterschildkröte erschlagen habe.

»Wenns hart auf hart kommt, dann packt der Bubi an!«

»Ja, nicht wahr? Sein Verhalten mag problematisch sein, aber dass er ein Held ist, steht wohl außer Frage.«

Allmählich rückte das Ende unseres Aufenthalts in dieser fremden Welt näher ... Doch dann, eines Tages, geschah es.

Meine Vasallenwaffe begann plötzlich Alarm zu schlagen.

»W... Was ist denn jetzt los?«

Auch L'Arc griff verstört nach seiner Sense.

Ich zog meine Vasallenwaffe. Da sah ich plötzlich vor mir ... einen alten Bekannten, der wie selbstverständlich durch die Stadt spazierte.

Ich zeigte auf ihn.

Auch L'Arc schien die Situation erfasst zu haben und nickte. Beide packten wir unsere Vasallenwaffen fester und näherten uns.

Er schien uns ebenfalls bemerkt zu haben, denn er blickte sich auf dem wenig belebten Weg nach uns um.

»Du liebe Güte! Was habt ihr denn an so einem Ort zu suchen?«

»Das Gleiche könnten wir dich fragen.«

Dies war jemand ... der von einer Vasallenwaffe auserwählt worden war, seine Bestimmung jedoch ausgeschlagen hatte. Nun nutzte er die Waffe als Symbol seiner Macht und versuchte, die Weltherrschaft an sich zu reißen.

Um es präzise zu sagen: Es gab Leute, die uns feindlich gegenüberstanden, die Unverzeihliches taten.

Dies war einer von ihnen: Kyo Ethnina, der Träger des Buches.

Wieder erklang der Alarm der Vasallenwaffen. Dann drang

aus Kyos Waffe plötzlich wie ein Hilferuf ein Licht zu uns. Und im nächsten Moment … bekamen wir eine ungeheuerliche Information angezeigt.

Kyo hatte mit einer eigens entwickelten Technik das Schutztier dieser Welt unter seine Kontrolle gebracht.

»Du …«

»Ha, ganz schön geschwätzig, diese Vasallenwaffen! Ihr wollt diese Welt doch eh vernichten, oder? Dann lasst sie mich wenigstens noch ausschlachten!«

»Was hast du vor?«

»Ich muss euch gar nichts sagen. Idioten!«

Die Vasallenwaffe in Kyos Hand begann zu leuchten.

»Oh? Ist es schon so weit? Ich wollte eigentlich noch ein bisschen zugucken, wie diese Leute herumalbern, und mich dabei kaputtlachen … Aber die Zeit ist gekommen.«

Und dann war Kyo plötzlich verschwunden.

Ich spürte ihn auch nirgendwo mehr … Er musste einen Teleportationsskill benutzt haben.

»Kleine Madame … Das ist gefährlich, oder? Wenn der Typ … dieses Schutztier, die Geisterschildkröte, in Bewegung setzt …«

»Ja … Auch bei Kämpfen, die mit den Wellen in Zusammenhang stehen, ist nicht alles erlaubt. Das hier ist ein Amoklauf, der gegen jede Regel verstößt.«

Wenn er glaubte, die Energie des Schutztiers einsetzen zu können, beging er einen großen Fehler. Im Handbuch der Vasallenwaffen stand etwas zu diesem Risiko geschrieben.

Der Plan, das Schutztier einer anderen Welt einzusetzen, damit die eigene länger überdauerte, führte angeblich in den Ruin … Als würde man sich fremde Beine an die Stümpfe der verlorenen eigenen nähen: Es brachte nichts, und am Ende starb man dennoch.

Wir mussten ihn um jeden Preis aufhalten.

»L'Arc, Therese – lasst uns gehen!«

»Jupp!«

»Ja!«

Immerhin hatten wir ... unseren Seelenheilwasservorrat ein wenig aufstocken können.

Wir hatten wohl auch ein bisschen gelernt, in dieser Welt zu kämpfen.

Selbst wenn es uns das Leben kostete: Wir mussten Kyo Einhalt gebieten, dem Träger einer Vasallenwaffe, der wie wir aus einer fremden Welt herübergekommen war.

Ohne Umwege setzten wir uns in Richtung der Geisterschildkröte in Bewegung.

Glass' Truppe, die sich auf die kommenden Wellen vorbereitete ... Auf ihrem Weg, Kyo Einhalt zu gebieten, der die Geisterschildkröte unter seine Kontrolle gebracht hatte. Was wird sie dort erwarten?

Diese Geschichte steht in Verbindung mit dem Helden des Schildes.

Eigentlich sind die beiden Erzählstränge nicht voneinander zu trennen. Die Grenze zwischen den Welten verschwimmt.

Wird es Glass und ihren Mitstreitern Glück oder Unglück bringen?

Die Hoffnung einer anderen Welt, die sich gegen ihren Untergang auflehnt.

Selbst das würde nicht reichen, um das große Unheil aufzuhalten.

Letztendlich würde alles ausgelöscht werden von den Wellen des Untergangs ...

Charakterdesign
Ost

Ost

Charakterdesign

Kyo

Charakterdesign

Geisterschildkröte

Autorenprofil: Aneko Yusagi

Stammt aus der Präfektur Kanagawa. Die Liebe zu Videospielen und zum Lesen gipfelte in dem Wunsch, Romane zu schreiben.
Verfasste *The Rising of the Shield Hero* und veröffentlichte die Geschichte im Netz. Vom ersten Moment an fieberten die Fans jedem neuen Kapitel entgegen.
Debütierte im August 2013 bei *MF Books.*
»Ich komme von ganz unten und will nach ganz oben.«

TOKYOPOP GmbH
Hamburg

TOKYOPOP
1. Auflage, 2023
Deutsche Ausgabe/German Edition

Aus dem Japanischen von Bernd Sambale

TATE NO YUUSHA NO NARIAGARI Vol.7

First published in Japan in 2014 by KADOKAWA CORPORATION, Tokyo.
German translation rights arranged with KADOKAWA CORPORATION, Tokyo
Through TUTTLE-MORI AGENCY, INC., Tokyo.
Illustration: Minami Seira
Design: ragtime

Redaktion: Simone Meinecke
Lettering und Herstellung: Mathias Neumeyer
Umschlaggestaltung: Anja Winteroll, Annika Meyer-Wülfing
Druck und buchbinderische Verarbeitung:
CPI–Clausen & Bosse GmbH, Leck
Printed in Germany

MIX Papier FSC® C083411

Wir achten auf die Umwelt.
Dieses Produkt besteht aus FSC®-zertifizierten und anderen kontrollierten Materialien.

ISBN 978-3-8420-8291-5

www.tokyopop.de

SWORD ART ONLINE – LIGHT NOVEL

Reki Kawahara / abec

Dein Spiel, dein Leben!

Wir schreiben das Jahr 2022: Gamer auf der ganzen Welt warten gespannt auf das neue Virtual-Reality-Game *Sword Art Online*, in dem man die Spielewelt so real wie nie zuvor erleben kann! Doch als die Spieler in Massen online gehen, stellen sie geschockt fest, dass es keine Möglichkeit zum Log-out gibt. Eine Rückkehr in die Realität ist ihnen nur möglich, wenn sie das Game komplett durchspielen. Doch ein Game Over in der Welt von Aincrad bedeutet den Tod im wirklichen Leben!